WUNDERRAUM

Lesen ist ankommen.

Christine Paxmann (Hg.)

Weiß wie Schnee

Wintergeschichten

Mit Illustrationen von Jane Newland

WUNDERRAUM

Inhalt

Vorwort

Christine Paxmann

Schnee ist ein Phänomen, ein Wunder und ein Narrativ, ein Schutz, eine Gefahr und ein verwunschener Augenblick. Er ist Wetter, Stimmung, Hindernis und Showeinlage zugleich. Er fasziniert, beängstigt, bezaubert und verstört, er macht die Welt gleich und die Menschen demütig, und Kinder tollen nie übermütiger als in frischem Schnee.

In Gegenden, die regelmäßig von Schnee bedeckt sind, teilt sich das Jahr in eine bunte und in eine weiße Hälfte.

Gebirgsregionen müssen sich gegen Schneemassen wappnen, und in der modernen Welt ist der Schnee ein Ärgernis, das die Straßen zur Hölle macht. Schnee lässt Dächer einbrechen und setzt Schiffe fest. Fasziniert und schaudernd lauschen wir den Höhenmessungen auf der Zugspitze. Acht Meter zwanzig im November. Was für eine Schicht gefrorenen Wassers.

Die Nevologen wissen Hunderte von Schneearten zu unterscheiden und zu benennen. Sie wissen, in welch hübschen Formen Schneekristalle besonders gefährlich sind, und sie können voraussagen, dass eine gewisse Menge an Eismolekülen eine Wucht aus Schnee bilden kann, die Lawinen auslösen wird. Wissenschaftlerinnen und Wissenschaftler können in Schneeschichten lesen wie in einem Zeitstrahl der Geschichte. Sie sehen Partikel aus der Epoche des großen Meteoriteneinschlags, der die Dinosaurier aussterben ließ, und messen Radioaktivität, die der Wind anwehte, in einsamen Gegenden ohne jede Zivilisation.

Der Schnee ist ein Lieblingsmotiv der Dichterinnen und Dichter, der Erzählenden, die der besonderen Wettererscheinung ganze Romane, Märchen und Novellen gewidmet haben. Der Schnee ist Faszination und Grauen für Cineasten, die sich bei *Fargo* und *Shining* so fühlen, als würden sie nicht im gemütlichen Kinosessel sitzen, sondern in den entlegenen Weiten Nordamerikas herumirren.

Allein das Wort »Schnee«, englisch *snow*, althochdeutsch *sneo*, das auf eine indogermanische Wortwurzel zurückgeht, die liegen bleiben und zusammenballen bedeutet.

Schnee, ein einsilbiges Onomatopoetikum, das an schleifende Kristalle erinnert, an rutschende Schichten und Eichendorffs Vater, der die prächtigen Eisblumen von den Fensterscheiben haucht.

Ja, vielleicht ist es auch die Beharrlichkeit dieses Aggregatszustandes von Wasser, der uns fasziniert. Schnee hält sich in geschützten Lagen jahrtausendelang und heißt dann Gletscher. Schnee kann zu Figuren geformt werden, denen man mit Karotten und Hüten den Schrecken zu nehmen versucht.

Schnee kann ganze Kriege entscheiden und Welteroberern Grenzen setzen.

Schnee macht aus manchen Hunderassen Lebensretter und ist für die Natur eine Ressource, von der sie den Sommer über zehren kann. Die Zeit des Schnees ist die Zeit der Einkehr, des Winterschlafs, der Verlangsamung, der Wachstumshemmung, der Erneuerung.

Völlig unlogisch erfreuen wir uns an den ersten Schneeglöckchen, die sich durch die eisige Decke kämpfen, als hätten wir noch nie Blumen gesehen. Ungestüm werden Kinder im Pausenhof, wenn die ersten Schneeflocken fallen und kurz darauf die ersten Schneebälle fliegen. Sehnsüchtig sehnen wir uns weiße Weihnacht herbei, obwohl das wirklich schon immer die Ausnahme war und nur genährt wird durch Märchen, die im Erzgebirge, im Harz oder in den Alpen spielen.

Und sind all jene Menschen schneesüchtig, die, ausgerüstet wie die Ritter, Pisten hinunterbrausen und Eiskanäle durchfahren? Sind Winterolympiaden besonders telegen, weil in einer Einheit aus Weiß körperliche Höchstleistungen erbracht werden mit bunten Mützen, leuchtenden Nummernshirts und knalligen windschnittigen Anzügen? Ist die Faszination des Langlaufens über weite unberührte Ebenen nur Sport oder gar eine Art Meditation, bei der das Auge einfach nirgends anstößt? Ein magischer Zustand der Natur, in dem die Seele eins werden kann mit der Summe dreier Farben? Ist gleißendes Weiß, hervorgerufen durch Abermillionen kleiner Schneekristalle, vielleicht ganz nah dran an unserer Vorstellung von Perfektion? Unberührt, leuchtend, alles zudeckend, harmonisierend und rein?

Schnee ist Mythos und Wirklichkeit zugleich, Wissenschaft, Poesie und Sehnsucht in einem. Er ist eine Gefahr, die man hoch technisiert durch Raupen, Seilbahnen, Tunnels und Sprengungen beherrschen will. Er ist Kulisse für reizende Romanzen auf Berghütten, rauschende Partys in Skidörfern, Weihnachtsmärkte auf Stadtplätzen und Krippenspiele unter freiem Himmel. Schnee gaukelt uns etwas vor und macht Augenblicke kostbar.

Welch ein Gefühl, wenn wir unsere Köpfe in die erste Schneeluft heben und unsere Zungenspitzen kalte Schneeflocken erhaschen!

Welch ein Gefühl, wenn uns ein Schneeball in den Halsausschnitt fällt und unsere Haut und die Eissterne des Himmels aufeinander treffen!

Welch ein Gefühl, wenn wir mit selbst gestrickten Fäustlingen einen selbst gefällten Nadelbaum hinter uns aus dem Wald ziehen und wir eine zuckrige Spur im weißen Winterland hinterlassen!

Welch ein Gefühl, wenn Schneeflocken an den Fensterkreuzen hängen bleiben und sich zu Miniaturschneewehen aufplustern, während wir in der Stube sitzen, bei prasselndem Feuer, mit einem kuscheligen Plaid, Plätzchen und Punsch!

Selbst wenn wir in unser Neubauapartment inmitten irgendeiner Metropole aus der Hektik des Alltags zurückkehren, verliert ein verschneiter Abend nicht seine Magie. Und wer dann noch einmal spätnachts mit dem Hund rausgeht, wo nun unberührte weiße Flächen alle Straßen, Schilder und Autos bedecken, wer dann diese eisige Kruste mit seinen Fußspuren durchmustert, wird sich für einen winzigen Augenblick so fühlen wie der erste Mensch. Ein Entdecker einer neuen Welt, in der vom Schnee gnädig bedeckt ist, was wir mit der alten Welt so anstellten.

Kann ein Buch über Schnee diese realen Erfahrungen ersetzen? Sicher nicht mit der gleichen Intensität. Aber ein Buch hat einen unschätzbaren Vorteil: Es kann auf sicherem Terrain gelesen werden, gemütlich unter Decken, bei Kerzenschein und in der Gewissheit, dass man weder eine Erkältung bekommt noch klamme Finger und dass die Last des Schnees uns keine Arbeit macht.

Ein Buch über Schnee kann Gefühle hervorrufen, Erfahrungen wiederbeleben, jenen Thrill wecken, den man in echt nie erleben wollte, und Stimmungen heraufbeschwören, die uns in eine andere Welt versetzen.

Und es kann versuchen, dem Geheimnis des Schnees mit Geschichten auf die Spur zu kommen. Mit Geschichten, die über die Jahrhunderte hinweg aufgeschrieben wurden, weil die Natur uns mit dem Schnee ein Geschenk macht, das die Fantasie anheizt und Erinnerungen hervorruft. Schnee kann Vademecum

und Todesengel zugleich sein. Mächtig und zart. Verheißungs-
voll, verführerisch, verboten und vergänglich. Ja, vielleicht ist er
Alpha und Omega, eine Naturgewalt und doch Mythos, der sich
ganz tief in unser Zellgedächtnis eingegraben hat.

Lassen Sie uns den Schnee erlesen.

Am Anfang war ein schneeweißes Blatt Papier …

Der Schnee der Erinnerung

Kapitel 1

···· ❄ ····

(…)
Schritte knirschen in Schneemusik,
und Winde stäuben die Flocken zurück
auf die weiß überschleierten Bäume.
Und Bänke stehen wie Träume.

Lichter fallen und spielen mit Schatten
unendliche Ringelreihen.
Die fernen Laternen blinken mit mattem
Schein, den vom Schneelicht sie leihen.

Selma Meerbaum-Eisinger (1924–1942)

···· ❄ ····

Kapitel von meiner Geburt

Joseph von Eichendorff

Der Winter des Jahres 1788 war so streng, dass die Schindelnägel auf den Dächern krachten, die armen Vögel im Schlaf von den Bäumen fielen und Rehe, Hasen und Wölfe ganz verwirrt bis in die Dörfer flüchteten. In einer Märznacht desselben Winters gewahrte man auf dem einsamen Landschloss zu Lubowitz ein wunderbares, geheimnisvolles Treiben und Durcheinanderrennen, treppauf, treppab, Lichter irrten und verschwanden an den Fenstern, aber alles still und lautlos, als schweiften Geister durch das alte Haus. Mein Vater ging in dem großen, von einer Wachskerze ungewiss beleuchteten Tafelzimmer auf und nieder, von Zeit zu Zeit horchte er bald in die Nebenstube, bald in den tief verschneiten Hof hinaus; dann trat er unruhig ans Fenster, hauchte die prächtigen Eisblumen von den Scheiben und betrachtete den weiten gestirnten Himmel. Die *Konstellation* war überaus günstig. Jupiter und Venus blinkten freundlich auf die weißen Dächer, der Mond stand im Zeichen der Jungfrau und musste jeden Augenblick kulminieren. Da schlug plötzlich ein

Hund an tief unten im Dorf, drauf wieder einer, immer mehrere und näher, eine Peitsche knallte, und Pferdegetrappel ließ sich im Hofe vernehmen. Endlich! – rief mein Vater, eilig vor die Haustür hinausstürzend. Eine auf Kufen gesetzte, fest verschlossene altmodische Karosse dunkelte aus dem dicken Dampf der Pferde, wie aus einem Zauberrauch, in welchem der Kutscher seine erstarrten Arme gleich Windmühlenflügeln hin und her bewegte. Bitte, Herr Doktor, sagte mein Vater, selbst den Kutschenschlag öffnend, Sie sind wohl gar drin eingeschlafen? – Auf Ehre, ein klein wenig!, war die Antwort, und aus dem Wagen erstaunlich fix sprang zu aller Verwunderung anstatt des erwarteten Doktors ein langer, schmaler Kerl, den niemand kannte, in einer ganz knappen, verschossenen Livree, aus welcher beim hellen Mondschein sein Ellbogen glänzte, dass einem innerlich fror, wenn man ihn ansah. Mein Vater betrachtete ihn voller Erstaunen, der Fremde nahm schnell eine Handvoll Schnee und rieb sich damit die halb erfrorene Nase, der Kutscher fluchte, der Schnee knirschte unter den Tritten, der Hofhund bellte – da wurde ich in der Stube neben dem Tafelzimmer geboren. Mein Vater, da er einen Kindsschrei hörte, blickte erschrocken nach dem Himmel: Der Mond hatte soeben kulminiert! Um ein Haar wäre ich zur glücklichen Stunde geboren worden, ich kam gerade nur um anderthalb Minuten zu spät, und zwar in der Konfusion mit den Füßen zuerst, man sagt, ich habe damit ein *Entrechat* gemacht.

Erwartungen

Johannes Schweikle

Der Himmel ist hell. Die Sonne scheint in einem seltenen Licht, es leuchtet durchsichtig grau. Ein Mädchen fährt Fahrrad, mit Schwung nimmt es die Brücke zur Altstadt. Das Kind tritt energisch und beugt sich über den Lenker. Der Prinzessinnenwimpel, der es im Verkehr schützen soll, wedelt an seiner elastischen Stange hin und her. Auf dem Gehweg weicht ein Fußgänger erschrocken zurück. Der Vater, der auf einem Mountainbike hinter seiner Tochter herfährt, lächelt stolz.

Unvermittelt lenkt das Kind nach rechts, steigt ab, lehnt sein Rad ans Geländer und beugt den Kopf in den Nacken, soweit der lila Helm das zulässt. Es streckt beide Hände aus und schaut erwartungsvoll in den Himmel. Der schwarze Riemen spannt unter dem Kinn, aber das Gesicht strahlt, als die erste Flocke auf der Handfläche landet. Sie ist weich wie Flaum. Für einen Augenblick bekommt sie eine klare Form. Kurz leuchtet ein Stern mit fein verästelten Strahlen. Die Flocken sind groß und schweben langsam vom Himmel. Sobald sie auf dem Fluss landen, verschwinden sie spurlos, das Wasser bleibt dunkelgrün und glatt.

»Können wir einen Schneemann bauen?«, fragt das Kind.

»Jonathan wartet«, sagt der Vater.

Ein Streifen weißer Samt legt sich auf das Geländer. Der Asphalt auf der Brücke bleibt schwarz. Ein Auto rollt über die feuchte Fahrbahn. Das Fahrzeug heißt Extra-Cross. In der Werbung fährt es in die große Freiheit abseits der Straßen. Seine Reifen sind walzenbreit, das Profil ist tiefschneetauglich, jedes Rad wird einzeln angetrieben. Es heißt, das Fahrwerk sei intelligent.

Auf der Brücke hat der Geländewagen nicht einmal Matsch zu bewältigen. Mit Eis ist nicht zu rechnen, der harte Bruder des Schnees bleibt fern. Aber der Mann am Steuer guckt grimmig auf die Zumutung, die vom Himmel auf seine beheizten Außenspiegel fällt.

Der Verkehrsfunk warnt vor Behinderungen auf der A 8, im Anschluss fragt die Moderatorin: »Könnt ihr euch mental noch auf Schnee einstellen?«

Außer dem Mädchen am Geländer hat niemand Zeit zum Staunen. Die Erwachsenen bewegen sich auf der Brücke wie Regentropfen, schnell und geradlinig. Das Kind versteht den Schnee. Die Flocken lassen sich treiben, manchmal ändern sie die Richtung.

»Der Klimawandel wird überschätzt«, schimpft eine Frau, »Weihnachten war wieder grün. Und jetzt das.« Sie kommt aus der Einkaufspassage, ist angezogen wie für eine Bergtour: Trekkingschuhe, Daunenweste, Rucksack mit Wildnistatze.

»Du bist ungerecht zum Winter«, sagt ihr Mann, »hast du den nassen August schon vergessen?« Er trägt den Korb: Spargel, Erdbeeren, Hasen in Lila und Gold.

Der schönste Schnee fällt kurz vor Ostern. Der Zauber, der so unverhofft vom Himmel schwebt, trifft auf ein ungnädiges Publikum. Es hat genaue Erwartungen an das Glück.

Die Winternacht

Eduard von Keyserling

Es war viel Schnee gefallen, im Padurenschen Hof und Park musste der Schneeschlitten Wege einfahren, den ganzen Tag über hingen hellgraue Wolken am Himmel, und durch die windstille Luft fielen die Schneeflocken ruhig und stetig nieder. Aber gegen Abend erhob sich stets ein Nordostwind, der die Wolken für eine Weile fortfegte, als wollte er Platz schaffen für den Sonnenuntergang, der mit viel Purpur und Gold am Himmel aufflammte. Dieser Augenblick erschien Fastrade als das einzige Ereignis der kurzen Tage, die sonst grau und formlos wie die Schneewolken waren. Sie eilte dann in den Park hinunter und ging die schmalen Wege zwischen den Schneewällen auf und ab. Hier konnte sie sich wieder auf etwas freuen, von dem sie nicht wusste, was es war, hier konnte sie etwas erwarten, das sie nicht kannte, hier fühlte sie ihren Körper und ihr Blut wie eine Wohltat. Woran sollte sie denken? Gleichviel, nur recht weit fort denken von der stillen Zimmerflucht da drinnen im Hause, und so dachte sie denn an Egloff. Wie ruhelos er war!

Der Kutscher Mahling hatte erzählt, der Sirowsche Herr fahre die Nächte hindurch hier in der Gegend herum. Ob er leidet? Ob seine Geheimnisse ihn quälen? Sie waren alle gegen ihn, aber ihm schien das gleichgültig zu sein. Wenn man zu zweien auf der einen Seite steht, und die anderen stehen alle auf der anderen Seite, das kann sogar lustig sein. Eine kluge Frauenhand könnte in diesem armen, zerfahrenen Leben vielleicht Ordnung schaffen, jedenfalls war er mit seiner Unruhe, seinen Geheimnissen, seinen Sorgen und seiner Heiterkeit das Leben, und was waren die anderen hier?

Vom Walde herüber erklang plötzlich ein Jagdhorn, schmetterte keck und triumphierend in den Winterabend hinein. Fastrade blieb am Gartengitter stehen und horchte. Das war Egloff, der für heute die Jagd schloss und diesen hellen Ruf des Lebens zu ihr herübersandte. Fastrade stand am Gitter, bis das Jagdhorn verstummte und bis das Abendrot verblasst war, dann ging sie wieder in das Haus, um im Zimmer ihres Vaters Ruhkes Bericht anzuhören, die Memoiren des Herzogs von St. Simon zu lesen oder mit der Baronesse am Kamin zu sitzen.

In diesen Wintertagen pflegte die Baronesse Arabella einen besonders lebhaften Umgang mit ihren Erinnerungen. Sobald sie und Fastrade beisammen am Kamin saßen, begann sie zu erzählen mit leise klagender Stimme, erzählte von ihrer Jugend, von längst vergangenen Padurenschen Sommern, von längst gestorbenen Menschen, und Fastrade hörte dem zu, sah diese Menschen und diese Sommer, wie wir alte Bilder sehen, über deren Farben sich ein leichter Staubschleier legt. Ein unendliches Gefühl der Vergänglichkeit, des Vorüber klang aus dieser Erzählung und machte Fastrade traurig. Zuweilen sprach die Baronesse auch von dem kommenden Fest, sprach von Gebäcken und Geschenken mit derselben klagenden Stimme, wie sie von ihrer Jugend sprach. Feste, dachte Fastrade, können wir hier auch Feste feiern?

Aber das Fest kam, ein Tannenbaum mit Lichtern stand auf dem Tisch, der Baron ließ sich seinen schwarzen Rock anziehen und saß im Saal erwartungsvoll auf seinem Sessel. Knechte und Mägde sangen mit ihren schweren, lauten Stimmen langsam und feierlich einen Choral. Und als sie fort waren, saß man beisammen und sah zu, wie die Lichter am Baume niederbrannten. Die Baronesse weinte still, der Baron hatte die Hände gefaltet und starrte vor sich hin. Fastrade ging zu ihm und kniete an seinem Stuhle nieder. Sie wusste nicht, was in dem schweigenden alten Manne vorging, aber wenn ein Leiden ihn quälte, wollte sie nahe bei ihm knien, als könne sie ihm beistehen.

Als alles vorüber war und Fastrade in ihrem Zimmer stand, fühlte sie sich so wund und hilflos vor Mitleid und Wehmut, dass sie sich sagte: Wenn ich zu Bette gehe, bleibt mir nichts übrig, als den Kopf in die Kissen zu drücken und zu weinen. Das will ich nicht. Dagegen aber gibt es nur ein Mittel, die Winternacht. Sie nahm ihre Pelzjacke und ihre Otterfellmütze und ging leise in den Park hinaus. Hier hingen die weißen Baumwipfel voll großer, sehr heller Sterne, hier war es wunderbar geheimnisvoll, hier in der klaren Luft, über der knisternden Schneedecke lag es wie ein festliches Erwarten, man stand still und geschmückt da, und die Freuden konnten kommen. Es machte Fastrade auch wieder getrost, ihre Schmerzen und ihre Wehmut waren doch nur kleine, abseits liegende dunkle Winkel, das eigentliche Leben war dieses große Flimmern, diese Weite, dieses geheimnisvolle Versprechen und Erwarten. Sie blieb am Gartengitter stehen und schaute auf das Land, auf die weiße Fläche, die im unsicheren Sternenschein zu einem hellen Nebel zerrann, in den hie und da die Lichtpünktchen ferner Häuser gestreut waren.

Auf der Landstraße, die am Parkgitter vorüberführte, kam Schellengeklingel heran, ein Pferd erschien und ein Schlitten groß und schwarz im unsicheren weißen Lichte. Jemand sprang aus dem Schlitten und kam auf das Gitter zu.

»Ich dachte es mir gleich, dass Sie es sind, die hier steht«, sagte Egloff und lachte.

»Ja, ich bin noch ein wenig herausgekommen«, erwiderte Fastrade.

»Das will ich glauben«, meinte Egloff. »Ich bin auch fortgefahren, um dem Sirowschen Weihnachten zu entgehen.«

»Sie fahren öfters in der Nacht herum, höre ich«, fragte Fastrade. Sie wunderte sich nicht über diese Unterhaltung am Gartengitter, sie erschien ihr selbstverständlich, als stünden sie beide in dem Sirowschen Wohnzimmer, nur dass es hier im Sternenschein unterhaltender und kameradschaftlicher war.

»So? Haben Sie das gehört?«, fragte Egloff. »Ja, ich habe mir die Ebene hier als eine Art Schlafsaal eingerichtet. Das ist sehr zuträglich. Überhaupt bin ich der Meinung, dass unsere Entwicklung einen verkehrten Weg eingeschlagen hat. Wir sind eigentlich Nachttiere wie all das andere Raubzeug. Am Tag schläft man im Bau, und wenn es dann draußen still und dunkel wird, dann kriecht man heraus, treibt sich herum, schleicht um die schlafenden Wohnungen und Hühnerställe und lebt dann so sein eigentliches Leben.«

»Meinen Sie?«, sagte Fastrade. »Ja, das muss zuweilen hübsch sein.«

»Sie sollten auf solch eine Fahrt mitkommen«, schlug Egloff vor.

Fastrade lachte. »Das wäre doch wohl gegen unsere Gesetze hier.«

»Glauben Sie an diese Gesetze?«, fragte Egloff.

Fastrade zuckte die Achseln. »Ich glaube nicht an sie, aber ich gehorche ihnen.«

»Da haben Sie unrecht«, meinte Egloff, »Sie können sich nicht denken, wie befreundet man sich fühlt, wenn man so zu zweien über die Straßen jagt.«

»Doch, ich kann es mir denken«, versetzte Fastrade nachdenklich. Sie hatte ihren Handschuh abgestreift und kühlte ihre

Hand in dem Schneestreifen, der sich an das Gitter angesetzt hatte. »Also für diese Freundschaft bin ich zu feige.«

»Feige sind Sie nicht«, versicherte Egloff mit Überzeugung. »Sie haben nur noch den Aberglauben an diese kleinen, triefäugigen Gesetzesaugen, die von den Schlössern in die Nacht hineinsehen. Das da drüben ist Barnewitz. Wie lächerlich doch solch ein Licht neben den Sternen aussieht. Na, gleichviel, wenn die Freundschaft so nicht zustande kommt, muss es anders gemacht werden. Mein Brauner wird höllisch unruhig, gute Nacht.«

Sie reichten sich durch das Gitter hindurch die Hand, Egloff ging zu seinem Schlitten, und Fastrade lief den Weg dem Hause zu. Sie glaubte, sie würde jetzt schlafen können, ohne weinen zu müssen.

Der Schnee der Gefühle

Kapitel 2

···· ❄ ····

Wie in Seide ein Königskind
schläft die Erde in lauter Schnee,
blauer Mondscheinzauber spinnt
schimmernd über der See.

Aus den Wassern der Raureif steigt,
Büsche und Bäume atmen kaum:
Durch die Nacht, die erschauernd schweigt,
schreitet ein glitzernder Traum.

Clara Müller-Jahnke (1860–1905)

···· ❄ ····

Wie macht der Winter froh

Alfred Polgar

Herr Robert Schmidt nieste mehrere Male. Aus dem Publikum rief man: »Zum Wohlsein!« Herr Schmidt kehrte sich erbittert nach den Rufern um, wollte etwas sagen. Der Richter klopfte mit dem Hämmerchen ungeduldig auf sein Pult.

»Angeklagter Robert Schmidt, erzählen Sie, wie sich der Vorfall abgespielt hat.«

Herr Schmidt zog aus der rechten Rocktasche ein Taschentuch, schnäuzte sich, dann zog er aus der linken Rocktasche ein anderes Taschentuch und schnäuzte sich abermals. Dann zog er aus der rechten Rocktasche ein drittes Tuch.

»Zur Sache«, rief der Richter

»Ich bin bei der Sache«, sagte der Angeklagte und schnäuzte sich kräftig. Dann begann er:

»Ich muss vorausschicken, dass ich sehr empfindliche Bronchien habe, an Frostballen leide, dass mir die Kälte Haut- und Gliederschmerzen verursacht und dass mein jährlicher Schnupfen im September einsetzt und im August langsam abklingt.

Also, an jenem Tag, einem Sonntag, begann es damit, dass Thomas, mein Jüngster, dass also Thomas sich lautlos an mich, während ich das Morgenblatt las, heranschlich und mir Schnee, den er vom Fensterbrett gesammelt hatte, zwischen Rock- und Hemdkragen steckte. Thomas ist ein sehr aufgewecktes Kind. Mit seinen Einfällen könnte mancher professionelle Humorist sein Auslangen finden. Nachdem der Kleine gegangen war, setzte ich, während mir das Wasser aus den Augen rann, meine Lektüre fort und las in der Zeitung, dass die Stadt in weißer Pracht erglänzt, dass die Schneemassen, in denen die Autos stecken bleiben, ein Hermelinmantel um ihre Schultern sind und dass die beschneiten Bäume, die den Bürgersteig säumen, aussehen wie in Watte gewickelt. Weiter erfuhr ich aus der Zeitung, dass auf den gefrorenen Straßen der Boden unter den Schuhen der Fußgänger melodisch knirscht. Ich kann es verstehen, dass er knirscht.

Meine Frau, die immer den Nagel auf die empfindlichste Stelle des Kopfes trifft, sagte: ›Sieh doch, die schönen Eisblumen am Fenster.‹ Sie blickte gedankenvoll auf die Straße hinab, und da ich ihr von den Augen ablas, dass sie im Begriff war, etwas über fröhliches Flockenwirbeln zu sagen, ging ich früher, als ich geplant hatte, fort.

Auf der Straße begegnete ich einer Schar Kinder, die einander mit Schneebällen bewarfen. Im Bestreben, ihnen eilig auszuweichen, kollidierte ich mit einem Laternenpfahl, den ich, da meine Brillengläser angelaufen waren, übersehen hatte.

Ich nahm die Brille ab, um sie zu putzen – und das war mein Glück! Denn eben in diesem Moment traf mich ein Schneeball ins rechte Auge. Der Schneeball war mit ziemlich viel grobem Sand und etwas Kieselsteinen vermischt. Doch dies nur nebenbei.

Sie werden vielleicht sagen, Herr Richter, dass ich mit meiner Empfindlichkeit gegen Kälte bei fünfzehn Grad unter null überhaupt nicht hätte auf die Straße gehen sollen. Aber Sonntag ist der einzige Tag, an dem Molly für mich Zeit hat.«

»Molly?«

»Das ist ihr Kosename. Eigentlich heißt sie Melanie.«

»Aha!«, sagte der Richter und blickte missbilligend auf die Glatze des Beschuldigten, der mit einer resigniert entschuldigenden Geste die Arme hob und sie wieder fallen ließ, als wollte er sagen: Das Leben ist nun einmal so und der Mensch schwach, und Alter schützt vor Torheit nicht.

»Ich war also schon sehr gereizt«, fuhr er fort, »als ich vor das Schaufenster der Kunsthandlung kam, wo Molly und ich unser Stelldichein hatten. Ich besah mir die Bilder im Schaufenster: ›Der Schnee als Plastiker‹; ›Winterzauber‹; ›Im Schmuck der Eisblumen‹.

Das Dutzend Taschentücher, das ich jeden Morgen zu mir stecke, war aufgebraucht, als mit der üblichen Verspätung Melanie erschien. Sie hatte einen Umweg durch den Park gemacht, der, sagte sie, wie in weiße Wolle gepackt daläge. Und die Bäume sähen aus wie mit … ›Liebes Kind‹, unterbrach ich sie, ›ich bitte dich, sage nicht: wie mit Zucker bestreut. Bitte, sage das nicht.‹

Sie erwiderte: ›Ist dir lieber: mit Diamanten besetzt, die in der Sonne glitzern?‹

›Nein, weder Zucker noch Diamanten‹, antwortete ich. ›Mir scheint das pure Verhöhnung der armen Bäume, denen jetzt das, was bei ihnen Herz heißt, vor Kälte im Leib erstarrt ist.‹

Ein Wort gab zehn andere, und als ich vom Glatteis wieder aufstand, war sie verschwunden.

Dann also kam die unglückliche Begegnung mit dem Herrn im Pelz. Er hatte schmunzelnd zugesehen, wie ich mich mühselig vom Pflaster in die Höhe rappelte, und als ich fertig war, sagte er vergnügt: ›Sie sind seit einer Stunde schon der Sechste, der an dieser Stelle ausgleitet.‹ Und herzlich lachend setzte er noch hinzu: ›Winterzeit, Winterfreud.‹ ›Der Teufel hol den Winter!‹, rief ich.

›Was haben Sie denn gegen ihn?‹, meinte der Pelzmann. ›Ist es nicht schön, wenn der Schnee in lustigen Flocken herunterwirbelt, Eisblumen an den Fenstern blühen, die Bäume dastehen wie mit Zucker …‹ Hier traf ihn mein Stock auf den Schädel.«

Der Richter wickelte sich fester in seinen Talar. »Herr Zeuge, haben Sie gesagt: wie mit Zucker?«

»Gewiss, Euer Ehren. Ist es nicht ein zauberhafter Anblick, wenn die Äste in blendend weißem Schmuck …«

Der Richter klopfte mit dem Hammer, so kräftig ihm das

Rheuma in seinem Arm dies erlaubte. Dann sprach er den Angeklagten frei, weil dieser offenbar in augenblicklicher Sinnesverwirrung gehandelt hatte.

Zu Hause wurde Herr Schmidt schon ungeduldig von seinem Sohn Fred, Gymnasiast in der IV B, erwartet. Fred plagte sich eben mit der Abfassung eines Schulaufsatzes: »Warum lieben wir den Winter?«

»Vater, warum lieben wir den Winter?«

»Aus demselben Grund, mein Sohn, aus dem wir, wie das Gesetz es verlangt, unsere Feinde lieben und des Schicksals züchtigende Hand und die Ehe und die harten Pflichten, die das Leben uns auferlegt.«

Aber das dachte Herr Schmidt nur so für sich. Laut sagte er: »Schreibe: Wie schön, wenn an den Fenstern die Eisblumen blühen, Bäume und Sträucher glitzern, als wären sie mit Diamantenstaub bestreut ...«

Die Weihnachtsfrau

Bodo Kirchhoff

Für die sogenannten langen Samstage suchte man (bei Vollbeschäftigung, wir erinnern uns) noch Weihnachtsmänner, erforderlich war nur die Größe von eins siebzig. Der Stundenlohn war gut, er reichte für ein Schnitzel, man bewarb sich mit jedem Trick; so beriefen sich viele auf ihre natürlichen, oft den ganzen Mund überwuchernden Bärte oder gaben sogar – unter Buhrufen – an, noch in der Kirche zu sein; andere machten geltend, mit Behinderten zu arbeiten oder Sozialwissenschaft zu studieren, wodurch auch meine Aussichten wuchsen.

Noch etwas unentschlossen – in Gedanken mehr bei meinem Weihnachtswunsch als bei materiellen Sorgen – stellte ich mich auf die Zehenspitzen: und war mit einem Mal hellwach. Von keinem der Bärtigen abgedrängt schob sich eine Studentin, die ich vom Sehen kannte, an der ganzen Schlange vorbei; ihre stille, fremde Schönheit war mir zum ersten Mal im Hörsaal VI aufgefallen – unter Hunderten, die gekommen waren, von einem heimgekehrten deutschen Juden etwas über Narzissmus zu hören. Sie berief sich auf die Gleichstellung zwischen Mann und Frau, wies allerdings auch auf ihre Größe hin, »Eins sechsundsiebzig!«, und vervollständigte schließlich, zusammen mit mir, die Liste der Anwärter auf zwölf zu vergebende Weihnachtsmannstellen.

Am nächsten Tag sahen sich alle in einer kleinen, nach Lebkuchen und Linoleum riechenden Agentur wieder, geführt von einer Frau mit falschen Wimpern, und schon nach kurzer Zeit stand fest, dass sowohl die stille Schöne – man hätte sie für eine Ausländerin halten können, aber sie war keine Ausländerin, sie war bloß von ungewohnter Schönheit – als auch ich am kommenden Wochenende auf der berühmten Großen Meile als Lock-Weihnachtsmann, wie es hieß, eingesetzt würden, also im Außendienst vor einem Kaufhaus, wo es nur darauf ankomme, wie die Frau mit den falschen Wimpern uns sagte, eine gute Figur zu machen, damit die Leute das Haus in Scharen beträten … Anschließend wurde jeder noch nach seiner Schuhgröße gefragt, damit die roten Stiefel, auch bei schwellenden Füßen, nicht drückten, und es beruhigte mich zu hören, dass meine Erwählte – die mich gar nicht zu sehen schien – von einer Größe unter vierzig sprach, ich glaube, es war achtunddreißig. Die Falschwimprige verteilte schließlich noch Schokoladenplätzchen, als wollte sie Protesten vorbeugen, Protesten gegen den Mehrwert, den sie mit uns erzielte, und nannte den Treffpunkt am kommenden Samstage, sozusagen die Außenstelle der Agentur in einer Seitenstraße der Meile; danach ging jeder seiner Wege.

Die Tage bis zum Wochenende widmete ich ganz meiner Hausarbeit. Erst jetzt vergrub ich mich, wie man so sagt, in das Thema, das meiner Fantasie alles abverlangte, und als ich mich am Samstag in der Außenstelle – einem eiförmigen Wohnwagen der Marke Adria – zur Einkleidung meldete, war ich, nach einem todähnlichen Schlaf infolge meiner geistigen Anstrengung, sogar leicht verspätet.

Der schon recht abgewetzte Wagen stand neben dem alten Astoria-Kino mit seiner schwungvollen Schrift (blau; und am Ende von Kino ein erloschenes O), und zu meinem Schrecken liefen die anderen bereits alle in ihrer Verkleidung herum, durch Kapuze, Bart und falsche Brauen so verändert, dass es mir unmöglich war, die stille Schöne in der Gruppe zu erkennen. Mein nächtelang gehegter Plan, so einfach von Weihnachtsmann zu Weihnachtsmann ein Gespräch anzufangen, war vorerst gescheitert. Doch es blieb nicht bei dem einen Pech; ich bekam auch noch das Kostüm, das niemand gewollt hatte, weil sein Rot schon verblasst war – kraftlos, wie die Kapuze, die zusammensank, sobald man sie aufsetzte, und erhielt den letzten noch übrigen Posten vor der Kaufhalle, wo damals gerade die Befestigungen des U-Bahn-Grabens in die Erde gerammt wurden.

Und so trat ich am frühen Vormittag als Weihnachtsmann zweiter Klasse meinen Dienst an, ohne jede Hoffnung, auch nur in die Nähe der stillen Schönen zu kommen. Ich wusste ja nicht einmal, an welcher Stelle der Großen Meile sie stand, um Kinder und Eltern in einen bestimmten Laden zu lotsen – ich konnte mir nur vorstellen, wie sie den Arm zum Heranlocken hob, mit einem leichten Nachzittern der Brüste, das mir schon im Hörsaal VI aufgefallen war, einem schattenhaften Hin und Her unter der Kleidung, welches selbst ein Weihnachtsmannkostüm nicht ganz verbergen konnte. Meine einzige Gewissheit war, dass auch sie in diesem Moment, einen juckenden Bart vor dem Gesicht, mit der Arbeit im Kalten begann, irgendwo auf unserer überall angebohrten, neuen Zeiten entgegengestoßenen Prachtstraße stand – auf der es von Weihnachtsmännern, wie ich bald sah, nur so wimmelte.

Wir hielten Abstand voneinander, soweit sich das machen ließ, nickten uns aber gelegentlich zu, vermutlich aus demselben Wissen, dem Wissen, worunter jeder zu leiden hatte. Unsere Mäntel waren feucht und schwer, die roten Handschuhe kratzten; der Bart verschloss die Atemwege, das Band, das ihn hielt, war zu eng; die Hosen ließen jeden Wind durch, die Stiefel nahmen Nässe auf. Bald rann mir die Nase, aber dafür war ja gesorgt: Kein einziger Kollege, der nicht seinen Bart benutzt hätte …

Am frühen Nachmittag setzte ein feiner Schneeregen ein. Ich hatte nichts im Magen und klapperte vor Kälte mit den Zähnen; darunter litt offensichtlich mein Ansehen, ich erwies mich als Mensch mit gewöhnlichen Eigenschaften (oder war als Weihnachtsmann überhaupt eine Fehlbesetzung). Immer weniger Leute – so schien es – betraten die Kaufhalle, ja, manche Eltern machten mit ihren Kindern geradezu einen Bogen um mich. Ich fror vor Hunger. Aber die Falschwimprige hatte uns eingeschärft, keinesfalls mit einer Wurst in der Hand dazustehen, sondern zum Essen den Wohnwagen aufzusuchen; meine Esszeit war auf halb drei festgelegt, sie wollte kein Gedränge in dem Wagen.

Und doch löffelte ich dann mit fünf weiteren Weihnachtsmännern eine aufgewärmte Erbsensuppe. Die Gespräche drehten sich um Kritiken des Spätkapitalismus und den Häuserkampf im Westen der Stadt; aber es wurden auch Telefonnummern preisgünstiger Psychoanalytiker ausgetauscht. Der Ton war leise, fast konspirativ; keiner lachte. Ich hielt mich zurück, immer die Tür im Auge – meine stille Schöne hatte wohl schon ihre Pause gehabt; oder sie machte sich nichts aus Erbsensuppe.

Als ich den Adria-Wohnwagen wieder verließ, schien der Tag schon beendet. Der Himmel war fast dunkel (in meiner Kindheit die Stunde der Nüsse), und doch wollte die Große Meile mit ihren vielen Lichtern einfach nicht strahlen. All das Treiben auf ihr hatte für mich etwas Stumpfes, das gegen jeden Glanz immun war, gewissermaßen einen schlechten Charakter, der sich mit anderem Schlechten, besonders dem Wetter, sofort verband.

Ich ging wieder an meinen Platz vor der Kaufhalle, winkte den Kindern zu und dachte mir, diese Gesellschaft würde in den nächsten zwei, drei Jahren an sich selber zugrunde gehen, nicht im Entferntesten ahnend, dass sie auch heute, beinahe dreißig

Jahre später, noch nicht zugrunde gegangen ist, ja, dass die von Autos und Tram befreite Meile mit ihren russischen Tanzfamilien und rumänischen Taschendieben, afrikanischen Gürtelhändlern und Babys auf den Knien rauchender Kinder, mit elektronischem Delirium in sämtlichen Schaufenstern und Robotern, die O du fröhliche singen, den neuen, funkelnden Fassaden, die einfach über die alten, grauen geklebt sind, und diesem Blinden auf dem Küchenstuhl (den Sie eigentlich kennen müssten, wenn Sie auf der Großen Meile schon eingekauft haben: wie er da sitzt und eine fette Katze streichelt) – dass diese Straße heute alles hat, was uns an anderen, fernen Orten mit dem ganzen Schauder der Fremde erfüllt.

Aber noch war es viel zu früh für all das. Die Siebzigerjahre hatten gerade begonnen; die Gräben des U-Bahn-Baus klafften, der erste Politiker wurde entführt, das Geschäft mit Raubdrucken blühte, die Dritte Welt war einem nah (weil sie noch in Afrika lag); und ich pirschte mich durch das erste Semester Sozialwissenschaft und hatte nur einen Gedanken: wie ich spätestens bis zum Heiligen Abend meine Unschuld loswürde.

Der Schneeregen ging jetzt in Eisregen über, das störende Zähneklappern fing wieder an, Blicke des Mitleids zwangen mich, den Kopf abzuwenden, mein völliges Versagen als Weihnachtsmann war nur noch eine Frage der Zeit. Und doch stemmte ich mich dagegen, scheinbar mit Erfolg – ich wollte gerade die immer feuchter werdenden Stiefel mit Zeitungspapier füttern, als mir ein Mädchen – braunes Haar, übersät mit weißen Kristallen – im Vorbeigehen, wortlos, einen Zettel zusteckte. Ihre Telefonnummer, dachte ich, klassischer Versuch, sich anzunähern, was mich nicht überrascht hätte, war doch auch ein Weihnachtsmann zweiter Klasse noch eine Gestalt von öffentlicher Wirkung, sozusagen ein befristeter Star – aber falsch gehofft; auf dem Zettel stand ein Gebet. Lieber Herr Jesus, ich will, dass Du in meinem Herzen wohnst. Wasche mein Herz jetzt bitte sauber von jeder Sünde mit Deinem heiligen teuren Blut, und dann komme in mein sauberes Herz. Ich habe Dich lieb, ich gebe Dir mein Leben, erfülle mich mit Deiner Reinheit, Amen.

Mir schien das ziemlich geschmacklos, was da, von Hand geschrieben, stand, außerdem zwanghaft (nach allem, was ich im ersten Semester gelernt hatte); allerdings wagte ich es auch nicht, den Zettel einfach fortzuwerfen, vielleicht aus einem Rest an Glauben – der Furcht, mein Vorhaben wäre durch einen solchen Frevel gefährdet, oder andersherum: Der Himmel würde mich belohnen, wenn ich den Zettel behielte. Und da ich mich langweilte, las ich das Gebet sogar wieder und wieder, und so wurde es Abend, der Dienst ging zu Ende.

Punkt sieben bestieg ich den Wohnwagen, und es erwies sich als Fehler, bis zuletzt durchgehalten zu haben. Die anderen tranken schon Glühwein und zählten leise ihr Geld, während die Frau mit den falschen Wimpern, als wollte sie schon wieder Unwillen dämpfen, eine Adventsplatte auflegte. Ich bedeckte meine Ohren, aber es half nichts: Wie eine innere Stimme setzte mir das Flötenspiel zu. Die Nacht ist vorgedrungen, der Tag ist nicht mehr fern, plötzlich waren diese Wörter da, und ich dachte (um nicht zu weinen) an das vietnamesische Volk, während die anderen über ihre Bärte strichen; ich sah in alle von der Kälte noch harten Gesichter und kam – mich mitgerechnet – auf elf; ich hatte die stille Schöne schon wieder verpasst. Die Flöten verklangen, der Chor hob an, und da nützte auch der Vietnam-Trick nichts mehr; ich zerrte mir die feuchten Weihnachtsmannsachen herunter, nahm meinen Lohn in Empfang und machte, dass ich wegkam.

In einem Zustand aus tiefer Niedergedrücktheit und jener Wut auf alles und nichts, die damals so viele verband, lief ich die jetzt schon leere, nach Schließung der Kaufhäuser wie fluchtartig verlassene Große Meile hinauf, Richtung Osten, wo ich unweit der Bahn ein Zimmer bewohnte, und weiß noch – als sei's ein Weihnachtsstück aus meiner Kindheit –, dass in dem Etagenkino am schmucklosen Ende der Meile ein Film mit dem Titel Nackte Haut gezeigt wurde.

Ich trat in den länglichen Zugang, an dessen Ende, neben der Aufzugstür, ein Schaukasten mit Bildern hing (die diesen Abstecher meist lohnten), und weiß auch noch, wie mich die Bilder, ihrer Lustigkeit wegen, an dem Abend enttäuschten und ich mich daher, anstatt nach oben zu fahren, eine Karte zu lösen, wieder umdrehte, ohne die geringste Aussicht für die kommenden Stunden, und wie am Anfang des Gangs, den Blick auf mich gerichtet, ein Weihnachtsmann stand.

Was in diesem Moment in mir vorging, kann ich nach all den Jahren nicht mehr sagen – ich weiß nur, dass der herrenlose Weihnachtsmann mit einer leicht kratzigen und zugleich hellen Stimme Guten Abend wünschte und ich sofort mit der Erklärung kam, in diesem Gang nur zu stehen, um mich vor dem Wetter zu schützen, woraufhin er, mit einer schönen, leichten Bewegung, seine Kapuze zurückschlug und ihm ein Schwall dichten Haars über die Samtschultern fiel; dann nahm er sich den Wattebart ab und zeigte zwei leuchtende Wangen, entfernte noch, sich etwas zur Seite drehend, eine wie von zahllosen Schlittenfahrten und zu viel wärmendem Schnaps gerötete Nase (die nicht zur Grundausstattung zählte) und sagte, seine festen, mattbraunen Lippen höchstens einen Spaltbreit öffnend: »Ich bin die Alba.«

Vor lauter Schreck und Freude bekam ich kein Wort heraus. Mir lag nur auf der Zunge, was ich sagen wollte: einfach Danke, während sie, den Bart so sorgsam faltend, als wollte sie ihn ewig verwenden, zwar nicht so recht weiterwusste nach dieser Einführung, dafür aber die Sprache behalten hatte – »Das ist doch ein Kino hier, oder?«

»Na ja, Kino, was heißt Kino«, erwiderte ich (sinngemäß), während mir durch den Kopf schoss, was da, von einem Augenblick zum nächsten, im Angebot meines Lebens stand.

»Also kein Kino?«

»Doch – aber kein nettes.«

»Dann müssen wir woandershin.«

Über die folgenden Minuten kann ich leider nichts Verlässliches sagen. Aber man sollte davon ausgehen, dass ich auf schwachsinnige Art glücklich war, wie etwa ein Lottogewinner. Meine Erinnerung setzt erst in dem Moment wieder ein, als mir klar wurde, wo sie mich hinführte, nämlich zurück zu dem Adria-Wohnwagen, der jetzt wie ein großes bläuliches Ei (von der Lichtreklame des Astoria-Kinos, das es im Übrigen längst nicht mehr gibt) mit einem seiner Räder auf dem Bordstein stand. Und was tun wir hier, wollte ich gerade, unpassenderweise, sagen, da schloss die stille Schöne die Tür des Wohnwagens auf und zeigte, für die Dauer eines Herzschlags, ihr Lachen von einer Wange zur anderen.

»Nicht fragen, woher ich den Schlüssel habe. Überhaupt wenig fragen. Versprochen?«

»Versprochen.«

Wir bestiegen den Wagen, in dem es noch etwas nach Suppe roch und dessen einzige Polsterbank an der erhöhten Längswand stand, aber das waren nur zwei Schönheitsfehler; denn kaum saßen wir auf dieser Bank, etwas abgestemmt, um nicht wegzurutschen, bekam ich doch Antworten auf die Fragen, die ich ihr stellen wollte. Ihr seien meine Augen aufgefallen, schon in der Schlange vor dem Schnelldienstschalter – »So schaut jemand, der sich schämt, allein zu sein.« Das klang überzeugend, und doch wehrte ich mich dagegen, behauptete, in keinster Weise zu leiden, und sie sagte, wie ein Notsignal habe sie meinen Zustand empfangen, ein Signal, dem sie einfach gefolgt sei, bis zu dem Kinoeingang. Und sie teilte mir sogar mit, woran sie gleich gedacht habe bei meinem Anblick: an einen Kranken, der von seiner Krankheit nichts ahnt, und nach dieser Freundlichkeit verschwand sie auch noch, angeblich, um sich die Hände zu waschen, was sicher gelogen war; ich nehme an, sie musste mal – und genierte sich also ebenso, doch das begriff ich erst viel später, als verheirateter Mann.

Überraschende Verwehung

Christine Paxmann

Es war einmal in den 2020er-Jahren, als es eine Zeit lang gar nicht so einfach war, jemanden zu daten. Maske, Ausgehstopp, Impfausweis, alles nicht die Zutaten für den gelungen Flirt. Sagte man so überhaupt noch, wenn man sich einem Unbekannten näherte, mit dem man alsbald ziemlich bekannt sein wollte und sollte?

Birgit machte sich keine Illusionen. Zu dem unsexy 50 plus kam dieser Bullshit noch obendrauf. Und Birgit hieß man heute auch nicht mehr, sondern Annabelle, Lavinia oder Frieda. Allerdings hatten die Herren, die sich auf ihr Profil hin meldeten, auch keine schickeren Namen. Schick? Sagte man noch so? Birgits Tochter Lena würde die Augen verdrehen, wenn sie da wäre, aber sie war vor vier Monaten in eine ferne Stadt gezogen, um ein Fach zu studieren, von dem Birgit noch nie etwas gehört hatte, was aber furchtbar *snazzy* war, wie Lena nicht aufhörte zu betonen, um dann weiteres *Smartvocabulary* anzufügen für all ihre Begeisterung. Das Kind war also weg, das Kind, für das man, nein frau, achtzehn Jahre lang da gewesen war, während der passende Vater aus der Ferne Geld überwies und versuchte, seine älteste Tochter in eine neue Patchworkfamilie einzugliedern. Birgit war ohne Groll, sie hatten es beide nicht hingekriegt, was ja in Zeiten wie diesen keine Schande, sondern normal war. Die letzten vier Monate des Alleinlebens hatten Birgit allerdings gezeigt, dass sie an einem Empty-Nest-Syndrom litt. Auch den Begriff musste sie sich erst ergoogeln, auf der Suche nach einer Erklärung, warum ihr so unaufgeräumt zumute war. Manche ihrer Freundinnen hatten das schon hinter sich und waren entweder ins Yoga-Pilates-Leistungsfach abgedriftet oder im Ehrenamt versunken, oder sie hatten nach einer Reihe von Fehlversuchen den neuen Mann fürs Leben gefunden, mit dem sie jetzt auf E-Bikes durch den Harz fuhren, obwohl sie vorher Urlaub ausschließlich über fernste Fernziele definiert hatten.

Birgit bekam also das erste Mal in ihrem Leben eine Ahnung von Einsamkeit. Im September war Lena ausgezogen, und nun mörtelte ein unentschlossener Winter die Stadt mit gefrorenem Matsch zu. Kinos, Theater, Kneipen geschlossen. Kochen musste Birgit auch nicht mehr lernen, das konnte sie schon lange gut, auch wenn jetzt die Portionierungen für eine Person manchmal misslangen. Der Job, der ihr immer so viel Spaß gemacht hatte, fand nun zwischen ihrem Wäscheständer und dem Couchtisch statt, und wenn sie sich nicht angewöhnt hätte, jeden Tag mit ihrer Kollegin und Freundin Annette zu videocallen, hätte ihre

Zunge vermutlich Muskelkater beim Reden bekommen, so selten war sie gefragt. Überhaupt, wenn die Routine aus Teams, Zoom und Webex nicht gewesen wäre, hätte Birgit ihre Arbeit zwischen 5 und 9 Uhr erledigt und wäre dann übergangslos im Netz auf Partnersuche gegangen. Das hatten ihr ihre Freundinnen nämlich auch geraten. Das sei gut gegen Empty-Nest- und Schneedepression.

Der Schnee war Birgits geringste Sorge, obwohl er den Balkon unbetretbar machte. Sie hatte sich im Internet einen neuen Daunensteppmantel bestellt, zusammen mit Monsterboots, ja, so hießen die jetzt, Schuhe mit Sohlen wie Leberkäse und wahrlich der SUV unter den Stiefeln. Man konnte sich in Zeiten wie diesen nicht warm genug einpacken. Dicke Mütze dazu, fertig war die Stadtpartisanin in der Ausgangssperre. Ihr Hund schützte sie vor polizeilichen Maßnahmen, gemeinsam dehnten sie die Mittagspause bis in den späten Nachmittag aus, um dann alle E-Mails bis zur *Tagesschau* zu erledigen. Am Nachmittag wollte kein Mensch mehr an Videokonferenzen teilnehmen, denn dann war das morgendliche Homeschooling vorbei, und die Mütter unter ihren Kolleginnen mussten zusehen, wie sie das digital vermittelte Wissen in die Köpfchen ihrer Kinder reingebimst bekamen. Manchmal war ein *empty* Nest auch ein Segen.

Birgit gelang es im Homeoffice mühelos, ihre vierzig Wochenstunden auf zwanzig zu verdichten. Arbeitswege fielen auch weg. Erstaunlich, welche Zeit auf einmal blieb, zähfließend wie die tranigen Flocken, die Frau Holle für Städte bereithielt. Nur nicht verwöhnen, die Städter, sollten sie doch von weißer Weihnacht und von Schlittenfahrten in unberührter Schneelandschaft träumen. Das war gut für die Kitschindustrie und für Hochzeitsausstatter, die ja allesamt den Traum in Weiß wahr machten. Einen Traum, davon war Birgit überzeugt, der bei Frauen irgendwie genetisch angelegt war. Sie war damals keine Ausnahme gewesen, als sie Andy geheiratet hatte. Weiß war Verheißung, und auszusehen wie eine frischgebackene Pavlova, jene Kalorienbombe aus Baiser und Sahne, war Traum und süße Sünde zugleich.

Heute wusste Birgit es besser. Es gab keine Versicherung für Weiß. Jeder Schnee schmolz irgendwann, und dann hieß die neue Pavlova Irene oder Sandy, und die machten sich keinen Kopf darüber, dass der Bräutigam schon verheiratet war, wenn sie ihn mit ihren jüngeren oder anderen Schneeköniginnen-Skills einfroren. Kein Wunder, wenn dann in der Erstfamilie die Eiszapfen von der Decke wuchsen. Birgit konnte sich an diese Zeit gut erinnern, an den schneereichen Winter vor acht Jahren. Das Image des Winters hatte bei Birgit seitdem gelitten. Auch Pavlovas und andere Gebilde mit Eischnee hatte sie aus ihrem Backrepertoire gestrichen.

Sie war gerade mit ihrer neuen Winteruniform aus dem Park gekommen. Es war kurz nach vier, und wie erwartet war der E-Mail-Strom versickert, der Anrufbeantworter leer. Auf ihrem

Balkon bildeten sich neue Schneewehen, als die ersten Rückmeldungen auf ihr Profil kamen, das sie heute Morgen bei ElitePartner eingestellt hatte. Am Foto hatte sie ein wenig herumgebastelt, während sie in einer ultrazähen Videoschalte saß, in der man niemanden außer dem Moderator sehen konnte. Den Anamnesebogen des Portals, oder wie hieß das noch mal, hatte sie flott ausgefüllt, wenn sie zu viel nachdachte, kam ihr die ganze Aktion völlig Banane vor. Wie sollte das laufen? Mit einem völlig Unbekannten, von dem man nicht mal wusste, ob er gut roch oder eine Fistelstimme hatte oder auf absurde taktile Praktiken stand?

Kennenlernen per Bild und Profil – okay, wenn sie einer Partei oder der Hunde-in-Not-Community beitreten würde, wäre sie sich einer Gemeinsamkeit zumindest sicher.

Birgit tippte sich durch die Nachrichten von Werner, Hubert und Rudolf. Wer, bitte, hieß denn heute noch so? Hatte sie nicht die Auswahl auf »bis 55« beschränkt? Birgit las die mehr oder weniger inspirierten Anschreiben und besah sich die mehr oder weniger aussagekräftigen Fotos. Zweimal Nasenhaare von unten, einmal aus dem Studio.

Allein Rudolf hatte sich textlich ein wenig Mühe gegeben und fand ihr Lebensmotto gut: »Lieber ein Zimtstern in der Hand als eine Pavlova auf dem Dach.« – »Deinen Worten entnehme ich, dass Du gerne backst?« Was bitte wollte Rudolf ihr damit sagen? »Es wäre schön, wenn Du in unserer möglicherweise gemeinsamen Zukunft regelmäßig in der Teigschüssel rührst!« Birgit ertappte sich dabei, dass sie die wenigen Worte der digitalen Minnesänger sezierte.

Hubert schrieb: »Wenn Du, wie ich, auch gerne ins Kino gehst, können wir das doch mal machen.« Abgesehen davon, dass die Kinos seit einem Jahr geschlossen waren und sie sicher nicht das erste Date mit einem Unbekannten in ein dunkles Kino verlegen würde, war an dem Satz nichts falsch, aber eben auch nichts richtig. Geschätzt ging jeder Mensch immer mal gerne ins Kino, so wie man immer wieder mal gerne einen Kuchen backte.

Werner trieb es noch farbloser. »Sie haben mit mir viel gemeinsam, lassen Sie uns telefonieren, kein Handy, keine E-Mail«. Okay, der war steinalt, hatte ein Foto von vor dreißig Jahren eingestellt und sich seitdem die neuen Techniken noch nicht draufgepackt.

Birgit schickte allen dreien fröhliche Abschiedswinkewinke-Smileys und blockte die Herren. Doch schon standen Gerhard, Michael und Thomas in der Chat-Schlange. Na, das waren doch Namen, wie Birgit sie aus Schulzeiten vor fünfundvierzig Jahren kannte. Also Gleichaltrige.

Birgit schaute aus dem Fenster und sah Weiß. In den wenigen Minuten, die sie nun hier in der ElitePartner-App herumdaddelte, war doch glatt ein *Winterwonderland* entstanden. Allerdings musste Birgit feststellen, dass sie bereits zwei Stunden im Netz hing, und das in der Kernarbeitszeit. Für heute konnte sie sich aus der Zeiterfassung nehmen.

Thomas gefiel ihr auf Anhieb. Smartes Lächeln, intelligente Augen, er hatte sich mit seinem Profilbild alle Mühe gegeben und nicht mit seinem Smartphone aus Nabelhöhe ein Selfie geschossen. Am Hemdkragen konnte Birgit erkennen, dass er beim Anziehen auf Details achtete. Seine Vorlieben waren nicht ultra-originell, aber eben auch nicht verkehrt: Bücher, Kultur, Reisen, gutes Essen. Beruflich irgendwas mit IT. Früher hätte da vermutlich Ingenieur gestanden. Sie schrieb eine Nachricht an Thomas und fragte nach seinem Bücherregal und dessen Befüllung.

»Meine Schöne, Sie werden es nicht glauben, aber das Regal ist flach wie ein Heft, ich lese nur digital!«

Da konnte man doch anknüpfen. Papieraffin trifft Smartreader. Birgit stieg darauf ein und fragte, ob er auch digital spazieren gehen würde oder ob das, ganz *oldschool*, live und in Farbe möglich wäre. Es sei ja gerade so schönes Winterwetter. Und die Parks ein Traum, und der Hund müsse eh Gassi.

Thomas antwortete prompt. »Können wir machen. Morgen, 17 Uhr?«

Birgit dachte kurz darüber nach, dass es um 17 Uhr bereits dunkel war, aber irgendwie wollte sie auch nicht so hasenfüßig rüberkommen. Sie hatte ja einen Hund.

Als Birgit am nächsten Nachmittag an der verabredeten Stelle im Park stand, war gerade die etwas altertümliche Beleuchtung angegangen. Birgit kam das Wort »Laternen« in den Sinn. Ihr

Hund zog mit vergnügten Sprüngen Spuren in den frischen Schnee. Von Thomas noch keine Spur. Doch da, ein Schatten im Schnee im Kegel dieser Laterne! Birgit verkroch sich instinktiv tiefer in ihre Daunen-Gummisohlen-Wolle-Schichten, diesen modischen Burgenbau, der aus Frauen aller Altersstufen stattliche gepolsterte Wesen machte und so viel über ihr Innenleben aussagte. »*Noli me tangere*, oder nur wenn ich es zulasse«.

Der Schatten hatte sich verwandelt und Birgits Hund einen Spielkameraden gefunden. Das passende Frauchen stapfte mit Stock durch den Schnee. Ein Bild aus der Vergangenheit, wären da nicht der knöchellange Daunenmantel, die Monsterboots und die dicke Mütze gewesen. Als sie endlich auf Birgits Höhe angekommen war, konnte man sehen, dass sich unter der Universalverkleidung eine betagtere Dame verbarg. Schlaue Äuglein und ein feines Lächeln in einem Meer aus Fältchen. Sie deutete mit dem Stock auf die balgenden Hunde und sprach vom Segen, einen solchen Park vor der Haustür zu haben, und wie unersetzlich doch Hunde seien. Birgit konnte ihr nur beipflichten, lobte den anderen Hund und die Unternehmungslust der alten Dame, schließlich sei es ja im Schnee, bei Dunkelheit, mit Stock und Hund eine echte Entscheidung, vor die Tür zu gehen.

»Ach, wissen Sie, zu dieser Zeit gehen nur die wirklich Wildentschlossenen auf die Straße, und das sind meist besondere Menschen. Da hat man gleich eine natürliche Auswahl.«

Birgit dachte kurz darüber nach, ob sie wirklich wild entschlossen war, den unbekannten Thomas im Schneetreiben kennenzulernen. Allerdings, es könnte ja ebenso gut wie die Zufallsbegegnung mit der alten Dame laufen und sich als bereichernd herausstellen. Fast schade, dass die alte Dame irgendwann rief: »Also auf bald«, offensichtlich auch für ihren Hund das Zeichen, mit dem Bau von Schneehöhlen aufzuhören. Nach wenigen Sekunden hatte die eiskristallhelle Dunkelheit sie verschluckt, die allerdings nur kurz darauf ein Männchen ausspuckte, das sich als Thomas entpuppte. Rote Softshelljacke, etwas zu eng am Bauch, Schirmmütze, Slipper. Im Schnee! Birgit konnte keines der Kleidungsstücke irgendeiner Haltung zuordnen, und mit dem Profilbild auf dem Portal hatte das alles nichts zu tun. Wollte er sportlich daherkommen, als harter Typ, dem nasse Füße nichts ausmachen, der aber um die Leibesmitte herum durchaus gerüstet war für Steigungen im Mittelgebirge? Sollte die Schirmmütze sagen, dass ein Vordach vor Schneefall schützte? Auf dem Schirm hatte sich eine kleine Wehe gebildet, so wie bei Birgit auf dem Balkon. Wegen dieses Vordachs konnte Birgit diesen Thomas nur halb sehen. Dreitagebart um einen schmalen Mund, Doppelkinn.

Der halbgesichtige Thomas schlitterte den letzten Meter auf Birgit zu, krallte sich an ihrer Daunenrüstung fest und versuchte Begrüßungsküsse, was die Schirmmütze zu verhindern wusste. Das Ergebnis waren eine Schneewehe in Birgits Gesicht und ein taumelnder Thomas, der um eine Entschuldigung für sein Zuspätkommen rang. Parkplatz – Münzen – Weg unterschätzt – unaufschiebbarer Videocall – man sei es ja nicht mehr gewohnt rauszugehen.

Birgit beantwortete das Gestammel mit einem »Macht ja nichts« und rieb sich den fremden Schnee aus dem Gesicht. Wozu hatte sie sich eigentlich Mühe mit dem Make-up gegeben? Es war dunkel, der Typ konnte unter seiner Deppenkappe eh nichts sehen, und nun war garantiert die Wimperntusche verrutscht. Trug man das heute überhaupt noch, oder wurde da alles permanent in Haut und Haare gelasert?

Thomas hingegen fand wohl alles mega. Derart spontane Frauen und so. Birgits Hund hatte sich dem Unbekannten mit leisem Knurren genähert. Männer mit vager Silhouette, die in der Dunkelheit des Parks an seinem Frauchen herumtatschten – hier war der Wachhund gefragt!

Thomas hob beide Hände zu einem »Ho, ho«, was Birgits Hund nicht beruhigte. »Aus, Hörnchen, lieb sein!« Hörnchen wollte nicht lieb sein, sondern Frauchen retten. Und Birgit war ihm nicht undankbar, denn Thomas schwatzte Unsinn und kam ständig zu dicht an den Daunenwall heran. Kein Vergleich zur Begegnung mit der alten Dame.

Thomas hingegen schien gegen alles immun. Gegen leise Hinweise, gegen Geknurre, gegen Schnee in den Schuhen und auf Schirmen, gegen Gesten, die ihn auf Abstand halten sollten, und gegen Schweigen. Birgit hatte, nachdem sie Hörnchen hatte beruhigen können, keinen Ton mehr gesagt. Dafür wusste sie nun bereits von zwei Ex-Frauen, die Thomas – immer begleitet von gestischen Gänsefüßchen – »aussaugten«, einem Job, der Thomas »auslaugte«, von der Pandemie, die sein Vertrauen in die Regierung »aushebelte«, von gestiegenen Spritpreisen, die seinen Fuhrpark »auseinandernahmen«, und von einer Immobilienblase, die seiner Meinung nach bald »aufplatzen« würde.

Birgit sah sich angesichts der wort- und gänsefußreichen Schilderungen um, ob ihnen nicht eine fette Blase auf den Fersen war. Doch nichts, außer Schneedunkelheit, als Thomas abrupt stehen blieb und sich vor Birgit aufbaute. »Und du, wie sieht es bei dir unter deiner Matratze aus?«

Birgit schluckte. Jetzt ging das Gespräch eindeutig in die Richtung, die niemand im dunklen Park mit einem unbekannten Thomas wollte. Thomas hob den Zeigefinger und tippte Birgit auf der Höhe ihrer rechten Brust auf den Daunenmantel. »Sieht man ja gar nicht, was da vor einem steht. Beim Daten ziemlich unüblich!« Thomas fand sich unglaublich gelungen, als er den Zeigefinger zurück in seine Softshelljacke steckte, die sich daraufhin noch mehr über dem Bäuchlein spannte.

Birgit war sprachlos. Und war insgeheim froh, dass sie den Wecker ihres Smartphones auf exakt eine halbe Stunde nach Datebeginn gestellt hatte, ausgestattet mit einer hübschen Melodie.

Sie schätzte, dass dank Thomas' Unpünktlichkeit diese Peinlichkeit im Schnee bald ein Ende haben würde.

Keine Sekunde zu spät klingelte in ihrer Daunenfestung das Telefon. Sie nahm ab und sprach aufgeregt mit ihrem Wecker. »Grüß dich, Mutti, was, du liegst in deiner Küche? Kannst nicht aufstehen? Ich komme, hab Geduld, bin gleich bei dir!«

Birgit drückte den Wecker auf »stumm« und wendete sich besorgt lächelnd der roten Leuchtboje zu. Sie zuckte bedauernd mit den Schultern. »Du hast es gehört?«

Thomas starrte sie mit offenem Mund an. So viel konnte sie sehen, vermutlich hatten sich unter seinem Schirm die Augenbrauen zusammengezogen, schließlich stand ihm der Sinn nach entfesselten Daunenjacken. »Tja, kann man wohl nichts machen!«, grummelte es aus seinem Dreitagebart. Kein Wort der Sorge oder des Mitgefühls, anscheinend hatte Thomas keine Mutter, zumindest keine, um die man sich kümmern sollte. Auch Birgit hatte schon längst keine Mutter mehr, aber allein das Narrativ »gestürzt in der Küche« trieb ihr die Tränen in die Augen. Sie nahm sichtlich bewegt Hörnchen an die Leine und ließ den roten Thomas grußlos im Schnee stehen.

Als sie zu Hause ankam, atmete sie tief durch. Am liebsten wäre sie noch mal auf den Balkon getreten, um die Luft rauszulassen. Aber da lag ja die Schneewehe wie ein müdes Gespenst und kletterte mit jeder Schneeflocke höher an der Balkontür hoch. Das Adrenalin über den völlig indiskutablen Thomas musste irgendwohin, es war erst halb acht. Sie würde es noch in den Baumarkt schaffen und dort eine handliche Schneeschaufel kaufen, um eine kleine Schneise in ihre Balkonpavlova zu graben. Hörnchen ließ sie daheim. Birgit nahm alle Ampeln sportlich, so aufgewühlt war sie von ihrem ersten Onlinedate. Vielleicht würde sie mal drüber lachen können.

Sie zog hastig einen Mundschutz auf und enterte den Baumarkt just zur Durchsage, dass der in wenigen Minuten schließen würde. Schneeschaufeln standen jahreszeitlich bedingt gleich am Eingang. Mindesten zwölf Marken. Wer bitte brauchte so viele unterschiedliche Schneeschaufeln? Birgit verlor kostbare Minuten beim Studieren von Befähigung und Preisen. Man konnte für eine Schneeschaufel ein Vermögen ausgeben oder ein paar Euro. Wo war der Unterschied? Brachen 3-Euro-Schaufeln nach zwei Schüben ab? Waren sie von indischen Kindern gefertigt, die noch nie Schnee gesehen hatten? Musste eine Schneeschaufel mehr leisten, als Schnee zu schaufeln?

»Kann ich Ihnen helfen?« Vor Birgit stand eine Baumarktuniform, und das Gesicht über dem Mundschutz lächelte sie an. Birgit rasselte hastig herunter, für welchen Zweck sie eine Schaufel bräuchte und dass in einer Zweizimmerwohnung ein Riesengerät keinen Platz hätte. Der Mann drehte sich um und entnahm einem Gitterregal ein hellblaues Päckchen. »Pavlova-Klappschaufel für den kleinen Schnee« stand auf dem Schildchen, das von Schneeflocken umrahmt war. »Das ist eine handliche Wunderwaffe gegen alles, was sich einem in den Weg stellt!« Pavel Kohut war der Baumarktleiter, so viel konnte Birgit auf seinem

Namensschildchen erkennen, und offenbar, dachte sie, ein echter Philosoph. Sie strahlte ihn an, und der Baumarktleiter Pavel verbeugte sich ein klein wenig, als hätte er die Auszeichnung gehört, deutete zur Kasse und säuselte: »Wollen wir?«, während die Durchsage mit dem Schließen des Baumarkts nun wirklich ernst machte. Birgit zahlte freudestrahlend einen gar nicht so kleinen Betrag für die kleine Schaufel. Pavel ließ ein wenig zu lange die Finger mit dem Wechselgeld in ihren und brachte sie noch zur Tür, die nun per Hand geöffnet werden musste, weil es bereits kurz nach 20 Uhr war.

»Bitte beehren Sie uns bald wieder«, sagte Pavel mit seinem tschechischen Singsang und trat mit Birgit vor die Tür, wo er sich die Maske vom Gesicht zog und »Puh« sagte. Um seine hellgraublauen Augen zogen sich Lachfalten. Wie konnte einer nach einem Tag im Baumarkt noch so freundlich und hilfsbereit sein?

Birgit nickte heftig und zuppelte hastig den Mundschutz aus dem Gesicht. »Worauf Sie sich verlassen können … Pavel Kohut!«

Pavel deutete mit der Hand nach oben in den dunklen Himmel, in den Millionen Schneeflocken ein weißes Polkadot-Muster malten.

»Nächste Woche haben wir Schneerosen im Angebot. Wenn Sie Glück haben, blühen sie bis in den Mai!«

Pavels Lächeln war wie eine gelungene Pavlova. Das wettergegerbte Gesicht mit ordentlich Falten und Verwerfungen und dahinter ein sehr weicher Kern. In Birgit hatte sich bereits eine tiefe Sehnsucht nach diesem Baumarkt ausgebreitet, noch bevor sie ihn verlassen hatte. Pavel winkte ihr zum Abschied über den Schneeflockenparkplatz hinterher. Birgit hatte die kleine Schneeschaufel an ihren Daunenbusen gedrückt und hinterließ bis zu ihrem Auto eine Monsterbootspur. Insgeheim hoffte sie, Pavel würde ihr folgen, was natürlich Quatsch war, er musste ja erst seinen Baumarkt nachtfertig machen. Und dann würde er sicherlich zu seiner Frau und den mindestens drei Kindern heimkehren.

Aber das herauszubekommen würde ein schönes, völlig analoges Projekt werden die nächsten Wochen. Sie würde Schneerosen im Angebot kaufen und allerlei Dinge, die für den kleinen und den großen Schnee geeignet waren. Und vielleicht würde sie eines Tages Pavel auch eine Pavlova backen. Den roten Thomas hatte sie dabei tatsächlich vergessen. Und die Schneewehe auf ihrem Balkon durfte unberührt so lange dortbleiben, bis sie schmelzen würde. Die hellblaue Packung mit der kleinen Schneeschaufel aber dekorierte Birgit gut sichtbar auf Augenhöhe im Bücherregal neben den Gedichtbänden.

Der Schnee der Wissenschaft

Kapitel 3

···· ✳ ····

Wende ich den Kopf nach oben:
Wie die weißen Flocken fliegen,
Fühle ich mich selbst gehoben
Und im Wirbeltanze wiegen.
Dicht und dichter das Gewimmel;
Eine Flocke bin auch ich. –
Wie viel Flocken braucht der Himmel,
Eh die Erde langsam sich
Weiß umhüllt?

Klabund (1890–1928)

···· ✳ ····

Warme Winter

Johann Peter Hebel

D er warme Winter von dem Jahre 1806 auf das Jahr 1807 hat viel Verwunderung erregt und den armen Leuten wohlgetan; und der und jener, der jetzt noch fröhlich in den Knabenschuhen herumspringt, wird in sechzig Jahren einmal als ein alter Mann auf der Ofenbank sitzen und seinen Enkeln erzählen, dass er auch einmal gewesen sei wie sie und dass man anno 6, als der Franzos in Polen war, zwischen Weihnacht und Neujahr Erdbeeren gegessen und Veielein gebrochen habe. Solche Zeiten sind selten, aber nicht unerhört, und man zählt in den alten Chroniken seit siebenhundert Jahren achtundzwanzig dergleichen Jahrgänge.

Im Jahre 1289, wo man von uns noch nichts wusste, war es so warm, dass die Jungfrauen um Weihnacht und am Dreikönigstag Kränze von Veilchen, Kornblumen und anderem trugen.

Im Jahre 1420 waren der Winter und das Frühjahr so gelind, dass im März die Bäume schon verblühten. Im April hatte man schon zeitige Kirschen, und der Weinstock blühte. Im Mai gab es schon ziemliche Trauben-Beerlein. Davon konnten wir im Frühjahr 1807 nichts rühmen.

Im Winter 1538 konnten sich auch die Mädchen und Knaben im Grünen küssen, wenn's nur mit Ehren geschehen ist; denn die Wärme war so außerordentlich, dass um Weihnacht alle Blumen blühten.

Im ersten Monate des Jahres 1572 schlugen die Bäume aus, und im Februar brüteten die Vögel.

Im Jahre 1585 stand am Ostertag das Korn in den Ähren.

Im Jahre 1617 und 1659 waren schon im Jänner die Lerchen und die Trosteln lustig.

Im Jahre 1722 hörte man im Jänner schon wieder auf, die Stuben einzuheizen.

Der letzte ungewöhnlich warme Winter war im Jahre 1748.

Summa, es ist besser, wenn am St.-Stephans-Tag die Bäume treiben, als wenn am St.-Johannis-Tag Eiszapfen daran hängen.

Die Inuit sind toll

Johannes Schweikle

Wenn ich erzähle, dass ich an einem Schneebuch schreibe, kommt ziemlich schnell der Hinweis: Die Inuit haben ja dreißig verschiedene Wörter für Schnee! Manchmal fällt die Zahl noch größer aus. Hin und wieder höre ich von vierzig oder fünfzig unterschiedlichen Wörtern. Der Rekord in der Welt meines Hörensagens liegt bei einhundert. Aber egal – in jedem Fall schwingt Bewunderung mit für die Völker des arktischen Nordens.

Das ist nett gemeint. Doch in der Sache ist es falsch.

Dieser Irrtum der Moderne kam folgendermaßen zustande: Im 19. Jahrhundert wähnte sich Europa hoch erhaben über die primitiven Eingeborenen des Eises. Als Fritjof Nansen nach Grönland fuhr, erlebte er protestantische Missionare, die den Inuit ihre heidnischen Sitten austreiben wollten. Besonders streng waren die Deutschen aus Herrnhut – sie verboten das Tanzen. Nansen schüttelte fassungslos den Kopf. Wie kann man das größte Vergnügen eines Volkes, das gegen Hunger und Kälte ums Überleben kämpft, zur Sünde erklären?

Im selben Jahrzehnt wie Nansen brach der deutsche Geograph Franz Boas (1858–1942) zu einer Expedition in die Arktis auf. Er lernte Inuktitut, die Sprache der Inuit. Nach seiner Rückkehr stülpte er als Wissenschaftler das Denken seiner Zeit um. Jede Kultur ist relativ und aus sich selbst heraus zu verstehen, sagte Boas. Es gibt nicht den großen Maßstab des weißen Mannes, mit dem er die Zivilisation anderer Völker messen könnte.

Franz Boas wurde Professor für Anthropologie an der Columbia University in New York. Die Inuit waren für ihn keine unterentwickelten Menschen – ganz im Gegenteil. Er zeigte, wie sich die Lebensweise der Nomaden des Nordens in ihrem Vokabular widerspiegelt. Im Jahr 1911 erklärte Boas, dass an der Stelle, wo der Engländer nur das Wort »snow« kennt, der Inuk vier unterschiedliche sprachliche Bedeutungseinheiten unterscheide: Schnee am Boden, fallender Schnee, driftender Schnee und Schneewehe.

So kam ein populärer Irrtum in die Welt. Landauf, landab wird er als wissenschaftliche Erkenntnis gehandelt. Wer behauptet, die Inuit hätten vierunddreißig oder meinetwegen auch neunundsechzig Wörter für Schnee, übersieht einen wichtigen Umstand: Die Eskimosprachen sind polysynthetische Sprachen. Das heißt: Wenn ein Deutscher von »gerade frisch gefallenem Schnee« spricht, verbindet der Inuk diesen komplexen Ausdruck zu einem Wort.

Es ist schön, dass die Eskimos sich so genau mit dem komplizierten Stoff befassen, der ihr Leben prägt. Und es ist schön, dass wir nicht mehr auf sie herunterschauen. Aber es wäre ein Fortschritt, mit der Verklärung der Inuit, Kalaallit und Yupik aufzuhören. Denn trotz Zentralheizung ist unsere Wahrnehmung der Natur auch wieder nicht so minderbemittelt, dass wir nur ein Wort für Schnee hätten.

Ich fang mal an: Sulz – Harsch – Firn –

Schnee, der den Weihnachtstruck von Coca-Cola zudeckt.

Immiaq
geschmolzenes Eis oder geschmolzener Schnee; Bier (Grönländisch)

Nancy Campbell

Nach ein paar Stunden auf einem Langstreckenflug zwischen Nordamerika und Europa kann der Passagier, der einen Fensterplatz und klare Sicht hat, beim Anblick der bis zum Horizont und weiter reichenden schneebedeckten Gneisberge in Trance verfallen. Wenn Sie auf die Kartenansicht zoomen, wo ganz Grönland von Cape Farewell im Süden bis zur Kaffeklubben-Insel im Norden sichtbar ist, gleicht das Land einer gigantischen Träne, die aus den gemäßigten Klimazonen in Richtung arktischer Ozean rollt. Es mag die größte Insel der Welt sein, aber der Großteil ihrer Oberfläche ist unbewohnbar. Das gesamte grönländische Inland liegt unter jahrhundertealten Schneemengen, die sich zu einem Tausende Meter dicken Eisschild komprimiert haben. Aus dieser dichten, mit blauen Schmelzseen durchsetzten Eismasse kriechen Auslassgletscher in Richtung Küste. Dort kalben sie unter ohrenbetäubendem Donner in die Fjorde, und die Eisberge treiben aufs Meer hinaus. Die Grenze, an der Meer und Land aufeinandertreffen, ist ebenfalls von einer wechselnden Eisschicht bedeckt, die sich im Winter unmerklich bildet und im Frühjahr wieder abschmilzt.

Vor sehr langer Zeit kamen Menschen aus Ländern im Osten und Westen an diesen dynamischen Küstenstrich und ließen sich nieder, obwohl sie nicht sicher sein konnten, den dunklen arktischen Winter zu überleben. Da auf den kargen Felsen kein Ackerbau betrieben werden konnte, waren diese Heimstätten nur vorübergehende Rückzugsräume – oft nicht mehr als ein Stützpunkt, von dem aus man zu Expeditionen aufbrach, um Nahrung zu suchen. Siedlungen und Jagdgebiete waren nicht durch Straßen verbunden, sondern durch geschützte Häfen und Wege über das Meereis. Jäger reisten mit Schutzbrillen, um die Augen vor dem blendend weißen Schnee zu schützen, wenn sie nach den besten Stellen für ihre Angelschnüre suchten oder mit der Harpune darauf warteten, dass die Robben an Atemlöchern erschienen. Ein Jäger musste eigenständig sein – und sämtliche Vorräte bei sich haben, die notfalls für Tage auf dem Schlitten reichen mussten. Nur Trinkwasser musste nicht mitgeführt werden, weil überall frischer Schnee und Eis gesammelt und in einem Topf über dem

Feuer geschmolzen werden konnten. Deshalb wurde das grönländische Wort *immiaq*, das geschmolzenes Eis oder Schnee bedeutet, im Laufe der Zeit auch für Trinkwasser verwendet.

Im 19. Jahrhundert kamen im Auftrag dänischer Siedler die
ersten Lebensmittelimporte in Grönland an, und schon bald be-
zeichneten die Menschen auch andere Getränke als *immiaq*. In
vielen Jägerfamilien wurde selbst gebrautes Bier getrunken. Ein
Rezept für *immiaq* aus dem weit entfernten Nordwesten Grön-
lands aus den 1960er-Jahren empfahl die Mischung von 1 kg
Malz, 50 g Hopfen, etwas Hefe und 2–3 kg Kristallzucker – je
nach gewünschter Stärke des Biers.

Stärke ist nicht alles: Inzwischen ist die Craftbeer-Bewegung
auch in der Arktis angekommen. 2012 wurde in Ilulissat eine
kleine Brauerei gegründet, nicht weit entfernt vom Endpunkt des
sich am schnellsten bewegenden grönländischen Gletschers. Die
Brauerei Immiaq bietet eine ganze Palette von Bieren an, vom
dunklen, lieblichen Weihnachtsbier bis hin zu einem hellrosa
Pilsner. Dankbare Touristen und Klimaforscher trinken das Bier
in Hotelbars und können dabei auf ein Meer aus Eisbergen blicken. Der große Gletscher Sermeq Kujalleq mag ein UNESCO-
Weltkulturerbe sein und folglich zur Erhaltung empfohlen, doch
das ändert nichts an der Tatsache, dass er weiterhin jedes Jahr
rund 46 km³ Eis kalbt – eine Menge, die den jährlichen Wasser-
bedarf der Vereinigten Staaten abdecken könnte. Das uralte Eis
schmilzt auch ohne den Ofen eines Jägers viel zu schnell.

Das Mädchen aus dem Eis

Erica Ferencik

Ich legte mich genauso hin wie die beiden, hielt das Ohr einen Zentimeter über das Eis, von dem kalter Dunst in meinen Kopf stieg. Naaja, die uns beobachtet hatte, streckte sich neben mir aus, ihr Gesicht dicht an meinem.

Ich hörte es sofort – eine Marsmenschensprache aus Klicks, Pings, Quietschen, Pochen, Zirpen und stakkatoartigen Schlägen. Obwohl ich das Gefühl im Ohr verlor, wollte ich nicht aufhören zu lauschen. Hätte alles dafür gegeben, diese Sprache oder Sprachen zu verstehen: Eine Robbe, die ihr Junges ruft, vor einem Eisbären in der Nähe warnt? Ein Finnwal, der seiner Gefährtin etwas vorsingt? Ich stellte mir weiße Belugas vor, die wie riesige ertrunkene Geister unter uns aufstiegen. Wie nahe würden sie uns wohl kommen, während wir auf dem Eis lagen?

Nora setzte sich auf, klopfte ihren Parka ab. »Wir können auch mit einem Hydrofon Laute erzeugen und aufnehmen. Komm, ich zeig's dir.« Wieder zurück in der Kuppel, kramte sie in einem Dry Bag herum, bis sie einen Digitalrekorder hervorholte, an dem zwei Mikrofone mit langen Kabeln angeschlossen waren. Eines der Mikros warf sie in das Loch und ließ es mehrere Meter in die Tiefe hinabgleiten. Das andere schaltete sie ein und sprach hinein. Ihre verstärkte Stimme erfüllte die Kuppel.

»Hallo, da unten, ihr tollen Meeresgeschöpfe …«

Naaja griff nach dem Mikrofon.

»Soll ich es ihr geben?«, fragte Nora mich.

Aber Naaja hatte es Nora bereits aus der Hand gerissen. Sie machte Laute in das Mikro, die ganz ähnlich klangen wie das Piepsen und Zirpen, das wir auf dem Eis gehört hatten.

»Hört euch das an«, sagte Raj. »Sie ist echt gut.«

Naaja ging am Rand des Lochs in die Hocke, gab weiter ihre Rufe von sich, ohne uns zu beachten.

Plötzlich stieß ein langer weißer Speer aus dem Wasser. Was zum Teufel? Die Erwachsenen sprangen von dem Loch zurück. Raj schmiss dabei einen Eimer mit Proben um. Algen und ein halbes Dutzend Polardorsche schlitterten über den Eisboden, während der Speer auf das brüchige Eis eindrosch, gegen die glasigen Seiten der Öffnung schlug. Naaja rührte sich nicht; mit einem stolzen Lächeln im Gesicht sah sie uns nacheinander an, holte Luft und setzte mit noch größerer Begeisterung ihr unheimliches Pfeifen und Klicken fort.

»Naaja«, sagte ich und ging auf sie zu, als könnte ich etwas von ihrer Zauberei aufsaugen, wenn ich mich ihr näherte oder sie berührte. »Was machst du …«

»Heilige Scheiße«, flüsterte Raj. »Das ist ein Narwal.«

Naaja rief weiter.

Der gewundene Stoßzahn hob sich beängstigend hoch, drehte sich dann zu uns, als würde er spüren, wo wir waren. Zwei weitere Hörner, jedes fast zwei Meter lang, durchbrachen die Oberfläche und rangen in dem engen Loch um Platz. Eines der Geschöpfe hob seinen dunkelgrauen Kopf aus dem Wasser. Ein fischig riechender Luftstoß kam explosionsartig aus seinem Blasloch, als sich dessen Muskelwulst öffnete und schloss.

»Sie hat sie gerufen – das sind männliche Narwale«, sagte Nora.

Naaja konnte Speziesgrenzen überwinden, Welten überwinden! *Sie* war die Linguistin. Nie zuvor hatte ich ein solches Staunen empfunden, den herrlichen Drang, gleichzeitig zu weinen und zu lachen.

»Hol die Kamera – Raj?«, sagte Nora im Flüsterton, unfähig, die Augen von den rundlichen grauen Köpfen und winkenden Speeren loszureißen.

Aber auch er konnte nicht wegsehen. »Die ist im Dry Bag.«

Fluchend kramte sie ihr Handy aus der Tasche.

Die Einhorn-Stoßzähne schwangen hin und her, als versuchten sie, ihren Weg in der seltsamen Luft der Kuppel zu ertasten – Wo sind wir hier? –, bevor sie ein letztes Mal gegeneinanderschlugen und dann abtauchten. Das stahlblaue Wasser schloss sich über ihnen, schwappte gegen die Seiten des Lochs.

Naaja, die jetzt verstummt war, sank zurück, als wäre sie erschöpft.

»Hast du das aufgenommen, Nora?«, fragte Raj mit leiser Stimme.

»Es ging zu schnell. So was hab ich in meinem ganzen Leben noch nicht gesehen.«

»Das war … das war yūgen«, sagte ich.

»Yūgen?«

»Das ist ein japanisches Wort für etwas, das Gefühle erzeugt, für die es keine Worte gibt …«

»Das war echt yūgen«, sagte Raj. »Einfach unglaublich.«

Wir sahen alle zu, wie sich das Wasser beruhigte, als würden wir darauf warten – oder hoffen –, dass diese fantastischen Geschöpfe noch einmal auftauchten. Aber dieser Augenblick war für immer vorbei.

Der Schnee der Bewegung

Kapitel 4

···· ❄ ····

Wohin man schaut, nur Schnee und Eis,
Der Himmel grau, die Erde weiß;
Hei, wie der Wind so lustig pfeift,
Hei, wie er in die Backen kneift,
Doch meint er's mit den Leuten gut,
Erfrischt und stärkt, macht frohen Mut.
Ihr Stubenhocker, schämet euch,
Kommt nur heraus, tut es uns gleich.
Bei Wind und Schnee auf glatter Bahn,
Da hebt erst recht der Jubel an!

Robert Reinick (1805–1852)

···· ❄ ····

Schlittschuhfahren

Johann Wolfgang von Goethe

Wie man aber Verletzungen und Krankheiten in der Jugend rasch überwindet, weil ein gesundes System des organischen Lebens für ein krankes einstehen und ihm Zeit lassen kann, auch wieder zu gesunden, so traten körperliche Übungen glücklicherweise, bei mancher günstigen Gelegenheit, gar vorteilhaft hervor, und ich ward zu frischem Ermannen, zu neuen Lebensfreuden und Genüssen vielfältig aufgeregt. Das Reiten verdrängte nach und nach jene schlendernden, melancholischen, beschwerlichen und doch langsamen und zwecklosen Fußwanderungen; man kam schneller, lustiger und bequemer zum Zweck. Die jüngeren Gesellen führten das Fechten wieder ein; besonders aber tat sich, bei eintretendem Winter, eine neue Welt vor uns auf, indem ich mich zum Schlittschuhfahren, welches ich nie versucht hatte, rasch entschloss und es in kurzer Zeit, durch Übung, Nachdenken und Beharrlichkeit, so weit brachte, als nötig ist, um eine frohe und belebte Eisbahn mitzugenießen, ohne sich gerade auszeichnen zu wollen.

Diese neue frohe Tätigkeit waren wir denn auch Klopstocken schuldig, seinem Enthusiasmus für diese glückliche Bewegung, den Privatnachrichten bestätigten, wenn seine Oden davon ein unverwerfliches Zeugnis ablegen. Ich erinnere mich ganz genau, dass, an einem heiteren Frostmorgen, ich aus dem Bette springend, mir jene Stellen zurief:

Schon von dem Gefühle der Gesundheit froh,
Hab' ich, weit hinab, weiß an dem Gestade gemacht
Den bedeckenden Kristall.

Wie erhellt des Winters werdender Tag
Sanft den See! Glänzenden Reif, Sternen gleich,
Streute die Nacht über ihn aus!

Mein zaudernder und schwankender Entschluss war sogleich bestimmt, und ich flog sträcklings dem Orte zu, wo ein so alter Anfänger mit einiger Schicklichkeit seine ersten Übungen anstellen konnte. Und fürwahr!, diese Kraftäußerung verdiente wohl von Klopstock empfohlen zu werden, die uns mit der frischesten Kindheit in Berührung setzt, den Jüngling seiner Gelenkheit ganz zu genießen aufruft und ein stockendes Alter abzuwehren geeignet ist. Auch hingen wir dieser Lust unmäßig nach. Einen herrlichen Sonnentag so auf dem Eise zu verbringen genügte uns nicht; wir setzten unsere Bewegung bis spät in die Nacht fort.

Denn wie andere Anstrengungen den Leib ermüden, so verleiht ihm diese eine immer neue Schwungkraft. Der über den nächtlichen, weiten, zu Eisfeldern überfrorenen Wiesen aus den Wolken hervortretende Vollmond, die unserm Lauf entgegensäuselnde Nachtluft, des bei abnehmendem Wasser sich senkenden Eises ernsthafter Donner, unserer eigenen Bewegungen sonderbarer Nachhall vergegenwärtigten uns Ossiansche Szenen ganz vollkommen. Bald dieser, bald jener Freund ließ in deklamatorischem Halbgesange eine Klopstocksche Ode ertönen, und wenn wir uns im Dämmerlichte zusammenfanden, erscholl das ungeheuchelte Lob des Stifters unserer Freuden.

Und sollte der unsterblich nicht sein,
Der Gesundheit uns und Freuden erfand,
Die das Ross mutig im Lauf niemals gab,
Welche der Ball selber nicht hat?

Solchen Dank verdient sich ein Mann, der irgendein irdisches Tun durch geistige Anregung zu veredeln und würdig zu verbreiten weiß!

Und so wie talentreiche Kinder, deren Geistesgaben schon früh wundersam ausgebildet sind, sich, wenn sie nur dürfen, den einfachsten Knabenspielen wieder zuwenden, vergaßen wir nur allzu leicht unseren Beruf zu ernsteren Dingen; doch regte gerade diese oft einsame Bewegung, dieses gemächliche Schweben im Unbestimmten, gar manche meiner inneren Bedürfnisse wieder auf, die eine Zeit lang geschlafen hatten, und ich bin solchen Stunden die schnellere Ausbildung älterer Vorsätze schuldig geworden.

Wintersport

Peter Altenberg

ine der größten Entwicklungen im physiologischen Leben der Menschheit ist die Entdeckung der Schönheit der *Winterlandschaft*! Der Schwede *Fjaestad* begann, den Schnee zu malen, wie keiner vor ihm. Denn er liebte ihn; nur liebevolle Augen können im Schnee so viel verborgene Schönheit, Poesie, Melancholie ausfindig machen, gleichsam wie in dem vergötterten Antlitz einer geliebten Frau! Die Poesie der Winterlandschaft, die früher einigen wenigen Träumern und Dichtern aufgegangen war, ist nun auf dem Umwege *»sportlicher Vergnügungen«* in die Gesamtheit eingedrungen und erfüllt die nervös gewordene Menschheit mit unermesslichen neuen Lebensenergien!

Der Wintersport hat seine Übertreibungen, wie alle guten vorteilhaften Dinge auf Erden; aber er ist der einzige Vermittler zwischen dem in Arbeit und Sorge dahinvegetierenden Menschenkinde und Gottes friedevoller Winterpracht! Man sieht am Semmering nun Recken und Hünengestalten wie aus deutschen

Sagenbüchern erstanden! Es werden Gefahren aufgesucht im tief verschneiten und vereisten Bergwald!

Frauen schweben dahin wie fliegende Engel, Kraft und Lebendigkeiten einheimsend aus der Winterluft für kommende Generationen! Mensch sein heißt »*Stoff wechseln*« im energischsten Grade. Und dazu verhilft allein der *Wintersport* in eisiger Luft! Er ist das *Regenerationsmittel* der Zukunft! Dichter, Denker und Träumer leben von »*innerem Stoffwechsel*«; aber der Mensch des realen, lebendigen, unerbittlichen Lebens muss es sich durch »*frische Tat*« erzeugen.

Der Wintersport gibt Millionen Kräfte denen, die noch zu nehmen, noch zu geben haben, in ihren gut organisierten Lebensmaschinen. Die anderen mögen abseits wandeln und mit den Augen allein die Kräfte der heiligen Winterlandschaft in sich hineintrinken! Alle Versuche moderner Physiologen, die Menschheit zu regenerieren, sind kindische Unternehmungen gegenüber dem Walten eines Wintertages mit seiner eisigen, sonnigen, urreinen Luft! Amen.

Unser Feind, der Snowboarder

Friederike Leibl-Bürger / Florian Asamer

Zum Skifahren gab es damals grundsätzlich nicht so viele Alternativen. Im Sommer ging man Rad fahren und schwimmen, im Winter rodeln und Ski fahren. Langlaufen war für uns Spazierengehen mit Skiern an den Füßen. Und mit Spazierengehen konnte man uns jagen. Sonst spielten weder die Verlockungen von Computerkonsolen noch die Alternativen von Winterurlaub in warmen Gegenden eine ernsthafte Rolle. Doch wurde uns auch auf der Piste eine wichtige Entscheidung abgenommen. Es gab nur Skier, keine Snowboards. Wo heute Kinder und Jugendliche hin- und hergerissen sind, weil sie sich nicht zwischen Skiern und Snowboards entscheiden können – und oft am Ende beides nicht ordentlich erlernen –, gab es früher keine Alternative. Die größten Exoten waren Skibob- und Telemark-Skifahrer. Aber dass wir unsere Pisten einmal mit einer völlig anderen Spezies würden teilen müssen, war für uns völlig unvorstellbar.

Als die ersten Monoskier auftauchten, amüsierten uns die ungelenken Versuche Einzelner, eine Piste zu bezwingen, ohne die

Beine bewegen zu können. Noch waren wir unbesiegbar, wir ahnten nicht, dass die Snowboarder unsere Welt aus den Angeln heben würden. Alles, was wir Skifahrer an Disziplin und Ehrenkodex erlernt hatten, zogen Snowboarder mit provokanter Lässigkeit ins Lächerliche. Uns war etwa eingeimpft worden, wenn, dann nur am Pistenrand zu pausieren – im Idealfall fuhr man, ohne anzuhalten, bis zum nächsten Lift – und sich niemals hinter einer Kuppe zu versammeln. Dort war nun ohnehin kein Platz mehr. Wenn den Snowboardern nach Pause war, ließen sie sich wie fette Schmeißfliegen im Schwarm bevorzugt hinter einer Kante mitten auf der Piste nieder und hatten alle Zeit der Welt.

Waren wir ausdrücklich angehalten worden, im unberührten Tiefschnee Spuren dicht an dicht zu setzen, damit auch für andere noch genug unverspurter Hang übrig blieb, pflügten die Snowboarder mit großzügigen Schwüngen quer über den Berg. Um ihn zu markieren, meinten wir und hassten die demonstrative Individualität, die sie unserer Angepasstheit entgegensetzten. Mit den Snowboardern hielt eine Rücksichtslosigkeit, aber auch Unbeschwertheit auf den Bergen Einzug, die beide für uns dort nichts zu suchen hatten. Dennoch beneideten wir sie insgeheim, den Berg so unbekümmert für sich allein zu beanspruchen. Und besser angezogen waren sie obendrein.

Der Wintersport

Alois Brandstetter

Vorerst war die Fassdaube. Ich bin noch mit Fassdauben *Ski* gefahren, wenn man so sagen kann. Später kamen die Denk-Skier. Denk hieß ein Rechenmacher und Drechsler, der die Erzeugung von Skiern in sein Produktionsprogramm aufgenommen hatte. Denk-Skier waren schmal und lang und vorne zu einer Nase zugespitzt. Man musste die Skier damals über den Sommer einspannen. Man legte dazu einen hölzernen Klotz in der Mitte bei den Bindungen zwischen die beiden Skier, schnürte die Bretter hinten und vorne mit einem Strick oder Riemen zusammen und zwängte an den Spitzen, in die eigens ausgekerbten Nasen, ein Stäbchen von ungefähr einem halben Meter Länge, um die Biegung auf dem alten Stand zu halten oder womöglich zu erhöhen. Um das Biegen zu erleichtern, wurde oft auch mit heißem Wasser oder Dampf nachgeholfen. Die Skier waren anfangs auf der Unterfläche wie die Fassdauben mehr oder weniger glatt. Später schnitzte der Denk eine ungefähr einen Zentimeter breite und tiefe Rinne in die Lauffläche, um dem Ski eine bessere Führung zu verleihen. Auch die Bindungen waren primitiv, massive Backen, später verstellbare, die sich aber oft selbstständig machten, sodass man mit dem Schuh innen oder außen neben dem Ski stand, Riemen mit Schnallen, dann gedrehte Federn, die man in eine tiefe Rille am Absatz des Schuhs einlegte, bevor man die Feder mit einem Schnapper spannte. Entsprechend war auch das Schuhwerk, man hielt für den Sport alles das für angebracht und *lange gut* (gut genug), was zu sonst nichts mehr taugte. Das sehe ich für eine durchaus würdige menschliche Haltung einer Nebensache gegenüber an.

Unvergesslich bleibt mir die Werkstatt des alten Denk, ein stubenartiger, relativ niedriger Raum mit dicken Mauern, kleinen Fenstern, einer Werkbank, einer Drehbank für Drechslerarbeiten, einer Bandsäge, einer Kreissäge, dicht unter der Decke eine Transmission, einem schlanken, zylindrischen Ofen mit einem elend langen, um die Ecke gewundenen Rohr, und rundum an allen Wänden, auch in verschiedenen Mauernischen und Kästen Werkzeug über Werkzeug, Hämmer aller Art, Sägen, Stemmeisen, Hobel, sogenannte Reifmesser für die Arbeit an der sogenannten Heinzelbank, Hacken, Dorne, Feilen und so weiter.

Rechen wurden aus Eschenholz hergestellt. Es gab dabei zwei Typen, den kleinen Heurechen und den großen Streifrechen. Ein Streifrechen war doppelt so breit wie der Heurechen und hatte statt des einfachen Stiels eine gespaltene Gabel mit seitlicher Verstrebung, dieser große Rechen war vor allem zum Nachheuen beim Einführen bestimmt. Einmal geriet uns ein solcher Rechen unter den Wagen, und es gab ein Knistern und Krachen vom Brechen der Zähne und der Haltestreben. Das war ein beträchtlicher Schaden und ein schlechtes Vorzeichen.

Die Zähne, die in das Blatt eingesetzt wurden, mussten absolut trocken sein, um fest zu sitzen. Der Denk brachte darum immer Körbe voller Zähne zu uns, wo sie über dem Backofen eine Zeit lang gelagert und getrocknet wurden. Trocken pflanzte er sie streng ins Blatt ein, dann steckte er die fertigen Rechen eine Nacht in das Wasser einer kleinen *Lacke* neben seinem Haus, anschließend waren die Zähne wie angewachsen.

Durch die Erfahrung im Umgang mit der Esche, die auch für Skier verwendet wurde, war der Denk schließlich auch der gegebene Skierzeuger. Er widmete sich diesem Geschäft, wenn auch mit einem gewissen Unernst und geistigen Vorbehalt, hielt wohl diejenigen, die sich für diesen Artikel interessierten, für ein wenig verrückt. Ein Rechen hatte einen Sinn. Er war selbst ein Mann über die sechzig, gichtleidend, und benützte darum beim Gehen immer einen Stock. Getestet hat er seine Skier natürlich nie. Trotzdem waren sie im Umkreis bekannt und gefragt. Es werden, meiner Schätzung nach, so an die fünfzig Paar gewesen sein, die seine heimelige Werkstatt verlassen haben.

Das Skifahren war ein einziger Kampf mit dem Material. Groß aber war der Einfallsreichtum der Kinder und Jugendlichen, um sich auf den Skiern zu erhalten. Im Zirkus sieht man manchmal Clowns und Komiker, die den Tollpatsch spielen und ununterbrochen aus dem Gleichgewicht zu geraten drohen, sich aber im letzten Augenblick immer noch fangen. Ein solches fortgesetztes Fallen und Dem-Fall-Zuvorkommen, sich aus den unglaublichsten und, physikalisch gesehen, unmöglichsten Lagen aufzurichten und ins Lot zu bringen – das war die Kunst des Skifahrens. Ich habe es so in Erinnerung, dass die Skier fuhren, und man versuchte mitzufahren. Richtung und Tempo aber bestimmten das Gelände und die Ausrüstung.

Und es gab genug Zusammenstöße. Oft krachten zwei mit voller Wucht zusammen, oder es fuhr einer gegen einen Baum, dass die Eschenbretter des Denk splitterten und zu Bruch gingen. Manchmal aber schien ein Zusammenstoß oder ein Anprall unvermeidlich, und plötzlich überlegten es sich die Skier des einen und schwenkten kurz vor dem Unglück, wie von einer Zauberhand gelenkt, in eine andere Richtung ab, als ob nichts gewesen wäre. Mit Fassdauben und Gummistiefeln zu fahren verlangte das Äußerste an Körperbeherrschung. Es glich einem Rodeo. Und doch gab es welche, die mit ihren Dauben über Sprungschanzen gingen und zehn und mehr Meter durch die Luft flogen. Da man bei Dauben in der Mitte in einer Art Tal stand, konnte man sich während der Fahrt zwischendurch auch drehen und verkehrt fahren, was bei heutigen Skiern mit ihrer eindeutigen Orientierung nicht mehr möglich ist.

Im Jahre 1953 absolvierte ich mit Denk-Skiern einen Schulskikurs, den Skikurs meines Lebens. Einige Klassen des Welser Gymnasiums, so auch meine, fuhren nach Radstadt, um auf der Felser Alm in den Tauern eine Woche lang den Skilauf zu erlernen oder zu vervollkommnen. Die Schülerinnen und Schüler der 5. Klassen standen schon am Bahnsteig, als ich, der einzige Fahrschüler meiner Klasse vom Land, dort eintraf. Ich erregte mit meiner Ausrüstung kein geringes Aufsehen. Die Mitschüler hatten damals alle bereits vielfach verleimte Markenskier oder Skier aus Metall oder Kunststoff und auch sonst gute Ausrüstung, während ich mit einem Paar Denk-Skiern mit zwei Schnäbeln an den Spitzen, altertümlichen Bindungen und zwei Haselnussstecken mit Schneetellern aus einer gebogenen Gerte und Lederspeichen und Schlaufen aus einem Kalbstrick daherkam. Auch meine Kleidung war nicht auf dem neuesten Stand der Mode. Mutter hatte gefunden, dass Kniehosen mit Gamaschen um die Waden zum Skirutschen das Beste seien. Die Skischuhe waren umgewidmete Goiserer mit der tiefen, mit einer Rundraspel hergestellten Rille am Absatz. Ich trug einen Hubertusmantel und eine Zipfelmütze, außerdem einen schweren Rucksack und als Handgepäck ein kleines Köfferchen, an dem ich die Skistöcke festgezurrt hatte. Der Turnlehrer sah bedenklich auf mein Material und meinte, damit würde das Skifahren sicher nicht ganz leicht werden …

Die Mitschüler staunten über meine Ausrüstung, und auch ich merkte den Abstand meines Materials von ihrem – und schämte mich. Mit Bitterkeit dachte ich an die Eltern, vor allem an den Vater, der für den Sport absolut nichts übrighatte und der mich in diese ungute Außenseiterlage gebracht hatte.

Als wir am ersten Morgen des Kurses in vier Gruppen eingeteilt wurden, fand ich mich sofort und automatisch in der vierten und letzten. Der Turnlehrer besorgte mir nach den ersten Übungen ein Paar von den Leihskiern, wie sie für alle Fälle in der Hütte standen. Es zeigte sich aber, dass ich mich damit noch schwerer tat als mit den gewohnten Brettern. So ließ mich der Lehrer bei meinem unorthodoxen Balancestil und machte auch keine weiteren Anstrengungen, mich in die fremden und meinem Gerät unangemessenen Regeln des alpinen Skilaufs hineinzuzwingen. Ich fuhr den angestammten Denk-Stil, und die paar Mann der letzten Gruppe und unser Betreuer staunten sogar manchmal nicht wenig, was ich auf meinen unberechenbaren und unlenkbaren Brettern an Stehvermögen bewies. Die Hänge waren damals noch nicht so bevölkert wie heute, sodass der Mangel an Dirigierbarkeit nicht so sehr ins Gewicht fiel. Heute würde ein solcher Irrläufer und Geisterfahrer Katastrophen anrichten und Liftverbot und einen Pistenverweis bekommen.

Es ging so weit alles gut, bis einmal alle Gruppen gemeinsam ein Stück der Passstraße, die von Radstadt herauf wegen des vielen Schnees für den Verkehr unpassierbar geworden war, mit den Skiern abfuhren. Man musste hier in einem relativ schmalen, vielleicht sieben oder acht Meter breiten Graben zwischen meterhohen Schneemauern talwärts. Sicherheitshalber fuhr ich gleich einmal als Letzter. Die übrigen Schüler hatten sich schon lange an einem tiefer gelegenen Punkt gesammelt, als ich noch auf halber Strecke einen verzweifelten Kampf kämpfte. Hier und unter diesen Bedingungen wirkte sich ein Umstand besonders gravierend und verhängnisvoll aus, dass mir nämlich mein Freund zu Hause auf die Denk-Bretter Stahlkanten montiert hatte, diese aber verkehrt herum anbrachte, mit dem sogenannten Stoß nach vorne. Links und rechts von den Skiern staubte an den Verbindungsstellen der einzelnen Kanten der Schnee zur Seite. So verrissen die Skier auch alle Daumen lang je nach Belastung, was diesmal zur Folge hatte, dass ich mich alle fünfzig bis hundert Meter so tief in die Schneewände bohrte, dass ich nur mit Mühe wieder herauskam. Das alles sah natürlich für Außenstehende sehr lächerlich aus, und obwohl sich die Mitschüler und die Mädchen der Parallelklassen bisher mit Spott zurückgehalten hatten, weil sie meine Ausrüstung und meine Fahrweise eher als einen Sozialfall ansahen, über den man nicht lachen durfte, sondern mit dem man im Gegenteil Mitleid haben musste, lösten mein verzweifeltes Pendeln zwischen der rechten und der linken Schneewand und meine aussichtslosen Versuche, in der Mitte zu bleiben, diesmal ein großes Gelächter aus. Sie nannten mich Schneemann. Ich sah durch das viele Stürzen, Eingraben und Auf- und Herausrappeln verwegen aus, die Gamaschen hatten sich gelöst, die gesamte Kleidung war angegriffen. Und angegriffen war vor allem mein Selbstwertgefühl. Ich machte zwar gute Miene zum bösen Spiel (was man freilich kaum sah, weil ich so viel wie eingeschneit war), war aber im Innersten getroffen und verletzt. Dies alles war nicht so lustig wie vielleicht diese Geschichte. Mir war widerfahren, wovor ich immer die größte Angst hatte, nämlich zum Gespött zu werden. Mir war richtig nach *Ecce homo* zumute, und ich belohnte mich wohl auch ein wenig mit Selbstmitleid. Fest stand aber für mich, dass ich in Zukunft keine weiteren Skiversuche mehr starten wollte. Ich habe mich auch in den folgenden Jahren, meist als Einziger, regelmäßig von den Skikursen abgemeldet. Da ich auch an den Tanzkursen und anderen Gesellschaften der Klasse nicht teilnahm, erwarb ich mir allmählich einen soliden Ruf als Spielverderber.

Ich habe seit dem damaligen Skikurs keine neue Anstrengung mehr unternommen, um das Skifahren zu erlernen, ich bin dem Skisport somit treu geblieben. Ich habe mich hundertmal der Reklame widersetzt und mir weder solche noch andere Skier gekauft. Einen guten hölzernen Rechen würde ich mir kaufen, den gibt es aber nicht mehr, so wie es den alten Denk nicht mehr gibt. Auch habe ich immer allen Parolen vom Nutzen und von der Notwendigkeit des Fremdenverkehrs und des Wintersports misstraut. Neuerdings kommt man uns ganz raffiniert. Plötzlich heißt es, jeder, der nicht Ski fährt, leiste keinen Beitrag zur Erhaltung der Arbeitsplätze in der Skiindustrie. Mich aber lässt der Winter kalt. Ich sitze hinter dem Ofen, drehe das Radio auf und höre Meldungen über verstopfte Straßen zu den Wintersportorten, über Skiunfälle, Seilbahn- und Lawinenunglücke. Ein richtiger Skimuffel, setze ich mich hin, schreibe eine Geschichte über den Wintersport und gefährde seelenruhig Arbeitsplätze.

Der Schnee der Gefahr

Kapitel 5

···· ❉ ····

Ein weißes Feld, ein stilles Feld.
Aus veilchenblauer Wolkenwand
hob hinten, fern am Horizont,
sich sacht des Mondes roter Rand.

Und hob sich ganz heraus und stand
bald eine runde Scheibe da,
in düstrer Glut. Und durch das Feld
klang einer Krähe heisres Krah.

Gespenstisch durch die Winternacht
der große dunkle Vogel glitt,
und unten huschte durch den Schnee
sein schwarzer Schatten lautlos mit.

Gustav Falke (1853–1916)

···· ❉ ····

Eingeschneit

Mark Twain

Mitten im Winter zog ich mit meinen Freunden Ollendorff und Ballou ins Goldland. Und ausgerechnet am Silvesterabend erwischte es uns! In dichtem Schneetreiben kamen wir vom Weg ab. In unserer verzweifelten Lage beschlossen wir, ein Feuer aus Salbeibüschen anzumachen und bei demselben bis zum Morgen zu kampieren. Wir waren alle einig darüber, dass ein Lagerfeuer uns noch am ehesten am Leben erhalten könnte, und so machten wir uns ohne Aufschub daran, ein solches herzustellen. Da wir keine Zündhölzchen finden konnten, versuchten wir es mit den Pistolen. Auf den Knien drängten wir uns in dem tiefen Schnee aneinander; die Pferde steckten ihre Nasen zusammen und beugten ihre Köpfe geduldig über uns, und so fuhren wir in unserem wichtigen Experiment fort, während die fedrigen Flocken herunterwirbelten und uns in eine Gruppe weißer Statuen verwandelten. Wir brachen Zweige von einem Salbeibusch, säuberten einen kleinen Platz vom Schnee und häuften das Holz auf, es mit unseren Leibern schützend.

Dies nahm zehn bis fünfzehn Minuten in Anspruch, und nun setzte Ollendorff unter allgemeiner Stille und atemloser, ängstlicher Spannung seinen Revolver daran, drückte ab und – fort flog unser Holzhäufchen in alle Winde.

Das war recht betrübend, aber es verblasste vor einem noch größeren Schrecken – die Pferde waren fort. Ich war damit betraut gewesen, die Zügel zu halten, hatte sie aber in der Aufregung des Pistolenexperiments unversehens fallen lassen, und die frei gewordenen Pferde waren in dem Unwetter davongelaufen. Sie aufsuchen zu wollen, wäre verlorene Mühe gewesen; ihre Fußtritte brachten kein Geräusch hervor, und man konnte ihnen auf zwei Ellen nah sein, ohne sie zu sehen. Wir waren vorher schon elend genug dran gewesen, nun fühlten wir uns noch viel verlassener. Mehrere Minuten lang sprach keiner ein Wort. Ein feierliches Schweigen herrschte. Selbst der Wind hielt verstohlen inne mit seinem Wehen und machte nicht mehr Geräusch als die fallenden Schneeflocken, sodass eine Unheil verkündende Stille entstand. Endlich begann man mit gepresster Stimme, sich auszusprechen, und es zeigte sich bald, dass einer wie der andere von uns in seinem Innern fest überzeugt war, diese Nacht sei unsere letzte in diesem Leben. Ich hatte im Stillen gehofft, der Einzige zu sein, der diese Empfindung hätte. Als die anderen ebenfalls gefasst diese Überzeugung bekannten, klang es wie Grabgeläute. Ollendorff sagte: »Brüder, lasst uns zusammen sterben! Und lasst uns hinübergehen ohne ein bitteres Gefühl gegeneinander. Lasst Vergangenes vergeben und vergessen sein. – Aber sollten wir das neue Jahr wirklich noch erleben«, damit zog er seine Schnapsflasche aus dem Mantel, »werde ich nie mehr wieder einen Tropfen anrühren.«

Der Hoffnung auf das Leben habe er gänzlich entsagt, meinte er weiter, und, obwohl schlecht vorbereitet wolle er sich doch demütig in sein Schicksal ergeben. Allerdings wünschte er noch eine kleine Frist, aber nicht aus irgendwelchem selbstsüchtigen Grunde, sondern um seinen Sinn gründlich zu ändern, sich der Pflege der Armen und Kranken zu weihen und der Welt Mäßigkeit zu predigen, damit sein Leben zu einem heilsamen Beispiel für die Jugend werde und er es zuletzt mit dem tröstlichen Gedanken beschließen dürfe, dass er nicht umsonst gelebt habe. Seine Umkehr solle gleich in diesem Augenblick beginnen, hier im Angesicht des Todes, da ihm keine Zeit mehr gewährt sei, sich zum Wohl und Heil der Menschheit zu betätigen – und damit schleuderte er die Whiskyflasche fort.

Ballou machte Bemerkungen ähnlichen Inhalts und begann die »Umkehr«, deren Fortsetzung er nicht erleben sollte, damit, dass er das alte Kartenspiel wegwarf, welches unser Leben während der letzten Tage behaglich, ja überhaupt erträglich gemacht hatte. Nie habe er gewerbsmäßig gespielt, sagte er, aber er sei überzeugt, dass die Beschäftigung mit den Karten unsittlich und schädlich sei, und, wer ganz rein und tadellos sein wolle, derselben entsagen müsse.

Meine eigenen Bemerkungen waren in demselben Ton gehalten wie die meiner Kameraden, und ich weiß, dass die Gefühle, aus denen sie entsprangen, tief empfundene und aufrichtige waren. Wir meinten es alle aufrichtig und waren tief erschüttert und voll heiligen Ernstes; sahen wir uns doch ohne jede Hoffnung im Angesicht des Todes. Ich warf meine Pfeife weg mit der Empfindung, mich dadurch endlich von einem verhassten Laster frei gemacht zu haben, das mich mein Lebtag beherrscht hat. Wir umschlangen uns mit den Armen und erwarteten die Schläfrigkeit, die dem Tode des Erstarrens voranzugehen pflegt. Sie kam dann auch bald über uns, und wir sagten einander ein letztes Lebewohl. Ein behaglicher Traumzustand wob sich um meine schwindenden Sinne, während die Schneeflocken meinen nunmehr besiegten Körper mit einem Leichentuch bedeckten. Das Bewusstsein schwand. Der Kampf des Lebens war vorüber …

Ich weiß nicht, wie lange ich mich in dem Zustand völligen Vergessens befand, aber es kam mir wie eine Ewigkeit vor. Allmählich erwachte ich wieder einigermaßen zu Bewusstsein. Auf einmal erhob sich neben mir etwas Weißes, und eine grämliche Stimme sagte: »Will einer der Herren mir gefälligst einen Tritt vor den Hintern geben?« Es war Ballou – wenigstens war es ein struppiger Schneemann mit Ballous Stimme. Ich erhob mich, und wer schildert mein Erstaunen, als ich im Morgengrauen keine zwanzig Schritte von uns weg die Brettergebäude einer Poststation erblickte und dabei unter einem offenen Schuppen unsere Pferde noch mit Sattel und Zaumzeug! Eine gewölbte Schneewehe zerbarst jetzt, aus der Ollendorff auftauchte; und alle drei saßen wir nun da und starrten die Gebäude an, ohne ein Wort zu sagen. Wir hatten auch in der Tat nichts zu sagen. Wir standen wie die Ochsen am Berge. Die ganze Situation war so peinlich lächerlich und demütigend, dass sie sich nicht in Worte fassen lässt.

Bald saßen wir im Posthaus, jeder einzeln für sich in seine ärgerlichen Gedanken vertieft. Das Geheimnis war enthüllt, wir wussten jetzt ganz gut, warum die Pferde uns verlassen hatten. Sie waren gescheiter gewesen als wir, hatten sich ohne Zweifel schon nach wenigen Augenblicken unter dem schützenden Schuppen befunden, von dort aus jedenfalls alle unsere Bekenntnisse und Klagelieder mit angehört und sich nicht schlecht darüber gefreut. – Nach dem Frühstück wurde uns besser zumute, und die Lust am Leben kam bald zurück. Die Welt nahm sich wieder heiter aus, und das Dasein an diesem Neujahrsmorgen war uns lieb und wert. Auf einmal überkam mich ein Gefühl des Unbehagens und der Unruhe. Es bohrte und nagte immer stärker an mir ohne Unterlass. Ach, meine Wiedergeburt war nicht vollständig, ich war zu keinem neuen Leben erwacht – ich fühlte Lust zum Rauchen! – Ich widerstand mit aller Kraft, aber das Fleisch war schwach. Einsam wanderte ich fort und kämpfte eine ganze Stunde lang mit mir selbst. Aber es war alles umsonst. Bald sah ich mich zwischen den Schneewehen herumschleichen und nach meiner weggeworfenen Pfeife suchen. Nach langem Forschen entdeckte ich sie endlich und verkroch mich, um mich im Verborgenen daran zu erfreuen. Doch bald schämte ich mich meiner eigenen erbärmlichen Gesellschaft. In fortwährender Angst vor Entdeckung kam ich auf den Gedanken, die andere Seite der Scheune könnte vielleicht etwas mehr Sicherheit bieten, und so schlich ich mich um die Ecke. Als ich mit brennender Pfeife um dieselbe bog, kam Ollendorff mit seiner Flasche an den Lippen um die andere Ecke, und zwischen uns saß, ohne uns zu bemerken, Ballou, tief versunken in ein Spielchen Solitär mit seinen alten, fettigen Karten!

Das hieß denn doch die Abgeschmacktheit bis aufs Äußerste zu treiben! Wir schüttelten uns die Hände und gelobten uns, nie mehr von »Umkehren« und »Beispielen für das heranwachsende Geschlecht« zu reden.

Lawinenhunde

Johannes Schweikle

Es ist ein Tag, an dem man nicht sicher sagen kann, ob es das Matterhorn wirklich gibt. Graue Wolken hängen tief über dem Schnee. Der Wind pfeift mit solchen Geschwindigkeiten über den Gletscher, dass die Bergbahn den Betrieb einstellen musste.

Dieses Wetter hat sich gestern schon abgezeichnet. Deshalb hat Viktor Perren die Lawine in ein tieferes Gebiet verlegt. Oberhalb von Zermatt ist er mit einer Pistenraupe über eine Wiese gefuhrwerkt, bis der Schnee so zerfurcht war wie in einem Lawinenkegel. Dann hat er mit der Schaufel drei Löcher in den verschneiten Hang gegraben. Jedes ist so groß wie ein Sarg.

Viktor Perren ist der Obmann der Lawinenhundeführer im Oberwallis. Der hagere Mann ist Ende dreißig, ein schwarzer Vollbart rahmt sein schmales Gesicht. Er stammt aus Zermatt, im Hauptberuf arbeitet er als Pistenretter bei den Bergbahnen. Für Unglücksfälle im Schnee ist er genau der Richtige: Nervosität oder gar Hektik sind seinem Gemüt fremd. Abends unterhält er manchmal die Gäste mit seinem Schwyzerörgeli. Der Hund von Viktor Perren heißt Fürell und ist von gegensätzlichem Naturell. Ein kleiner französischer Jagdhund mit Pfeffer-und-Salz-Fell, der kaum zu halten ist und vor Aufregung bellt. »Ja, er hat schon viel Temperament«, sagt sein Herrchen.

Jeden zweiten Samstag bestellt der Obmann seine Hundeführer zu einer Rettungsübung. An diesem Morgen um halb neun finden sich sechs Männer und eine Frau an der simulierten Lawine ein. Man könnte sie für Angler halten, die sich in den Schnee verirrt haben. Aber die langen Stäbe sind Sonden, mit denen sie nach Verschütteten stochern. Außerdem hat jeder eine Schaufel zum Graben dabei, ferner ein Funkgerät und ein piepsendes LVS, ein Lawinenverschüttetensuchgerät.

Vor einem Gasthaus am Pistenrand, unter der Walliser Fahne, warten die Führer mit den Hunden auf ihren Einsatz. Die Tiere sind von unterschiedlichen Rassen: ein Labrador und ein australischer Kelpie sind dabei, ein schwarzer Riesenschnauzer und ein schokoladenbrauner ungarischer Jagdhund, dessen Blick an einen melancholischen Aristokraten erinnert. Er hat ein dünnes Fell. Damit er nicht friert, ruht er auf einer Decke, die der Herr für seinen Hund im Schnee ausgebreitet hat. Die anderen Retter lästern. Aber nur leise – für groben Spott ist der Herr des feinen Hundes zu mächtig. Bei der Aktiengesellschaft der Zermatter Bergbahnen hat er die Position des Geschäftsführers inne.

Nur eine Rasse fehlt bei der Übung: der Bernhardiner, der

mythologische Hund der Schweiz. Hier im Wallis, nur ein paar Berge weiter, wurde er weltberühmt. Im Hospiz auf dem Großen Sankt Bernhard hielten die Mönche diese Molosserhunde. Man weiß nicht genau warum, vermutlich sollten die überaus kräftigen Tiere Räuber von dem einsamen Haus auf der Passhöhe abhalten. In einer Zeichnung von 1695 tauchen sie erstmals in Verbindung mit dem Hospiz auf.

Der Bernhardiner wurde zu einem Symbol für Treue und Verlässlichkeit. Dieses Tier eignete sich als Projektionsfläche von Eigenschaften, die der Mensch sich beim Menschen wünscht. Es verfügt über beeindruckende Kraft. Der ruhige Charakter dieses Alpenhunds ist so weit weg von allen Kläffern und Wadenbeißern wie der Schnee von der Südsee. Die Augen zwischen den großen Ohren schauen ergeben bis an die Grenze zur Blödheit.

Im 19. Jahrhundert lebte im Hospiz der berühmteste aller Bernhardiner. Barry soll mehr als vierzig Menschen aus dem Schnee gerettet haben. Auf einem Hundefriedhof im Dunstkreis von Paris bekam er ein Denkmal. Dort ist Süßlichkeit in Stein gemeißelt: Der zottelige Hund hat ein engelsgleiches Mädchen gerettet. Das Kind ruht auf seinem Rücken und hält die Hände eng um den Hals des braven Tiers geschlungen. Darunter steht eine Klage wider den Undank der Menschen: »Er rettete 40 Personen das Leben. Vom 41. wurde er getötet.« Diese Legende hat sich schnell verbreitet: Ein Soldat Napoleons habe den guten Hund für einen Wolf gehalten und mit seinem Messer tödlich verletzt. Die Wahrheit ist schlichter: Als Barry zwölf Jahre alt war, wollte der Prior dem Hund das raue Hochgebirge nicht länger zumuten. Er sollte in Bern einen ruhigen Lebensabend verbringen. Als er zwei Jahre später dort starb, wurde er ausgestopft und kam ins Naturhistorische Museum. Dem Präparator ist ein ausdrucksstarkes Werk gelungen. Ruhig und kraftvoll steht Barry da. In seinen Glasaugen liegt die Melancholie eines unverstandenen Mahners.

Der Hund aus den Schweizer Bergen wurde ein Motiv für Briefmarken in der ganzen Welt: Gambia und Paraguay, Japan und Mosambik, auch Palau in der Südsee ließ den Bernhardiner drucken. Ein Schweizer Fabrikant verkaufte seine Zigarren als »Barry-Stumpen«. Im 20. Jahrhundert erhielt der Retter aus dem Schnee das ewige Leben: Eine Schweizer Firma nannte ihr Lawinensuchgerät »Barryvox«, die Stimme von Barry.

Für die Suche nach Verschütteten eignet sich der Bernhardiner längst nicht mehr. Durch die Zucht ist dieser Hund zu groß und zu schwer geworden. Eine Stiftung in Martigny im Rhonetal kümmert sich um alle Belange der Rasse. Eines der größten Tiere in ihrem Zwinger heißt »Sultan« und wiegt 75 Kilo. Barry war bedeutend leichter. Die Führerin durch das Museum erzählt, dass der Ur-Bernhardiner wegen seiner mangelnden Größe irgendwann peinlich wirkte. Deshalb habe man dem ausgestopften Hund im Naturhistorischen Museum die Beine verlängert. Ansonsten hat sich die Stiftung mit den Legenden arrangiert. Sie zeigt den Bernhardiner mit dem Schnapsfässchen am Halsband, das den Erfrierenden die Rettung gebracht haben soll. So sieht man ihn auch in Zermatt. Aber nur bei schönem Wetter. Dann steht ein Fotograf mit zwei Schnapsfässchen-Bernhardinern am Pistenrand und wartet auf Gäste, die ein Erinnerungsfoto an den Skiurlaub in der Schweiz wollen.

Vor zwölf Jahren wurde Viktor Perren von einer Lawine mitgerissen. Er hatte Glück, dass der Schnee ihn nicht begraben hat. »Ich bin wieder obenauf gekommen«, sagt er gewohnt ruhig. Jetzt geht er außer Sicht- und Riechweite der Hunde und kriecht in eins der Schneelöcher, die er gestern gegraben hat. Einer seiner Männer schüttet den Eingang zu, dann sind Kitty und Nanuk an der Reihe. Kitty Gilli leitet das Igludorf von Zermatt. Ihr Schweizer Schäferhund hat ein so weißes Fell, dass sie ihn Nanuk genannt hat. So heißen bei den Inuit die Eisbären. Kitty ruft: »Such!« Mit unglaublicher Energie rennt Nanuk über den zerfurchten Schnee. Schnüffelt hier, springt weiter, wie aufgezogen.

Wenn ein Mensch von einer Lawine verschüttet wird, hat er in den ersten zwanzig Minuten gute Überlebenschancen. Danach nehmen sie rapide ab. Viktor Perren hat genug Atemluft in seiner Höhle. Läge er begraben unter den chaotischen Massen einer Lawine, liefe seine Zeit jetzt langsam ab. Aber plötzlich jault Nanuk vor Aufregung und wühlt mit den Vorderpfoten wild entschlossen im Schnee – er hat den Verschütteten gefunden. Nanuk kriegt von Kitty zur Belohnung ein paar Rädchen Wurst. Dann knuddeln die beiden, und es ist schwer zu sagen, wer dabei mehr Spaß hat, das Tier oder der Mensch.

»Bei einem Hund geht es nur mit Freude«, erklärt Viktor Perren. Für das Tier ist die Suche ein Spiel, das Spaß macht und mit einer Belohnung endet. Bei den Übungen wird die Ausdauer für den Einsatz trainiert: »Der Hund darf nicht nach einer halben Stunde zusammenbrechen«, sagt Perren, »er muss eine Stunde durchhalten.« Für die Hundeführer ist das Ganze nicht so lustig. Jeder hat sechs Wochen Bereitschaft im Winter. Oft werden die Retter mit den Hubschraubern von »Air Zermatt« zum Einsatzort geflogen. Dort gehen sie das Risiko ein, selbst von einer Nachlawine erfasst zu werden. Und trotz aller Übungen ist die Bilanz tieftraurig. Aldo Biner ist der Einzige aus der Gruppe, der schon einen Verschütteten lebendig bergen konnte. Aber auf diesen Geretteten kamen für ihn zehn Tote. Doch er sagt: »Für diesen einen hat sich's gelohnt.«

Die Ausbildung zum Lawinenhund dauert drei Jahre. Es gibt A-, B- und C-Hunde. Kira, der Hund von Aldo Biner, ist ein C-Hund. Er findet auch einen Rucksack, der im Schnee vergraben wurde – das Modell heißt zufällig »Nirwana«. Zur Belohnung gibt's Wurst und einen Spaßkampf: Kira verbeißt sich in den Rucksack, Aldo zerrt an den Riemen, so toben die beiden durch den Schnee. Über ihnen segeln schwarze Bergdohlen im Wind.

Ein bisschen erinnern die Hundeführer an Feuerwehrmänner. Bei ihnen treffen Sinn und Selbstbewusstsein aufeinander. Sie setzen sich ein, um Menschen aus Lebensgefahr zu retten. Und sie sind gerüstet für Extremsituationen, in denen der Normalbürger lieber nicht das Haus verlässt. In Zermatt kommt noch ein anderes Motiv dazu. Der Ort lebt von den Skiurlaubern, und die Hundeführer geben diesen ein Gefühl der Sicherheit. Viktor Perren drückt es so aus: »Die Leute sollen sehen: Es gibt uns, und wir haben eine Ausbildung.«

Nach der Übung essen die Hundeführer noch gemeinsam zu Mittag. In einem Bergrestaurant bestellen sie Walliser Käseschnitte und Steinbockragout. Bis das Essen kommt, macht eine Dose Schnupftabak die Runde. Man echauffiert sich über den blöden Snowboarder, der gestern das Skigebiet am Matterhorn mit einem Abenteuerspielplatz verwechselt hat. Er verließ die Piste, verfuhr sich zwischen Wald und Felsen, schließlich stürzte er einen gefrorenen Wasserfall hinunter. Der Hubschrauber musste ihn bergen, einer der Männer sagt mit grimmigem Frohlocken: »Das wird teuer!«

Die Hunde sind wie Kinder, die im Schnee getobt haben. Sie haben sich verausgabt, jetzt liegen sie erschlagen auf dem Boden. Aber Snatch hat jetzt seinen großen Auftritt. Eine aufgebrezelte Skiurlauberin betritt das Lokal, sieht den schwarzen Riesenschnauzer und knuddelt ihn, als ob's ihr eigenes Baby wäre. So viel Begeisterung für den Hund ist den Hundeführern fast zu viel. Der Obmann grinst stumm in die Runde. Einer seiner Männer sagt zu der Frau: »Wir wären auch noch da.«

Der Schneesturm

Alexander Puschkin

Eilig geht der Pferde Lauf
Durch die hohen Wehen …
Seitwärts ist ein Gotteshaus
Ganz allein zu sehen.

Plötzlich Schneesturm überall,
Mit den Flügeln pfeifend
Fliegt durch weißen Flockenfall,
Fast den Schlitten streifend,
Schwarzer Rabe. Leid'ger Ton!
In die Ferne spähen
Unruhvoll die Pferde schon,
Ihre Mähnen wehen …
W. A. Schukowski

Ende des Jahres 1811, in der uns allen denkwürdigen Zeit, lebte auf seinem Landgut Neparadowo der wackere Gawrila Gawrilowitsch R***. Er war durch seine Gastfreundlichkeit und Gutmütigkeit in der ganzen Gegend bekannt. Die Nachbarn kamen jeden

Tag zu ihm auf Besuch, um zu essen und zu trinken oder mit seiner Gattin, Praskowja Petrowna, Boston zu fünf Kopeken den Point zu spielen; viele auch, um ihre Tochter, Marja Gawrilowna, ein schlankes, bleiches siebzehnjähriges Mädchen, zu sehen. Sie galt als reiche Partie, und viele ersehnten sie für sich oder für ihre Söhne.

Marja Gawrilowna war mit französischen Romanen erzogen worden und folglich verliebt. Ihr Auserwählter war ein armer Fähnrich von der Linie, der sich auf Urlaub auf dem Lande aufhielt. Es versteht sich von selbst, dass im Busen des jungen Mannes die gleiche Leidenschaft loderte und dass die Eltern seiner Geliebten, als sie ihre gegenseitige Zuneigung merkten, der Tochter untersagten, an ihn auch nur zu denken, und ihn bei seinen Besuchen noch unfreundlicher aufnahmen als irgendeinen verabschiedeten Assessor.

Unsere Verliebten tauschten häufig Briefe aus und sahen sich täglich unter vier Augen im Fichtengehölz oder bei der alten Kapelle. Dort schworen sie einander ewige Liebe, beklagten ihr Los und schmiedeten allerlei Pläne. Nach den vielen Gesprächen und Briefen gelangten sie (was ja sehr natürlich ist) zu folgendem Schlusse: »Da wir ohneeinander nicht atmen können und der Wille der grausamen Eltern unserm Glücke im Wege steht, dürften wir uns da nicht auch ohne ihre Einwilligung behelfen?« Es versteht sich, dass dieser glückliche Gedanke zuerst dem jungen Mann gekommen war und der romantischen Fantasie Marja Gawrilownas außerordentlich zusagte.

Der eingetretene Winter machte ihren Zusammenkünften ein Ende; ihr Briefwechsel wurde aber umso lebhafter. Wladimir Nikolajewitsch beschwor sie in einem jeden seiner Briefe, die Seinige zu werden: sich mit ihm heimlich trauen zu lassen, eine Zeit lang in einem Versteck zu leben und dann den Eltern zu Füßen zu fallen; die Eltern aber würden sich von der heroischen Treue und dem Unglück der Liebenden rühren lassen und sicherlich sagen: »Kinder! Kommt in unsere Arme!«

Marja Gawrilowna schwankte; viele Fluchtpläne wurden von ihr nacheinander verworfen. Endlich willigte sie ein: An dem für die Entführung bestimmten Tage sollte sie nicht zu Abend essen und sich, Kopfweh vorschützend, in ihr Zimmer zurückziehen. Dann sollte sie mit ihrer Zofe, die in die Verschwörung eingeweiht war, durch den Hinterflur in den Garten gehen, hinter dem Garten einen angespannten Schlitten vorfinden, in diesen einsteigen und etwa fünf Werst weit nach dem Dorfe Schadrino direkt zur Kirche fahren, wo Wladimir sie schon erwarten würde.

In der Nacht vor dem entscheidenden Tage konnte Marja Gawrilowna keinen Schlaf finden; sie packte ihre Sachen, band Wäsche und Kleider zu einem Bündel zusammen und schrieb einen langen Brief an ihre Freundin, ein sehr empfindsames junges Mädchen, und einen zweiten an ihre Eltern. Sie nahm von ihnen in den rührendsten Ausdrücken Abschied, entschuldigte ihren Schritt mit der unüberwindlichen Macht der Leidenschaft und schloss mit den Worten, dass sie den Augenblick, in dem sie ihren teuren Eltern zu Füßen fallen dürfte, für den glücklichsten ihres Lebens betrachten würde. Nachdem sie beide Briefe mit einem in Tula verfertigten Petschaft versiegelt hatte, auf dem zwei flammende Herzen, von einer entsprechenden Inschrift umgeben, dargestellt waren, warf sie sich beim Tagesgrauen auf ihr Lager und schlummerte ein, wurde aber fortwährend von furchtbaren Traumbildern aufgeschreckt. Bald schien es ihr, dass ihr Vater, gerade in dem Augenblick, wo sie in den Schlitten stieg, um zur Trauung zu fahren, sie überraschte, mit schmerzvoller Schnelligkeit über den Schnee schleifte und in ein finsteres, bodenloses Verlies stieße … sie stürzte kopfüber hinab, während ihr Herz sich unaussprechlich zusammenkrampfte; bald sah sie Wladimir blass und verblutend im Grase liegen; im Sterben beschwor er sie mit herzzerreißender Stimme, sich sofort mit ihm trauen zu lassen. Noch viele andere gestaltlose und sinnvolle Schreckbilder schwebten eines nach dem andern vor ihren Blicken. Als sie endlich aufstand, war sie blasser als sonst und hatte wirkliches Kopfweh. Vater und Mutter bemerkten sofort ihre Unruhe; die zärtliche Besorgtheit der Eltern und ihre unaufhörlichen Fragen: »Was hast du, Mascha? Bist du nicht wohl, Mascha?« schnitten ihr ins Herz. Sie versuchte, sich zu beruhigen und sorglos zu erscheinen, brachte es aber nicht fertig. Indessen wurde es Abend. Der Gedanke, dass sie den scheidenden Tag zum allerletzten Mal inmitten der Ihrigen begleite, bedrückte sie schwer. Sie war mehr tot als lebendig; im Geiste verabschiedete sie sich schon von allen Personen und Gegenständen, die sie umgaben. Das Abendessen wurde aufgetragen; ihr Herz begann heftig zu pochen. Mit bebender Stimme erklärte sie, dass sie heute nicht zu Abend essen würde, und wünschte den Eltern Gute Nacht. Diese küssten sie und gaben ihr, wie jeden Abend, ihren Segen; sie fing dabei beinahe zu weinen an. Als sie in ihr Zimmer kam, ließ sie sich in einen Sessel fallen und brach in Tränen aus. Die Zofe beschwor sie, sich zu beruhigen und Mut zu fassen. Alles war schon bereit. In einer halben Stunde sollte Mascha dem Elternhause, ihrem Zimmer und dem stillen Mädchendasein für immer Lebewohl sagen … Draußen tobte ein Schneesturm; der Wind heulte, die Fensterläden bebten und klopften; alles erschien ihr drohend und unheilkündend. Bald war es im Hause still; alle schliefen. Mascha hüllte sich in ihren Schal, zog sich einen warmen Mantel an, nahm ihr Köfferchen in die Hand und trat auf den Hinterflur. Die Zofe folgte ihr mit zwei Bündeln. Sie gingen in den Garten hinunter. Der Schneesturm wütete noch immer; der Wind blies Mascha ins Gesicht, wie wenn er die junge Missetäterin aufhalten wollte. Mit großer Mühe gelangten sie an das Ende des Gartens. Auf der Straße wartete schon der Schlitten. Die durchfrorenen Pferde wollten nicht mehr ruhig stehen; Wladimirs Kutscher ging vor den Deichselstangen auf und ab und bemühte sich, die Ungeduldigen zu halten. Er half dem Fräulein und der Zofe, in den Schlitten zu steigen und die Bündel und das Köfferchen unterzubringen, ergriff die Zügel, und die Pferde rasten dahin. Wir wollen aber das Fräulein der Sorge des Schicksals und der Kunst des Kutschers Terjoschka anvertrauen und uns zu unserem jungen Liebhaber wenden.

Wladimir war den ganzen Tag unterwegs. Am Morgen besuchte er den Priester von Schadrino und einigte sich mit ihm nicht ohne Mühe. Dann begab er sich auf der Suche nach Trauzeugen zu den benachbarten Gutsbesitzern. Der erste, den er aufsuchte, der vierzigjährige ehemalige Kornett Drawin, willigte mit Freuden ein. Dieses Abenteuer, behauptete er, erinnere ihn an die Husarenstreiche seiner Jugend. Er bewog Wladimir, bei ihm zu Mittag zu essen, und versicherte ihm, dass die zwei noch fehlenden Zeugen sich unschwer finden lassen würden. Gleich nach dem Essen erschienen tatsächlich der Geometer Schmidt, der einen Schnurrbart und Sporen trug, und der Sohn des Landpolizeihauptmanns, ein etwa sechzehnjähriger Junge, der vor Kurzem bei den Ulanen eingetreten war. Sie nahmen Wladimirs Vorschlag nicht nur an, sondern erklärten sich auch bereit, für ihn ihr Leben aufs Spiel zu setzen. Wladimir schloss sie entzückt in seine Arme und fuhr nach Hause, um die letzten Vorbereitungen zu treffen.

Es dämmerte schon seit geraumer Zeit. Wladimir schickte seinen verlässlichen Terjoschka mit einer Troika und genauer und ausführlicher Instruktion nach Neparadowo, ließ sich den kleinen einspännigen Schlitten geben und fuhr allein ohne Kutscher nach Schadrino, wo nach etwa zwei Stunden auch Marja Gawrilowna eintreffen sollte. Der Weg war ihm gut bekannt, und die Fahrt dauerte gewöhnlich nur zwanzig Minuten.

Kaum aber hatte Wladimir das Dorf verlassen, als sich ein Wind erhob und ein solcher Schneesturm losbrach, dass er nichts mehr sehen konnte. Die Straße war in einem Augenblick unter den Schneemassen verschwunden; ein trüber gelblicher Nebel, durch den die weißen Schneeflocken flogen, verdeckte den Blick; der Himmel floss mit der Erde in eins zusammen; Wladimir sah sich plötzlich mitten im freien Feld und machte vergebliche Versuche, wieder auf die Straße zu gelangen. Das Pferd lief aufs Geratewohl; bald fuhr es in einen Schneehaufen hinein, bald versank es in einem Graben; der Schlitten kippte jeden Augenblick um. Wladimir war nur auf das eine bedacht: die Richtung nicht zu verlieren. Es war aber schon, wie ihm schien, mehr als eine halbe Stunde vergangen, und er hatte das Gehölz von Schadrino noch immer nicht erreicht. Es vergingen noch zehn Minuten – vom Gehölz war noch immer nichts zu sehen. Wladimir fuhr über ein Feld, das von tiefen Gräben durchzogen war. Der Schneesturm wollte sich nicht legen und der Himmel nicht aufklaren. Das Pferd begann, müde zu werden, und er selbst kam in Schweiß, obwohl er jeden Augenblick bis an den Gürtel in den Schnee versank.

Bald merkte er, dass er in falscher Richtung fuhr. Wladimir hielt an, überlegte sich seine Lage und kam zur Überzeugung, dass er etwas mehr rechts fahren müsse. Er fuhr nach rechts.

Das Pferd bewegte vor Müdigkeit kaum die Beine. Er war ja schon mehr als eine Stunde unterwegs. Schadrino musste ganz in der Nähe sein. Er fuhr aber immer weiter, und das Feld nahm kein Ende. Immer neue Schneehaufen und Gräben; der Schlitten kippte immer wieder um, und er musste ihn immer wieder aufrichten. Die Zeit verging; Wladimir wurde nun ernstlich unruhig.

Endlich zeigte sich seitwärts etwas Dunkles. Wladimir lenkte das Pferd in diese Richtung. Als er näher kam, sah er, dass es ein Gehölz war. »Gott sei Dank!«, sagte er sich. »Jetzt ist es nicht mehr weit.« Er fuhr am Gehölz entlang, denn er hoffte, entweder auf die ihm wohlbekannte Landstraße zu kommen oder das Gehölz zu umfahren; Schadrino musste ja gleich dahinter liegen. Bald fand er den Weg und fuhr in das Dunkel der Bäume, die der Winter ihres Laubes beraubt hatte. Der Wind konnte hier nicht so furchtbar wüten; die Straße war eben, das Pferd fasste neuen Mut, und Wladimir beruhigte sich.

Er fuhr aber und fuhr, doch von Schadrino war immer noch nichts zu sehen; das Gehölz wollte kein Ende nehmen. Wladimir merkte mit Schrecken, dass er in einen ihm unbekannten Wald geraten war. Verzweiflung bemächtigte sich seiner. Er gab dem Pferd die Peitsche; das arme Tier versuchte, Trab zu laufen, wurde aber bald müde und ging schon nach einer Viertelstunde, trotz aller Bemühungen des unglücklichen Wladimir, wieder im Schritt.

Allmählich lichtete sich das Dickicht, und Wladimir fuhr aus dem Walde heraus. Von Schadrino war nichts zu sehen. Es mochte gegen Mitternacht sein. Tränen traten ihm in die Augen; er fuhr aufs Geratewohl weiter. Der Sturm hatte sich gelegt, die Wolken verzogen sich; vor ihm lag ein von einem weißen Teppich bedecktes Tal. Die Nacht war ziemlich hell. Er entdeckte in der Nähe ein Dörfchen, das aus vier oder fünf Höfen bestand. Wladimir fuhr auf das Dörfchen hin. Beim ersten Bauernhause sprang er aus dem Schlitten, lief auf ein Fenster zu und begann zu klopfen. Nach einigen Minuten ging der hölzerne Laden auf, und ein alter Mann streckte seinen grauen Bart heraus. »Was willst du?« – »Ist es weit bis Schadrino?« – »Ob es bis Schadrino weit ist?« – »Ja, ja! Ist es weit?« – »Gar nicht weit: an die zehn Werst.« Als Wladimir diese Antwort hörte, fuhr er sich in die Haare und erstarrte wie ein zum Tode Verurteilter.

»Und wo kommst du her?«, fuhr der Alte fort.

Wladimir hatte aber nicht den Mut, seine Fragen zu beantworten. »Alter«, wandte er sich an ihn, »kannst du mir Pferde nach Schadrino verschaffen?« – »Woher sollen wir Pferde haben?!«, antwortete der Bauer. – »Kann ich vielleicht einen Führer bekommen, der den Weg nach Schadrino kennt? Ich will ihm bezahlen, so viel er verlangt.« – »Wart einmal«, sagte der Alte, den Fensterladen schließend, »ich will dir meinen Sohn schicken; er wird dich begleiten.« Wladimir begann zu warten. Es war aber noch keine halbe Minute vergangen, als er wieder zu klopfen anfing. Der Laden ging auf, und der graue Bart zeigte sich wieder. »Was willst du?« – »Wo bleibt denn dein Sohn?« – »Gleich kommt er; er zieht sich die Stiefel an. Friert es dich vielleicht? Komm nur herein und wärme dich.« – »Ich danke. Schicke deinen Sohn schnell heraus.«

Bald knarrte das Tor. Ein Bursche, mit einem dicken Knüttel in der Hand, kam heraus und ging vor dem Schlitten her, den schneeverwehten Weg bald zeigend und bald suchend. »Wie spät ist es?«, fragte ihn Wladimir.

»Es wird wohl bald tagen«, antwortete der junge Bauer. Wladimir sprach nun kein Wort mehr.

Die Hähne krähten, und es war schon hell, als sie Schadrino erreichten. Die Kirche war geschlossen. Wladimir bezahlte seinen Führer und fuhr zum Geistlichen. Auf dessen Hof war aber keine Troika zu sehen. Was für eine Nachricht erwartete ihn da!

Kehren wir aber zu den braven Gutsbesitzern von Neparadowo zurück und sehen wir, was bei ihnen vorgeht.

Nichts Besonderes.

Die Alten standen wie jeden Morgen auf und kamen in die gute Stube: Gawrila Gawrilowitsch in Nachtmütze und Flausjacke, Praskowja Petrowna im wattierten Schlafrock. Als der Samowar aufgetragen war, schickte Gawrila Gawrilowitsch ein Mädchen zu Marja Gawrilowna, sie zu fragen, wie es ihr heute ginge und wie sie geschlafen habe. Das Mädchen kam zurück und meldete, dass das gnädige Fräulein sehr schlecht geschlafen habe, sich aber jetzt schon etwas besser fühle und bald kommen werde. Die Türe ging tatsächlich auf, und Marja Gawrilowna trat ein, um Papa und Mama zu begrüßen.

»Wie ist es mit deinem Kopfweh, Mascha?«, fragte Gawrila Gawrilowitsch.

»Es geht schon besser, Papachen«, antwortete Mascha.

»Es kommt wohl vom Ofendunst«, meinte Praskowja Petrowna.

»Ja, wahrscheinlich, Mamachen«, erwiderte Mascha.

Der Tag verlief glücklich, aber gegen Abend wurde Mascha krank. Man schickte in die Stadt nach einem Arzt. Dieser kam sehr spät und traf die Kranke im Delirium an. Sie hatte heftiges Fieber, und die Ärmste schwebte zwei Wochen lang zwischen Leben und Tod.

Niemand im Hause wusste etwas von der geplanten Flucht. Die Briefe, die Mascha am Vorabend geschrieben, hatte sie verbrannt; die Zofe sagte aus Furcht vor dem Zorn der Herrschaft keinem ein Wort. Der Geistliche, der ehemalige Kornett, der Geometer mit dem Schnurrbart und der kleine Ulan waren diskret und hatten wohl ihre Gründe dafür. Der Kutscher Terjoschka verschnappte sich selbst im Rausche nicht. So wurde das Geheimnis von dem halben Dutzend Mitverschworenen treu behütet. Doch Marja Gawrilowna selbst verriet es in ihrem fortwährenden Delirium. Ihre Worte waren aber so wirr, dass die Mutter, die das Krankenzimmer für keinen Augenblick verließ, aus ihnen nur das eine verstehen konnte, dass ihre Tochter sterblich in Wladimir Nikolajewitsch verliebt sei und dass die Erkrankung wahrscheinlich mit dieser Liebe zusammenhänge. Sie beriet sich mit ihrem Gatten und einigen Nachbarn, und alle kamen überein, dass es dem jungen Mädchen wohl vom Schicksal so beschieden sei, dass niemand dem ihm vom Himmel vorausbestimmten Ehegenossen entrinnen könnte, dass Armut keine Schande sei, dass man nicht das Geld, sondern den Menschen heirate, und so fort. Moralische Sprichwörter pflegen ungemein nützlich in solchen Fällen zu sein, wo man selbst keinerlei Rechtfertigung zu ersinnen vermag.

Das junge Mädchen erholte sich indessen wieder. Wladimir hatte sich schon lange nicht mehr in Gawrila Gawrilowitschs Hause blicken lassen. Die Behandlung, die ihm hier immer zuteilwurde, schreckte ihn wohl ab. Es wurde beschlossen, ihn kommen zu lassen, um ihm das unerwartete Glück, die Einwilligung in die Ehe, zu verkünden. Wie groß war aber das Erstaunen der Gutsbesitzer von Neparadowo, als sie von ihm als Antwort auf die Einladung einen halb verrückten Brief erhielten! Er teilte ihnen mit, dass er seinen Fuß nie wieder über ihre Schwelle setzen würde, und bat sie, den Unglücklichen, für den der Tod nun die einzige Hoffnung sei, zu vergessen. Nach einigen Tagen erfuhren sie, dass Wladimir wieder in sein Regiment eingerückt war. Das geschah im Jahre 1812.

Man konnte sich lange nicht entschließen, dies der genesenden Mascha zu melden. Sie sprach nie mehr von Wladimir. Als sie einige Monate später seinen Namen unter denen, die sich bei Borodino ausgezeichnet hatten und schwer verwundet waren, las, fiel sie in Ohnmacht, und man fürchtete schon, dass ihre Krankheit zurückkehren würde. Der Ohnmachtsanfall hatte aber, Gott sei Dank, keine ernsten Folgen.

Sie wurde von einem anderen Kummer heimgesucht: Gawrila Gawrilowitsch verschied und ließ sie als Erbin seines ganzen Besitzes zurück. Die Erbschaft gab ihr keinen Trost; sie teilte aufrichtig die Trauer Praskowja Petrownas und schwor, sich niemals von ihr trennen zu wollen. Die beiden verließen Neparadowo, die Stätte trauriger Erinnerungen, und zogen auf ihr ***sches Gut.

Die Freier umschwirrten auch hier das hübsche und reiche Mädchen; sie gab aber keinem auch die leiseste Hoffnung. Die Mutter redete ihr manchmal zu, sich einen Ehegenossen zu wählen. Marja Gawrilowna schüttelte aber nur den Kopf und wurde nachdenklich. Wladimir weilte nicht mehr unter den Lebenden: Er war zu Moskau am Vorabend des Einzuges der Franzosen gestorben. Sein Andenken schien Mascha heilig zu sein; jedenfalls bewahrte sie alles, was an ihn erinnerte, treulich auf: die Bücher, die er einst gelesen, seine Zeichnungen, Noten und die Verse, die er für sie abgeschrieben. Die Nachbarn, die solches hörten, bewunderten ihre Standhaftigkeit und erwarteten mit Neugier den Helden, der über die rührende Treue der jugendlichen Artemis triumphieren würde.

Der Krieg war indessen ruhmvoll beendet. Unsere Heere kehrten aus dem Auslande zurück. Das Volk eilte ihnen entgegen. Die Regimentskapellen spielten die im Feldzuge eroberten Weisen: »Vive Henri-Quatre«, Tiroler Walzer und Arien aus der »Joconde«. Die Offiziere, die als halbe Knaben ins Feld gezogen waren, kehrten, im Pulverdampf der Schlachten zu Männern geworden, mit Ehrenkreuzen geschmückt heim. Die Soldaten plauderten lustig miteinander, fortwährend deutsche und französische Wörter in ihre Rede mischend. Unvergessliche Zeit! Zeit des Ruhmes und der Begeisterung! Wie stark pochte das russische Herz beim Klange des Wortes »Vaterland«! Wie süß waren die Freudentränen des Wiedersehens! Wie einmütig verbanden wir das Gefühl des nationalen Stolzes mit der Liebe zum Kaiser! Und für diesen selbst – welche Augenblicke!

Die Frauen, die russischen Frauen, waren damals unvergleichlich. Ihre gewöhnliche Kühle war verschwunden. Ihr Entzücken war wahrlich berauschend, als sie die Sieger mit »Hurra!« begrüßten »und in die Luft die Häubchen warfen …«.

Wer von den damaligen Offizieren wird nicht zugeben, dass er von der russischen Frau den besten, den kostbarsten Lohn empfing …

Marja Gawrilowna lebte um diese glanzvolle Zeit mit ihrer Mutter im ***schen Gouvernement und sah gar nicht, wie die beiden Residenzen die zurückgekehrten Truppen feierten. In der Provinz und auf dem flachen Lande war die allgemeine Begeisterung vielleicht noch stärker. Das Erscheinen eines Offiziers in solchen Gegenden war ein wahrer Triumph, und ein Liebhaber im Zivilfrack konnte neben ihm gar nicht aufkommen.

Wie gesagt, Marja Gawrilowna war trotz ihrer Kälte nach wie vor von Bewerbern umgeben. Alle mussten aber weichen, als der verwundete Husarenhauptmann Burmin mit dem Georgskreuze im Knopfloch und der »interessanten Blässe« (wie sich die damaligen jungen Damen ausdrückten) im Gesicht auf ihrem Gut erschien. Er war an die sechsundzwanzig Jahre alt. Er verbrachte den Urlaub auf seinen Besitzungen, die in der Nähe derjenigen von Marja Gawrilowna lagen. Marja Gawrilowna zeichnete ihn vor allen anderen aus. In seiner Gegenwart wich ihre gewöhnliche Versonnenheit einem lebhafteren Gemütszustand. Man kann nicht behaupten, dass sie mit ihm kokettierte, aber ein Dichter, der ihr Benehmen sähe, würde gesagt haben:

»Se amor non é, che dunque?«

Burmin war in der Tat ein liebenswürdiger junger Mann. Er besaß gerade jenen Geist, der den Damen so gut gefällt: den Geist des Anstands und der Aufmerksamkeit, ganz ohne Anmaßung, doch mit gutmütigem Humor. Sein Benehmen Marja Gawrilowna gegenüber war einfach und ungezwungen; doch was sie auch sagen oder tun mochte, seine Seele und seine Blicke folgten ihr. Er schien einen stillen und bescheidenen Charakter zu haben, aber es wurde behauptet, dass er einst ein schlimmer Taugenichts gewesen sei, was ihm übrigens in Marja Gawrilownas Augen durchaus nicht zu schaden vermochte, da sie (wie alle jungen Damen) gern alle Streiche verzieh, die Kühnheit und feuriges Temperament verrieten.

Doch mehr als alles andere … (mehr als seine zärtliche Veranlagung, mehr als seine angenehme Unterhaltungsgabe, als seine interessante Blässe, als sein verwundeter Arm) … mehr als das alles war es das Schweigen des jungen Husaren, das ihre Neugier und Fantasie reizte. Sie konnte sich nicht verhehlen, dass sie ihm sehr gefiel; wahrscheinlich hatte auch er bei seinem Geist und seiner Erfahrung schon bemerkt, dass sie ihn vor den andern auszeichnete; wie war es nun zu erklären, dass sie ihn noch immer nicht zu ihren Füßen gesehen und sein Geständnis nicht zu hören bekommen? Was hielt ihn zurück? Schüchternheit, die von wahrer Liebe unzertrennlich ist, Stolz oder die Koketterie eines schlauen Schürzenjägers? Das war ihr ein Rätsel. Als sie sich das alles ordentlich überlegt hatte, sagte sie sich, dass Schüchternheit der einzige Grund seiner Zurückhaltung sein müsse, und sie entschloss sich, ihn durch erhöhte Aufmerksamkeit und, wenn es die Umstände verlangten, selbst durch Zärtlichkeit zu ermutigen. Sie war auf eine überraschende Lösung gefasst und erwartete mit Ungeduld den Augenblick der romantischen Liebeserklärung. Jedes Geheimnis, ganz gleich welcher Natur, ist den Frauenherzen unerträglich. Ihre strategischen Maßnahmen führten zum erwünschten Erfolg; Burmin versank jedenfalls in so tiefe Nachdenklichkeit, und seine schwarzen Augen blickten mit solchem Feuer auf Marja Gawrilowna, dass der entscheidende Moment ganz nahe zu sein schien. Die Nachbarn sprachen von der Hochzeit als von einer beschlossenen Tatsache, und die gute Praskowja Petrowna freute sich, dass ihre Tochter endlich einen würdigen Bräutigam gefunden habe.

Die alte Dame saß einmal im Wohnzimmer, mit einer Grande-Patience beschäftigt, als Burmin ins Zimmer trat und sich sofort nach Marja Gawrilowna erkundigte. »Sie ist im Garten«, antwortete die Mutter, »gehen Sie zu ihr, ich werde Sie hier erwarten.« Burmin ging hinaus, und die alte Dame bekreuzigte sich und dachte: »Vielleicht wird die Sache heute zur Entscheidung kommen!«

Burmin traf Marja Gawrilowna am Teiche, unter einer Weide, mit einem Buch in der Hand – als echte Romanheldin. Nachdem die ersten Fragen ausgetauscht waren, ließ Marja Gawrilowna das Gespräch absichtlich stocken, die beiderseitige Verlegenheit auf diese Weise dermaßen vergrößernd, dass nur eine plötzliche und entscheidende Erklärung befreiend wirken konnte. So kam es auch: Als Burmin die Schwierigkeit seiner Lage merkte, erklärte er, dass er schon längst eine Gelegenheit gesucht habe, vor ihr sein Herz zu enthüllen, und bat sie um eine Minute Gehör. Marja Gawrilowna machte das Buch zu und senkte zum Zeichen des Einverständnisses die Augen.

»Ich liebe Sie«, begann Burmin, »ich liebe Sie leidenschaftlich …« (Marja Gawrilowna errötete und ließ den Kopf noch tiefer sinken.) »Ich handelte leichtsinnig, als ich mich der süßen Gewohnheit, Sie alltäglich zu sehen und zu hören, hingab …« (Marja Gawrilowna musste an den ersten Brief des St. Preux denken.) »Nun ist es zu spät, mich meinem Schicksale zu widersetzen: Die Erinnerung an Sie, Ihr liebes, unvergleichliches Bild wird nun die ewige Qual und die ewige Wonne meines Lebens sein; eine schwere Pflicht ist aber noch zu erfüllen: Ich muss Ihnen ein schreckliches Geheimnis enthüllen und damit eine unüberwindliche Schranke zwischen uns errichten …« – »Diese Schranke hat schon immer bestanden«, unterbrach ihn Marja Gawrilowna lebhaft, »niemals könnte ich die Ihre werden.« – »Ich weiß es«, antwortete er leise, »ich weiß, dass Sie schon einmal geliebt haben; aber der Tod und die drei Jahre der Trauer … Liebe, gute Marja Gawrilowna, versuchen Sie nicht, meinen letzten Trost zu rauben: den Gedanken, dass Sie bereit wären, mein ganzes Glück zu sein, wenn …« – »Schweigen Sie, um Gottes willen, schweigen Sie! Sie quälen mich.« – »Ja, ich weiß, ich fühle es, dass Sie die Meinige werden würden, aber ich, ich unseliges Geschöpf – ich bin schon verheiratet.«

Marja Gawrilowna blickte ihn erstaunt an.

»Ich bin verheiratet«, fuhr Burmin fort, »seit vier Jahren schon, und ich weiß nicht, wer meine Frau ist, wo sie weilt und ob es mir beschieden ist, sie je wiederzusehen!«

»Was sagen Sie?!«, rief Marja Gawrilowna aus. »Wie seltsam!

Fahren Sie fort; ich will Ihnen später erzählen, aber fahren Sie um Gottes willen fort.«

»Zu Beginn des Jahres 1812«, erzählte Burmin, »eilte ich nach Wilna, wo sich unser Regiment befand. Als ich eines Abends zu später Stunde auf eine Station kam und sofort anzuspannen begann, erhob sich ein furchtbarer Schneesturm, und der Stationsaufseher und die Kutscher rieten mir abzuwarten. Ich folgte ihnen, aber eine unbegreifliche Unruhe bemächtigte sich meiner; mir war es, als ob mich jemand fortwährend stieße. Der Schneesturm wollte sich nicht legen. Ich hielt es nicht länger aus, gab wieder den Befehl anzuspannen und setzte trotz des Sturmes meine Reise fort. Der Kutscher hatte den Einfall, über den Fluss zu fahren, was den Weg um drei Werst abkürzen sollte. Die Flussufer waren vom Schnee verweht. Der Kutscher verpasste die Stelle, wo man wieder auf die Landstraße kommen konnte, und so gerieten wir in eine gänzlich unbekannte Gegend. Der Sturm wütete noch immer. Ich sah einen Lichtschein und ließ auf dieses Ziel zufahren. Wir kamen in ein Dorf; in der hölzernen Kirche brannte Licht. Die Kirchentür stand offen; hinter der Kirchenmauer warteten einige Schlitten, und vor dem Eingang gingen Menschen auf und ab. ›Hierher, hierher!‹, riefen einige Stimmen. Ich befahl dem Kutscher, vor der Kirche zu halten. ›Mein Gott, wo bliebst du so lange?‹, sagte mir jemand. ›Die Braut ist ohnmächtig; der Pope weiß nicht, was tun; wir wollten schon nach Hause fahren. Komm aber schneller her!‹ Ich sprang schweigend aus dem Schlitten und trat in die Kirche, die von zwei oder drei Kerzen schwach erleuchtet war. Ein Mädchen saß auf einer Bank in einer finstern Ecke; ein anderes rieb ihm die Schläfen. ›Gott sei Dank!‹, sagte das letztere. ›Wir haben Sie kaum erwarten können. Sie haben das Fräulein beinahe getötet.‹

Der alte Geistliche ging auf mich zu und fragte: ›Sollen wir beginnen?‹ – ›Ja, beginnen Sie, Hochwürden, beginnen Sie‹, antwortete ich zerstreut. Man hob das Mädchen auf. Es erschien mir recht hübsch … Ein unerklärlicher, unverzeihlicher Leichtsinn … Ich stellte mich neben sie vor den Altar; der Priester hatte große Eile; die drei Männer und die Zofe stützten die Braut und waren mit ihr allein beschäftigt. So traute man uns. ›Küsst euch‹, sagte man uns.

Meine Frau wandte mir ihr blasses Gesicht zu. Ich wollte sie schon küssen … Sie schrie aber auf: ›Ach, er ist's nicht, er ist's nicht!‹, und fiel wieder in Ohnmacht. Die Zeugen richteten auf mich ihre erstaunten Blicke. Ich wandte mich um, verließ ungehindert die Kirche, stürzte in den Schlitten und schrie: ›Los!‹«

»Mein Gott!«, rief Marja Gawrilowna aus. »Und Sie wissen gar nicht, was aus Ihrer armen Frau geworden ist?«

»Ich weiß es nicht«, antwortete Burmin, »ich weiß nicht, wie das Dorf heißt, in dem ich getraut wurde, und von welcher Station ich hingekommen war. Damals legte ich meinem verbrecherischen Streich so wenig Bedeutung bei, dass ich gleich, nachdem ich die Kirche verlassen, einschlief und erst am nächsten Morgen auf der dritten Station erwachte. Mein Diener, der mich damals begleitete, starb während des Feldzuges, und so habe ich gar keine Hoffnung, diejenige zu finden, der ich den grausamen Streich gespielt habe und die nun so grausam gerächt ist!«

»Mein Gott, mein Gott!«, sagte Marja Gawrilowna, seine Hand ergreifend. »Also Sie waren es?! Und Sie erkennen mich nicht?«

Burmin erbleichte und stürzte ihr zu Füßen …

Der Schnee der Heiterkeit

Kapitel 6

···· ✸ ····

Es heben sich vernebelt braun
Die Berge aus dem klaren Weiß,
Und aus dem Weiß ragt braun ein Zaun,
Steht eine Stange wie ein Steiß.

Ein Rabe fliegt, so schwarz und scharf,
Wie ihn kein Maler malen darf,
Wenn er's nicht etwas kann.
Ich stapfe einsam durch den Schnee.
Vielleicht steht links im Busch ein Reh
Und denkt: Dort geht ein Mann.

Joachim Ringelnatz (1883–1934)

···· ✸ ····

Die schönsten Weihnachtsmärkte der Welt

Horst Evers

Prolog

Im Laufe der letzten zehn Jahre habe ich grob geschätzt circa achtzig Weihnachtsmärkte im gesamten deutschsprachigen Raum besucht. Es gibt wohl, wenn überhaupt, nur wenige Menschen, die so viele verschiedene Weihnachtsmärkte besichtigen konnten und noch in der Lage und vor allen Dingen auch willens sind, über das Erlebte Zeugnis abzulegen.

Tatsächlich konnte ich mittlerweile feststellen, dass Weihnachtsmärkte generell eine relativ ähnliche innere Ordnung haben. Die Kenntnis dieses grundsätzlichen strukturellen Aufbaus der Weihnachtsmärkte ermöglicht es mir, mich selbst auf den größten und unübersichtlichsten Weihnachtsmärkten sehr schnell und sicher zurechtzufinden. Das ist eine schöne Fähigkeit und ein wirklich nicht zu unterschätzender Vorteil. Selbst auf dem weltweit wohl größten und berühmtesten Weihnachtsmarkt, dem Christkindlesmarkt in Nürnberg, erkenne ich praktisch auf den ersten Blick die genaue Position und auch den schnellsten Weg zu den Toiletten. Das ist eine sehr wichtige, bedeutsame Information. Wie bedeutsam, wird in vollem Umfang spätestens nach Einbruch der Dunkelheit klar, wo man sich immer wieder wünscht, alle Besucher des Christkindlesmarktes hätten auf einen Blick oder zumindest doch ausreichend schnell erkannt, wo hier die Toiletten sind.

Schon dieses kleine Beispiel lässt erahnen: Auch bei Weihnachtsmärkten gilt, wie wohl bei allem im Leben: Wo viel Licht ist, da ist auch Schatten. Und leider irrt Bertolt Brecht eben doch, wenn er behauptet, die im Dunkeln sähe man nicht. Auf Weihnachtsmärkten oder am Rande der Weihnachtsmärkte sieht man sie sehr wohl, und nicht immer ist es ein Anblick, der das Leben oder auch nur den Abend wirklich bereichert.

Doch möchte ich lieber von der leuchtenden Pracht der Weihnachtsmärkte berichten. Dem Besonderen, denn jeder Weihnachtsmarkt hat auch seine ganz eigene, exklusive Note, häufig sogar eine Spezialität, für die er in der ganzen Welt berühmt ist: In Nürnberg gibt es die Lebkuchen, in Dresden den Stollen, in Chemnitz die Schnitzereien, in Aachen die Printen und in Spandau auf die Fresse. Aber auch die kleineren Weihnachtsmärkte haben durchaus ihre Spezialitäten …

Auf dem Weihnachtsmarkt von Nordenham gibt es genau drei Buden. Rosis Glühweinstation, Ewalds Original Berliner Waffeln und Wurst-Didi. An der Bude von Wurst-Didi hängt eine Werbetafel: »Was wäre Weihnachten ohne die Weihnachtswurst von Wurst-Didi?« Das ist eine wirklich gute Frage. Da habe ich so noch gar nicht drüber nachgedacht.

Die Weihnachtswurst von Wurst-Didi ist im Prinzip eine ganz normale Currywurst, nur dass über den Ketchup dann noch mal zwei bis drei gehäufte Esslöffel Lebkuchengewürz, Zimt und wohl auch so etwas wie Goldstaub gestreut werden. Doch zurück zur Ursprungsfrage: Was also wäre Weihnachten ohne die Weihnachtswurst von Wurst-Didi? Ein kleines bisschen schöner, denke ich.

Eigentlich wollte ich gar keine Wurst, ich hatte Pommes bestellt, aber Wurst-Didi konnte mich nicht verstehen, weil es neben den drei Buden noch eine vierte Attraktion auf dem Nordenhamer Weihnachtsmarkt gibt: die Kunsteisbahn oder, genauer gesagt, das Eislaufzelt, das von einem kleinen, verbitterten, luftgetrockneten Mann betrieben wird, der offensichtlich Weihnachten oder Nordenham oder beides oder sogar die ganze Welt hasst. Zumindest dröhnt aus seinen bis zum Anschlag aufgedrehten Boxen ununterbrochen Musik von der Gruppe Scooter, eben in einer Lautstärke, die jegliche Kommunikation bis weit über den Marktplatz hinaus unmöglich macht und die letztlich auch dazu führt, dass ich jetzt Wurst-Didis Weihnachtswurst essen muss. Offen gestanden weiß ich gar nicht, ob die Musikstücke wirklich alle von Scooter sind. Erkannt habe ich nur das Stück, wo H.P. Baxxter immer »Hyper! Hyper!« brüllt. Wobei alle anderen Stücke aber quasi genauso klingen, nur eben ohne »Hyper! Hyper!«; also selbst wenn die eventuell nicht original von Scooter sind, dann sind sie doch zumindest sehr scooteresk.

Nordenhamer sind keine auf diesem Weihnachtsmarkt. Außer mir ist überhaupt kein Besucher auf diesem Weihnachtsmarkt. An einem Adventssamstagnachmittag. Fühle mich den vier Attraktionen gegenüber irgendwie verpflichtet. Die muss ich jetzt alle vier ganz alleine durchbringen. Kaufe auch eine Waffel und einen alkoholfreien Glühwein mit Schuss. Gerne hätte ich mit Glühwein-Rosi ein wenig über den Sinn oder Unsinn von alkoholfreiem Glühwein mit Schuss philosophiert, aber wegen der Scooter-Beschallung hat Rosi ein Paar Riesenkopfhörer auf, mit denen sie vermutlich noch mal etwas anderes hört. Vielleicht Entspannungs- oder Meditationsmusik. Das würde zumindest das Tempo ihrer Bewegungen erklären. Wobei Tempo hier natürlich das völlig falsche Wort ist. Nachdem ich, wegen der Umstände wortlos, auf mein eigentliches Wunschgetränk, den alkoholfreien Punsch, gezeigt habe, zeigt sie nur kurz kopfschüttelnd auf den alkoholfreien Glühwein mit Schuss und bereitet ihn dann in sehr, sehr ruhigen, anmutigen, in höchstem körperlichem Bewusstsein ausgeführten Bewegungen zu. Nachdem sie ihn mir überreicht und kassiert hat, kehrt sie wieder in ihre meditative Grundfigur zurück, dem »traumwachen Kranich im Auge des Sturms«.

Ich hingegen fühle mich nun bereit für meine vierte Prüfung und will mir Schlittschuhe leihen. Der kleine, böse Mann bemerkt die Gefahr zu spät. Als ich plötzlich vor seiner Butze stehe und den Mund bewege, wird ihm wohl klar, dass ich mit ihm rede. Dann bewegt auch er den Mund. Wahrscheinlich unterhalten wir uns jetzt. Leider versteht man natürlich kein Wort, aber beide bewegen wir jetzt unsere Münder, und das ist ja das Wichtigste, dass man irgendwie miteinander redet. Nachdem wir so eine Weile beide angeregt unsere Münder bewegt haben, gibt er mir plötzlich ein Paar Schlittschuhe. Genau meine Größe. Keine Frage, rein fachlich kann ihm vermutlich als Schlittschuhverleiher kaum jemand das Wasser reichen. Ich gebe ihm wahllos ein paar Münzen aus der Hosentasche, er nickt.

Und dann, nur zwei Minuten später, laufe ich Schlittschuh. Zum ersten Mal wieder nach über zwanzig Jahren. Es gibt Dinge im Leben, die verlernt man einfach nicht. So wie Fahrradfahren oder ohne Besteck und Hände Spaghetti essen oder seinen Namen in den Schnee pinkeln. Schlittschuhlaufen gehört leider nicht zu diesen Dingen. Das bemerke ich sehr schnell, also nach ungefähr einem halben Schritt, als ich schon die erste Eiskunstlauffigur versuche, den dreifach gestolperten Pinguin, bei dem ich zügig hinknalle, vier Meter übers Eis schlittere und dann gegen die Bande krache.

Als ich kurze Zeit später die Schuhe zurückgebe, sehe ich, wie der verbitterte, luftgetrocknete Mann tatsächlich lächelt. Richtig breit und herzlich. Dann macht er plötzlich die Musik aus, flüstert »Danke« und gibt mir die Leihgebühr zurück. »Ist schon in Ordnung, Sie haben die Schuhe ja kaum benutzt. Also zumindest nicht, um drauf zu stehen.«

Auch Rosi, Ewald und Didi nicken mir fröhlich zu, als ich mich über den Marktplatz zurückschleppe. »Das war mal eine schöne Abwechslung. Wollen Sie noch eine Weihnachtswurst? Geht aufs Haus!«, ruft Didi aus seiner Bude. Ich lehne tapfer lachend ab, und die drei winken mir zum Abschied. Rund fünfzig Meter bin ich wohl schon vom Markt entfernt, als ich höre, wie »Hyper! Hyper!« wieder aufgedreht wird. Es hilft ja nichts. The show must go on. Das gilt natürlich auch für Eislaufbahnen.

Weihnachtsmenü — oder »Kochen mit Hindernissen«

Annye Davidas

Schon seit Jahren liegt mir Theo in den Ohren: »Jetzt koche doch endlich einmal so ein richtig schönes Weihnachtsmenü wie im Fernsehen, das dann so schmeckt wie bei Muttern!«

Sie werden jetzt denken: »Warum nur lässt sich das die gute Elly gefallen? Das ist doch ein direkter Angriff auf ihre Kochkunst!«

Ich will daher gleich beichten, dass es mit meinen Kochkünsten nicht wirklich gut steht. Neulich ist es mir zwar gelungen, aus einer Dose Linsen unter Zugabe von Maggi, Rinderbrühe und geschnittenen Saitenwürsten ein ganz passables Gericht »zu zaubern«. Theo war auch voll des Lobes.

Aber ich bin durchaus selbstkritisch. Meist bekomme ich es gerade so hin, mithilfe meiner Lesebrille zu entziffern, wie lange die Tiefkühlkost bei wie viel Grad im Backofen verweilen muss, um essbar zu werden. Nach ein oder zwei kleinen Schnitzern, die mir passierten, weiß ich jetzt, dass die Folie, die das Gericht umgibt, vor dem Gang in den Backofen entfernt werden muss.

Aber Rettung nahte. Und zwar auf sämtlichen TV-Programmen: Kochsendungen ohne Ende!

Bocuse begann mit der kommerziellen Verbreitung der französischen Küche. Doch von zwei Achteln Kartoffeln mit einem halben Löffel Kaviar serviert auf großen Tellern wurde niemand satt.

Das war zwar interessant, aber zum Nachkochen eher nicht geeignet. Erdbeersorbet zu Weihnachten, Jakobsmuscheln in Champagnerschaum, Trüffel-Risotto – wer konnte sich das schon leisten?

Alfred Biolek erkannte diese Lücke und präsentierte den deutschen Hausfrauen die Sendung »Alfredissimo«. Das war ein Augenschmaus! Seine Gäste waren zum einen berühmt und sich zum anderen nicht zu schade, vor den Augen des interessierten weiblichen Publikums ihre Lieblingsrezepte vor der Kamera zu köcheln. Was wurde da in zwanzig Minuten nicht alles zubereitet!

Am wichtigsten war jedoch nicht das Essen, sondern der »Küchenwein«. Damit Biolek überhaupt köcheln konnte, bedurfte es größerer Mengen Wein, eben des Küchenweins. Das war kein minderwertiges Aldi-Produkt zu 1,40 Euro. Nein, der in der Sendung konsumierte Wein war kaum unter 20 Euro pro Flasche zu haben.

Von ganz anderem Kaliber war dann Jamie Oliver aus England. Er schüttete alle Gewürze in einen Mörser und zerstieß sie brutal. Das ist auch nicht unbedingt geeignet, die Köchin am Herd zu begeistern. Jamie drückte Zitronen mit der bloßen Hand aus; er manschte lustvoll im Essen.

Für die deutsche Hausfrau war das schon aus Hygienegründen zum Nachkochen völlig indiskutabel. Außerdem verwendete Jamie die typisch englischen Zutaten wie Minze und Kapern. So etwas kann man einem deutschen Ehemann natürlich nicht servieren, ohne die Scheidung zu riskieren.

Mittlerweile kochen praktisch alle. Lafer, Lichter, Lecker, Mälzer kocht, die Küchenschlacht, die Promi Kocharena mit Promis, die niemand kennt, die Landfrauen kochen – kurzum, es nimmt kein Ende!

Das brachte mich zu der Überzeugung: ICH kann das auch! So ein lächerliches Weihnachtsmenü mit drei Gängen, das konnte so schwer nicht sein. Ich würde Theo also mit einem Weihnachtsmenü überraschen.

Er ging am Weihnachtstag morgens immer zu seiner Mutter. Bei seiner Rückkehr würde er das kulinarische Nonplusultra seines Lebens erleben!

Ich begann also meine Recherche im Internet. Was soll ich Ihnen sagen? Es gibt ca. 1,5 Billionen authentische Weihnachtsmenüs. Allein in Deutschland. Da ist ausländischer Schnickschnack noch gar nicht dabei!

Kochen kann ich nicht, wie gesagt. Aber mit Suchmaschinen im Internet kenne ich mich aus. Unter Berücksichtigung meiner Ansprüche an ein Weihnachtsmenü blieb nicht mehr viel übrig.

Zum einen sollte das Ganze nicht so kompliziert sein. Flambiertes Wildschwein auf einem Kranz aus Gemüsestiften mit Trüffelsoße war nicht meine Welt. Zum anderen musste das Menü sozusagen »vorgekocht« werden. Die Anleitung musste es auf DVD geben. Schritt für Schritt. Am besten von einem Drei-bis-vier-Sterne-Koch. Einen gewissen Anspruch hatte ich doch schließlich auch.

Das von mir ausgesuchte Menü erschien mir simpel genug: Grießklößchensuppe, Lammkeule mit Kartoffeln und grünen Bohnen, zum Nachtisch Schokoladenpudding mit Mandeln.

Zuerst kaufte ich einen Kleinbildfernseher, damit ich den DVD-Spieler anschließen und in der Küche platzieren konnte. Ich konnte schließlich nicht ständig vom Wohnzimmer in die Küche rennen.

Die Zutatenliste lag der DVD bei. Auch darauf hatte ich geachtet.

Grieß, Lammkeule, frische Bohnen … alles andere sei in jedem Haushalt verfügbar.

Und schon konnte es losgehen. Theo hatte sich gerade verabschiedet und war auf dem Weg zu seiner Mutter. Er wollte pünktlich um 12.15 Uhr zum Essen zurück sein.

Ich schaltete die DVD an.

»Liebe Kochfreunde, herzlich willkommen bei unserer Sondersendung ›Festtagsmenü‹. Nun bereiten wir unser Weihnachtsmenü zu. Sie werden sehen, es ist ganz einfach nachzukochen. Unsere Zutaten liegen bereit: Grieß, Markbrühe, frischer Schnittlauch, die Lammkeule, ein Tannenzweig, zwei Liter Merlot, Knoblauch, Zwiebeln, frische Prinzessinnenböhnchen, Eier, Speisestärke, Puderzucker, Rohschokolade, Mandelstifte und Mandelblättchen …«

Halt!

Entsetzt drückte ich auf die Stopp-Taste. Markbrühe, Schnittlauch, Tannenzweig?

Tief durchatmen. Entspannen. Warum hatte ich mir diese blöde DVD nicht vorher angesehen? Weil auf der DVD stand »Das ultimative Weihnachtsmenü! Ohne Vorkenntnisse und ohne Vorbereitung kinderleicht nachzukochen!« Warum nur fiel ich auf diese Werbefuzzis immer wieder herein?

Was ist Markbrühe? Okay, Schnittlauch hatte ich in getrockneter Form. Gibt es dafür ein Verfallsdatum? Mit solchen Details konnte ich mich jetzt wirklich nicht beschäftigen. So ein getrockneter Schnittlauch wird ja wohl fünf Jahre halten. In meinem Garten steht eine Fichte. Die musste es auch tun. Tanne, Fichte … Nadelholz eben. Merlot ist ein Rotwein. Das fand ich nach einer kurzen Internetrecherche heraus. Dann musste halt unser guter Trollinger dran glauben. Daran ließ sich nun nichts mehr ändern. In weiser Voraussicht hatte ich mir ein Päckchen Schokoladenpudding besorgt. Gut, dann würde es eben Schokoladenpudding ohne Mandeln geben.

Ich eilte in den Garten, um einen Fichtenzweig abzuschneiden. Die Fichte schaute mich vorwurfsvoll an.

Danach ging ich in den Keller, um den Trollinger zu holen. Vorsichtshalber nahm ich gleich drei Flaschen mit. Zwei für das Menü, eine für mich. Diese Methode funktionierte bei Biolek schon seit Jahren völlig zuverlässig.

Als ich wieder in meiner Küche stand, schaltete ich den DVD-Spieler ein. Es folgte die nächste Anweisung: »Legen Sie die Lammkeule in ein großes Gefäß wie dieses.«

Das Gefäß sah aus wie eine Kinderbadewanne. Damit konnte ich nicht dienen. Also stöpselte ich meinen Kleinbildfernseher samt DVD-Spieler aus und begab mich damit ins Badezimmer. Dort stöpselte ich alles wieder ein. Schon ging es weiter.

»Legen Sie die Lammkeule in das Gefäß, und begießen Sie diese mit zwei Liter Merlot.«

Also goss ich die zwei Liter des schönen Trollingers in die Badewanne, nachdem ich die Lammkeule dort platziert hatte. Leider sah das nicht so aus wie auf der DVD bei dem Vier-Sterne-Koch. Der Wein stand nur einen halben Zentimeter hoch. Klar. Mein »Gefäß« war auch ein bisschen größer als das in der Sendung verwendete.

Ich gab den schönen Trollinger verloren. Zum Glück fiel mir

ein, dass ich eine große Bodenvase hatte. Ich holte weitere zwei Flaschen Trollinger aus dem Keller, gab die Lammkeule in die Vase und schüttete den guten Trollinger darüber. Genau! Das war schon viel besser.

»Nun geben Sie den Tannenzweig dazu.«

Kein Problem. Ich stopfte den Fichtenzweig zur Lammkeule in die Vase.

»Verwenden Sie keinesfalls Fichtenzweige. Das beeinträchtigt den Geschmack!«

Über dieses Stadium war ich längst hinaus. Ich wollte, dass überhaupt etwas zum Essen auf dem Tisch stand.

»Nun fügen Sie klein geschnittenen Knoblauch – keinesfalls gepressten! –, blättrig geschnittene Schalotten, Salz und Pfeffer hinzu.«

Was zur Hölle sind denn Schalotten? Ich klingelte bei Petra, meiner Nachbarin.

»Petra, entschuldige, wenn ich am Weihnachtstag störe. Ich habe von Theo ein schönes Kochbuch geschenkt bekommen. In einem der Rezepte sollen Schalotten verwendet werden. Was sind denn Schalotten?«

»Schalotten sind eine Zwiebelart. Aber du kannst natürlich auch ganz normale Zwiebeln verwenden. Was treibst du eigentlich? Das hört sich an, als wolltest du kochen?!«

Auf diesen ironischen Unterton konnte ich gerne verzichten.

»Ich und kochen? Jetzt mach mal halblang! Theo hat mich nur

gebeten, die Rezepte auswendig zu lernen. Er kommt gleich von seiner Mutter zurück und wird mich abfragen.«

Petra schaute mich perplex an. Ihr fehlten die Worte.

Zurück in meiner Küche mahlte ich etwas getrockneten Knoblauch aus der Mühle und gab ihn zur Lammkeule. Anschließend warf ich ein paar Zwiebeln in meinen Moulinex. Den Zwiebelbrei fügte ich ebenfalls hinzu. Sowohl Knoblauch als auch »Schalotten« dienten nur dem Geschmack. Wie das aussah, war ja wohl herzlich egal.

So. Geschafft!

»Nun lassen Sie die Lammkeule drei Tage in der Beize.«

Drei Tage? Die hatten sie doch nicht mehr alle! Wo stand bitte, dass man für die Zubereitung dieses »einfachen« Weihnachtsmenüs mehrere Tage brauchte?

Ich bemerkte, dass mein Küchenwein aus unerfindlichen Gründen alle war. Ich begab mich also wieder in den Keller und holte weitere zwei Flaschen Trollinger.

Ich öffnete eine Flasche, trank ein Glas, schnappte die zweite Flasche und klingelte bei Petra.

»Petra, entschuldige, dass ich vorher so unhöflich war. Ich bin etwas im Stress. Ich koche gerade ein Weihnachtsmenü. Ich soll eine Lammkeule drei Tage beizen. Wie du unschwer erkennen kannst, habe ich keine drei Tage Zeit. Weihnachten ist heute. Kannst du mir helfen?«

Mit diesen Worten übergab ich Petra die Flasche Trollinger.

Petra war gerührt und sagte: »Klar helfe ich dir. Meine Pute ist so gut wie fertig. Ich muss nachher nur noch die Klöße aufsetzen.«

Petra folgte mir in unsere Küche. Sie warf einen ungläubigen Blick auf die Bodenvase samt Lammkeule im Trollinger.

»Also, am besten, du kippst Essig oder Essigessenz dazu und lässt das eine halbe Stunde einwirken. Dann kannst du die Lammkeule in den Backofen schieben. Soll ich dir helfen?«

Dankbar nahm ich an.

Wir tranken den Rest des Trollingers, während wir darauf warteten, dass die Beize ihre Wirkung tat.

Endlich konnte die Lammkeule in den Backofen.

Ich holte eine weitere Flasche Trollinger aus dem Keller.

»Petra, diese ganze Kocherei, das ist doch Wahnsinn! Theo will etwas essen, das so schmeckt wie bei Muttern. Ich bin nicht ›Muttern‹. Ich bin seine Ehefrau. Theo hat mich doch nicht etwa geheiratet, weil ich so koche wie seine Mutter. Oder doch?«

»Bleib mal ruhig«, sagte Petra. »Wir kriegen das schon hin.«

Sie ging zurück in ihr Haus und kam dann mit einer Grießklößchensuppe aus der Tüte von Maggi, einer Dose Prinzessinnenböhnchen und einem Schokoladenpudding mit Mandeln von Dr. Oetker zurück.

Ich war gerührt. Sogar an Kartoffeln hatte Petra gedacht.

Wir schälten und kochten die Kartoffeln. Wir bereiteten die Grießklößchensuppe nach Packungsanweisung zu. Kurzum, wir kochten einen halben Liter Wasser und kippten den Beutelinhalt hinein. Zehn Minuten köcheln lassen. Fertig.

Für den Schokoladenpudding kochten wir etwas Milch und fügten das Pulver unter Rühren hinzu.

Fertig. Wir füllten den fertig gekochten Pudding in Sektschalen und stellten ihn kalt.

Für die Bohnen aus der Dose hatte ich mir etwas Tolles ausgedacht. Na ja, nicht ich. Das hatte ich aus einer Kochsendung. Ich briet klein gehackte Zwiebeln in Butterschmalz an, fügte etwas Mehl hinzu, goss alles mit dem Bohnensud auf und fügte die Bohnen hinzu. Ein Gedicht! Es fehlte nur noch etwas getrocknete Petersilie, und dann war die Beilage fertig!

Nach einem weiteren Glas Trollinger verabschiedete sich Petra und wünschte mir viel Glück mit meinem Weihnachtsmenü. Die Lammkeule war auch schon durch. Nun konnte nichts mehr schiefgehen!

Für das große Event fehlte nur noch die Hauptperson: Theo, mein Göttergatte.

Um mir die Wartezeit zu verkürzen, öffnete ich eine weitere Flasche des süffigen Trollingers. Während ich den Trollinger schlürfte, erkaltete mein Weihnachtsmenü.

Gegen 15 Uhr trudelte Theo ein. Stolz präsentierte er diverse Tupperware-Dosen.

»Elly, ich weiß ja, wie ungern du kochst. Meine Mutter hat deshalb für dich eine Kleinigkeit zum Essen mitgegeben. Grießklößchensuppe, Lammkeule, grüne Bohnen und Kartoffeln! Als Nachtisch gibt es dann Schokoladenpudding mit Mandeln. Das Rezept ist von einem Vier-Sterne-Koch. Lass es dir schmecken!«

Leider ging es mir zu diesem Zeitpunkt nicht mehr wirklich gut. Während ich über der Kloschüssel hing, beschloss ich, nächstes Weihnachten auf den Malediven oder den Seychellen zu verbringen. Mit oder ohne Theo.

Gebrauchsanleitung für das familienfreundliche Absingen der wichtigsten Weihnachtslieder

Daniel Glattauer

Die wohl erschütterndste aller ergreifenden Szenen der gesamten Weihnachtszeit findet am Heiligen Abend in Christbaumnähe unmittelbar vor der Bescherung statt: Es wird gesungen. Warum? Das weiß keiner so genau. Knapp nach Christi Geburt muss wer damit begonnen haben. Bis heute ist es noch kaum wem gelungen, damit aufzuhören. Die Regeln sind einfach: Jeder singt gegen jeden – und zwar möglichst gleichzeitig. Was wird gesungen? Mindestens *ein* Weihnachtslied. Am besten, man einigt sich auf ein bestimmtes. Es empfiehlt sich aber, mehrere Lieder hintereinander zu singen, um die jeweils vorangegangene Darbietung rasch ungeschehen zu machen. Wenn dann das letzte Lied abgesungen im Raum steht, ist bereits ein gewisser Gewöhnungseffekt eingetreten. Textkenntnisse sind übrigens nicht zwingend erforderlich. Aber Vorsicht: Manche Lieder haben mehrere Strophen. Als dankbarer Textersatz gelten gemeinhin das nasal erzeugte »na-na-na« und das eher lateral hervorgebrachte »la-la-la«. Gern auch die Kombination: »na-na-na, la-la-la, na-na, la-la, na-na-la«. Dynamische Passagen können mittels »tarn ta ram tarn« genommen werden.

Als kleines Dankeschön dafür, dass Sie dieses Büchlein erworben haben, legen wir Ihnen nun einen Handzettel für den Heiligen Abend vor, eine Anleitung zum familienfreundlichen Absingen der wichtigsten Weihnachtslieder. So bewältigen Sie ohne Stimmungs- und Stimmreibungsverluste die bangen Minuten vom Anzünden der Kerzen und bis zum Auspacken der Geschenke.

Stille Nacht, heilige Nacht

Inhalt: Wie schon der Titel andeutet, ist die Nacht still. Alle schlafen. Fast alle! Nicht so das traute hochheilige Paar. Es wacht über den kleinen Jesus, soeben geboren, Lockenfrisur, göttlicher Mund, lacht lieb. Zuerst wussten es nur die Hirten, dann aber verbreiteten es die Engel via Halleluja: Christ der Retter ist da!

Knifflige Textzeilen: »Gottes Sohn, o wie lacht« – kommt unerwartet in der zweiten Strophe, in der jeder Stille-Nacht-Amateur noch einmal mit »Alles schläft, einsam wacht« rechnet.

»Hirten erst kundgetan« – ungewöhnliche Wortstellung.
Melodie: beginnt einfach, endet anspruchsvoll.

Schlüsselpassagen: 1. Das erste »i« von »himmlischer« ist fatalerweise der höchste Ton des Liedes. Vorsicht: Akute Quietschgefahr! Holen Sie beim »H« davor tief Luft, reißen Sie die Mundwinkel weit auseinander und pressen Sie die Augenlider fest zusammen.

2. Das »u« der ersten »Ruh« geht über drei Töne, verlangt Ihnen also eine kraftraubende Terz ab. Sind Sie unsicher, dann setzen Sie lieber zwei kurze »u« hintereinander. Also »Ru«, Pause, »u«. Wenn Sie »Ruh« in einem nehmen, also »schmieren« wollen (Ruuu-uuuuuh), bewegen Sie den Kopf von unten nach oben. Auch die Hände gehen mit (Vorsicht, brennende Kerzen!), so wird der Ton automatisch in die Höhe getragen.

3. Das zweite »Ruh« in der ersten Strophe stellt den tiefsten Ton des Liedes dar und verendet deshalb oft als Grunzgeräusch. Um mehr Tiefe herauszuholen, einfach das Doppelkinn ausfahren. Frauen können den letzten Ton auch eine Oktave höher ansetzen.

O du fröhliche

Inhalt: ein sehr positives, heiteres Lied. Gelobt wird die Weihnachtszeit generell. Einzige bedrückende Passage: »Welt ging verloren«. Aber postwendend wurde Jesus geboren. Gnade herrscht vor, und alle versöhnen sich.

Knifflige Textzeile: »Himmlische Heere jauchzen Dir Ehre« –

diesen Vers in der dritten Strophe kennt kaum wer, singt also praktisch kein Mensch fehlerfrei.

Melodie: beginnt sprunghaft, beruhigt sich ab der Mitte.

Schlüsselpassagen: 1. Gleich am Anfang lauert die größte Hürde. Man singt »O-du-fröh-li-che-e« und läuft Gefahr, das »e-e« wie den grausamen Schrei einer ausgehungerten Saatkrähe klingen zu lassen.

2. Schwierig auch die zweite Zeile. Man neigt zur Analogie: »O-du-se-li-che-e«. Es heißt aber nicht »selich«, sondern »se-lig«, also »se-li-ge-e«.

3. Vorsicht! Die letzte Strophenzeile muss wiederholt werden. Aus »Freue dich, o Christenheit« entsteht dann »Freue-di-ich, freue-dich-o-Christenheit« oder »Freue- dich-o, freue-dich-o-Christenheit«, aber bitte keinesfalls: »freu-eueu-e, freue dich-o-Christenheit«.

Fröhliche Weihnacht überall

Inhalt: ähnlicher Ansatz wie bei »O du fröhliche«. Extrem angenehmes Klima, in jedem Haushalt gute Gerüche, schöne Töne und Bäume. Eben typisch Weihnachten. Und alles verdanken wir auch dieses Mal wieder dem Christkind.

Knifflige Textzeile: keine.

Melodie: ziemlich flott für Ungeübte.

Schlüsselpassage: Auch hier ist der Einstieg das Meisterstück und erfordert große Konzentration. Die ersten fünf Silben (fröh, li, che, weih, nacht) müssen auf sechs Töne verteilt werden. Das heißt, dass Sie sozusagen stotternd zu singen beginnen müssen: »Frö-hö-liche«. Versäumen Sie das »hö«, können Sie den Fehler kaum noch kaschieren. Es bliebe dann die gegrinst klingende: »Frö- li-hi-che« oder gar die hämische »Frö-liche-che« Weihnacht, noch dazu überall.

Ihr Kinderlein kommet

Inhalt: Das Lied ist eine herzliche Einladung an alle Kinder, zur Krippe in den Stall nach Bethlehem zu kommen und sich das holde himmlische Kind anzusehen, wie es auf Heu und auf Stroh liegt. Auch Maria und Joseph betrachten es (froh). Wieder mit dabei: betende Hirten und jubelnde Engel.

Kniffflige Textzeilen: »Seht hier bei des Lichtes hellglänzendem Strahl« – etwas zu hochgeschraubt für ein Lied, das alle Kinder erreichen und nach Bethlehem führen will. »O beugt wie die Hirten anbetend die Knie« – anbetende Kniebeugen sind in unserem Kulturkreis selbst bei Hirten keine Alltäglichkeit mehr und deshalb auch sprachlich schwer verständlich.

Melodie: leicht, locker, angenehm. Für viele Jüngere das Weihnachtslied schlechthin.

Schlüsselpassage: War es bei »Stille Nacht« das Eigenschaftswort »himmlisch«, so führt hier das Hauptwort »Himmel« zum höchsten Ton des Liedes. Wollen Sie's pathetisch anlegen, dann betonen Sie: »der Vater im Hiiiiiii-mel für Freude uns macht«. Mögen Sie's erdiger und brummiger, wie etwa beim Flug einer Hummel, dann singen Sie: »der Vater im Himmmm-mel für Freude uns macht«.

Leise rieselt der Schnee

Inhalt: idyllische Beschreibung einer Winterlandschaft, knapp vor der Geburt Jesu, auf die sich alle Beteiligten freuen und alle Unbeteiligten freuen dürfen.

Knifflige Textzeile: keine

Melodie: schön, einfach, bedächtig, melancholisch. Kann vor allem Großeltern zu Tränen rühren und somit den Familiengesang beeinträchtigen.

Schlüsselpassage: Der erste Ton, der länger gehalten werden muss, fällt mit »Schnee« auf ein gesangstechnisch äußerst undankbares »e«, der zweite mit dem vier Tonleiterstufen tiefer befindlichen »See« ebenfalls. Üben Sie deshalb schon vorher in verschiedenen Stimmlagen »eeeeeeeeeeee«.

Kling, Glöckchen, klingelingeling

Inhalt: Beim Ich-Erzähler handelt es sich um ein kleines Kind, möglicherweise um das Christkind selbst, das vor der Tür steht, mit einer Glocke läutet und die Kinder des Hauses bittet, in die warme Stube gelassen zu werden, damit es nicht erfrieren muss. Als Gegenleistung bietet es milde Gaben an.

Knifflige Textpassagen: gibt es zwar keine, aber das kindlich formulierte Lied mit seinen zahlreichen Klingelings und Verniedlichungsformen (Glöckchen, Bübchen, Stübchen) verleitet viele Erwachsene dazu – flankiert von infantilem Augenaufschlag –, in die Babysprache zu verfallen und die Stirn in Falten der bemitleidenswerten Unterwürfigkeit zu legen, was zu peinlichen Szenen führen und zur Folge haben kann, dass sich die eigentlichen Adressaten, die Kinder, um das Wohl ihrer Eltern und Großeltern sorgen und keine Geschenke mehr anzunehmen wagen.

Melodie: süß, lieblich, kindgerecht. Man sollte über ein Singverbot für Kinder über vierzig Jahren nachdenken.

Schlüsselpassagen: sämtliche Klingelingelings, die dem Leierkasten alle Ehre machen, wenn sich die Interpreten in weinerlichen Tonschleifen verheddern.

Schneeflöckchen, Weißröckchen

Inhalt: Aufruf an eine Schneeflocke, von den Wolken herunterzukommen, sich ans Fenster zu setzen, die Blumen zuzudecken und einem Schneemann als materielle Substanz zu dienen. Das Christkind kommt dieses Mal nicht vor.

Knifflige Textpassagen: Wenn man den Einstieg »Schneeflöckchen, Weißröckchen« gut über die Lippen gebracht hat, dürfte nichts mehr passieren.

Melodie: extrem einfach, um nicht zu sagen: deppensicher.

Schlüsselpassagen: keine bestimmten. Nach dem Glöckchen (siehe vorheriges Lied) nun also Flöckchen und Röckchen.

Dringliche Empfehlung an alle Erwachsenen: Wir wissen, dass Sie dieses Lied lieben und bei der Interpretation so richtig aus sich herausgehen könnten. Aber – es ist ein Kinderlied. Treten Sie leiser, und lassen Sie die Kleinen auch ein bisschen singen!

O Tannenbaum

Inhalt: eine in diesem Ausmaß beispiellose Huldigung einer Baumgattung, eine Serie von Komplimenten an die Tanne: Ihre (irrtümlich als Blätter ausgewiesenen) Nadeln seien der Inbegriff der Treue und unverwüstlich in ihrer grünen Farbe. Zu Weihnachten hätten alle ihre helle Freude an ihr. Zudem gebe sie aufgrund ihrer Beständigkeit Mut und Kraft zu jeder Zeit.

Knifflige Textpassagen: Die zweite Textzeile »Wie treu sind deine Blätter« wird in manchen Haushalten zu »Wie grün sind deine Blätter«. Bitte vorher einigen, ob »grün« oder »treu«.

Melodie: geht sofort ins Ohr und oft monatelang nicht mehr aus diesem heraus.

Schlüsselpassagen: jedes der zahlreichen »O Tannenbaum«, vor allem das erste. Hier schießen viele Gesangsinterpreten dramaturgisch übers Ziel hinaus und wähnen sich in der furiosen Eröffnung von Beethovens fünfter Symphonie.

Es ist ein Ros' entsprungen

Inhalt: In diesem um 1500 entstandenen Lied, zu dem sich bisher noch niemand bekannt hat, wird auf geschickt verklausulierte Weise und in blumiger Sprache sehr viel von Maria verlangt. Sie soll ein Kind gebären und dennoch »reine Magd« (also Jungfrau) bleiben. In einem modifizierten evangelischen Text darf Maria vor dem Gebären des Kindes ihre Jungfräulichkeit ausnahmsweise verlieren.

Knifflige Textpassagen: Die größten Probleme macht noch immer das Wort »Ros'«. Früher betrachtete man den Text eher landwirtschaftlich. Ros' war ein Ross, ein entsprungenes Pferd, was sonst? Vegetarier verweigerten diese derbe Interpretation und ersetzten »Ros« durch »Reis«. Schließlich setzte sich aber doch die Rose durch. Sehr schräg für Kinder: »Aus Jesse kam die Art«. Darunter kann man sich wenig vorstellen. Am besten gar nicht viel darüber nachdenken.

Melodie: schön, melancholisch, wenig Höhen und Tiefen, ein bisschen einschläfernd. Tipp: Nicht damit enden, zum Beispiel »O Tannenbaum« nachlegen.

Schlüsselpassagen: Die Kombination aus dubiosem Inhalt, schwierigem Text und trauriger Melodie funktioniert nur eine Strophe lang. Vielleicht eine Lalala-Nanana-Strophe anschließen. Noch besser: Mit dem Vers »Wohl zu der halben Nacht« aufhören.

Der Schnee der Geheimnisse

Kapitel 7

···· ❄ ····

Es wächst viel Brot in der Winternacht,
weil unter dem Schnee frisch grünet die Saat;
erst wenn im Lenze die Sonne lacht,
spürst du, was Gutes der Winter tat.

Und deucht die Welt dir öd und leer,
und sind die Tage dir rau und schwer:
Sei still und habe des Wandels acht
es wächst viel Brot in der Winternacht.

Friedrich Wilhelm Weber (1813–1894)

···· ❄ ····

Weihnachten geschlossen

Bärbel Reetz

Unruhige Nacht. Schwere Träume. Sie weigerte sich aufzuwachen, fürchtete sich vor diesem Tag, dem 24. Dezember. Heiligabend. Sie zog die Bettdecke über den Kopf, als könne sie sich vor den kommenden Stunden und Tagen in Sicherheit bringen. Aber vor ihren geschlossenen Augen tanzten die Buchstaben wie kleine Lichtblitze: *Heiligabend bis 16 Uhr geöffnet. Weihnachten bleibt das Studio geschlossen.* Überall plakatiert: im Eingangsbereich mit dem langen Rezeptionstisch und den schwarzen Ledersofas, im Umkleideraum, an der Handtuchausgabe, in den Übungsräumen. Sogar auf den Toiletten fand sich, wo sonst Extrakurse angezeigt wurden, der Zettel mit der schwarzen Computerschrift. Seit Mitte Dezember hing er da, sprangen ihr die beiden Sätze entgegen, erinnerten an das vergangene Jahr, den Heiligen Abend, Weihnachten vor 365 Tagen. An Abschied. Warten. Enttäuschung. Trotziges Verdrängen. Entschlossen schlug sie die Bettdecke zurück, suchte im Dämmerlicht des Zimmers den Wecker. In einer Stunde öffnete das Studio. Sie würde da sein.

Es war einer dieser grau verhangenen Tage, an denen es nicht hell wurde. Der Himmel hing tief und schneeschwer. Über den Straßen schaukelten Lichterketten: Sterne, Kometen mit langem Leuchtschweif. In den Schaufenstern Weihnachtsglitzern, Gold und Engelshaar. Santa Claus hielt seine rote Nase über Handtaschen und Schuhe mit Stilettos. Künstlicher Schnee lag zu den Füßen der Puppen, die sich festlich gekleidet vor Rokoko-Stühlchen und Mahagoni-Kommoden mit Tannengrün und weißen Amaryllis präsentierten: eine gesichtslose Sie im Abendkleid, ein androgyner Er im Smoking. Widerlich, sagte sie laut, ohne sich um die frühen Fußgänger zu kümmern, die ihrer Arbeit zustrebten. Noch ein paar Stunden Parfum-Flakons verkaufen, Schmuck in Samtkästchen bergen, Geschenkpapier und Bänder um letzte Gaben wickeln, Lächeln zu Stollen, Pasteten, Lachs und glitschigen Karpfen: Frohe Weihnachten.

Ihr Kühlschrank war leer. Wie im vergangenen Jahr. Ihre Wohnung ungeschmückt. Wie in jedem Jahr, seit sie ihr Dorf verlassen hatte. Wenn du meinst, dass du das Geschäft nicht willst, dann geh, hatte ihr Vater gesagt. Die Mutter bettelte, weinte. Aber sie hatte den Koffer gepackt und war davongefahren, fort vom Gasthof Zur Freiheit, in dessen Stuben im Advent Tannenzweige, Kränze, glänzende Kugeln und eine bunt geschmückte Riesentanne die Herbstdekoration ablösten. Seither erzeugte ihr der Geruch von Gänsebraten Übelkeit, mied sie Lebkuchen und Butterplätzchen.

Vor den Glastüren des Studios blieb sie stehen. Herzklopfen. Erwartung, von der sie wusste, dass sie enttäuscht werden würde. Sie stieß die Tür auf, wandte mit einem Ruck den Kopf zur Rezeption: Er war nicht da. Die Frau hinter dem Tresen trug eine Weihnachtsmannmütze, auch der Mann an der Handtuchausgabe, sogar die russischen Putzfrauen, die lautlos mit ihren Feudeln und Tüchern hantierten, hatten diese albernen Mützen aufgesetzt. Keine Kurse in den Übungsräumen. Nur wenige Männer an den Geräten. Keine Frauen. Sie ging aufs Laufband, stellte die Geschwindigkeit ein und begann zu rennen, schnell, schneller.

Auf den Monitoren an der gegenüberliegenden Wand liefen Weihnachtsfilme: Väter, die sich mit dem Aufstellen von Tannenbäumen lächerlich machten, anreisende Großmütter, nörgelnde Teenager, brüllende Kleinkinder, genervte Mütter, die Gänsebraten in Backöfen schoben. Bescherung. Nachrichten. Pilger im Heiligen Land. Gedränge vor der Geburtskirche in Bethlehem. Schüsse in Ramallah.

Sie tippte eine Steigung ein, keuchte auf dem Laufband in die Höhe. So wie im letzten Jahr. Alles wie damals. Die schwitzenden Männer würden irgendwann gegen Mittag das Studio verlassen, nach Hause fahren zu ihren Frauen, Freundinnen, Müttern. Dann wäre sie allein. Nur ihr schneller Atem und die Musik aus den Lautsprechern, die das Training antreiben soll. Allein im Schwimmbad, in der Sauna. Wieder im Trainingsraum. Auf dem Laufband.

Wo feierst du?, fragten sie Kollegen in der Agentur. Vage Antwort, dass sie noch unentschlossen sei. Und obwohl sie es nicht wissen wollte, erfuhr sie von allen, was geplant war. Am Tag vor Heiligabend wusste sie von Einladungen zum Fleischfondue oder Gänsebraten, von Hüttenferien in Österreich, Last-Minute-Flügen auf die Kanaren – zuvor die Besuche bei der Familie, zu Hause, da, wo sie aufgewachsen waren, zur Schule gegangen, den ersten Freund geküsst, ein Mädchen verführt hatten. Die Eltern erwarten das, sagten die Kollegen und zerbrachen sich den Kopf über Geschenke. Verlegenheitskäufe. Zugleich die Furcht vor dem, was für sie unter dem Tannenbaum liegen würde, worüber Freude zu heucheln wäre. Niemand fiel auf, dass sie nichts beizutragen hatte.

Aber zuletzt, als sie mit Sekt auf die kommenden freien Tage anstießen und fröhliche Weihnachten sagten, fragte sie, wer in der Stadt bliebe. Niemand. Erst zu Silvester wollten einige zurück sein. Wir sehen uns, sagten sie, mach's gut. Und sie hatte gelacht und ein frohes Fest gewünscht, so als wäre alles in Ordnung. Aber das war es nicht, nicht mehr, seit sie die Familie verlassen hatte, den Gasthof Zur Freiheit, der sie unfrei machte.

Irgendwie wird auch dieser Tag vergehen, morgen sind Christmesse und Bescherung vorbei, laufen Filme, spielen Theater und Oper, sind Museen und Ausstellungen geöffnet. Ich werde tun, was ich möchte, dachte sie. Kein Familienstress. Keine Erwartungen, die enttäuscht werden können. Sie lief schneller, musste sich eingestehen, dass dieses ganze Jahr eine einzige Erwartung gewesen war: die Erwartung, dass er zurückkam. Noch vorhin beim Betreten des Studios hatte sie gehofft, dass er hinter dem Tresen stehen würde. Sinnlose Hoffnung. Bittere Enttäuschung.

Im letzten Jahr war sie am 24. Dezember auch beim Training gewesen und hatte sich vor der Schließung des Studios gefürchtet. Geplant war anderes: Weihnachten im Elternhaus ihres Freundes. Seit fast einem Jahr waren sie damals zusammen, mal bei ihm, mal bei ihr. Er war Anwalt, Junior in einer Kanzlei unweit ihrer Agentur. Alles, so schien es, deutete auf eine längere Beziehung hin. Doch dann, wenige Tage vor Heiligabend, hatte er ihr eröffnet, dass er allein fahren wollte. Noch zu früh für ein Familienweihnachten, hatte er verlegen gesagt, und dass er zu Hause auch seine alten Freunde treffe. Und alte Freundinnen? Ihre Stimme war schrill. Auch das, antwortete er. Nach Weihnachten hatten sie sich nicht wiedergesehen.

Entschuldigen Sie, hatte der Mann gesagt und sich neben das Laufband gestellt, wir schließen. Da drückte sie die Stopp-Taste und ging davon, unsicher auf festem Boden nach langem Lauf. Hastig zog sie sich an, verschwitzt, ohne zu duschen, packte ihre Sachen zusammen. Erst jetzt merkte sie, dass alle fort waren: der Mann an der Handtuchausgabe, die russischen Putzfrauen, die Männer und Frauen vom Empfang mit den lustigen Weihnachtsmannmützen. Als sie das Studio verlassen wollte, wartete der Mann, der sie an die Zeit gemahnt hatte, bereits im Eingangsbereich. Er trug eine schwarze Daunenjacke und eine graue Wollmütze, war bereit zum Gehen. Entschuldigung, stammelte sie verlegen, es tut mir leid. Ich war unaufmerksam.

Sie werden Ihre Gründe haben, entgegnete er und wandte sich dem Wachmann zu, der über die Feiertage Dienst hatte.

Es war sehr kalt gewesen. Der eisige Wind, der zwischen den Häusern fegte, Papier und Plastiktüten aufwirbelte, kniff ihr in Nase und Wangen. Sie zog ihre Mütze tief in die Stirn, über die Ohren, schlug den Mantelkragen hoch. Sie würde ein heißes Bad nehmen und danach Schlaftabletten, um diese heilige Nacht zu überstehen. Darf ich Sie begleiten?, fragte der Mann, der sie mit schnellen Schritten eingeholt hatte und der, ohne ihre Antwort abzuwarten, neben ihr ging und ihr kaum merkliches Nicken als Zustimmung nahm. Sie fanden in einen gemeinsamen Schritt. Er trug ihr die Tasche. Über ihnen klirrte die Weihnachtsbeleuchtung im Wind. Kaum Autos auf der Straße, kaum Menschen auf dem Weg.

Ich wohne im Hotel, sagte er und schlug vor, den Abend gemeinsam zu verbringen. Im Hotel?, fragte sie. Anderes habe ich leider nicht zu bieten. Da hatte sie ihn zu sich eingeladen und zugleich gestanden, dass sie außer Rotwein und Schlaftabletten nichts eingekauft habe. Aber vielleicht ist der Supermarkt im Bahnhof noch geöffnet.

Und so hatten sie den Einkaufswagen zwischen den Regalen herumgeschoben, hatten Salat, Orangen, eine Ananas eingepackt, Eier, geräucherten Lachs, spanischen Schinken und italienische

Salami, Würstchen und Kartoffelsalat, Käse und Feigensenf, Butter, frisches Baguette. Espresso, sagte sie. Champagner, sagte er. Beladen mit den Plastiktüten stiegen sie zu ihrer Wohnung hinauf, packten aus. Alles war so selbstverständlich, als hätten sie schon immer miteinander eingekauft, gegessen, getrunken, geschlafen. Am nächsten Morgen verließ er sie, um seine Sachen aus dem Hotel zu holen und zum Flughafen zu fahren. Ich melde mich bei dir, versprach er.

Als er fort war, fiel ihr ein, dass sie weder seinen Nachnamen wusste noch wohin er geflogen war, wo er lebte. Aber er weiß, wo er mich findet, sprach sie sich Mut zu, hoffte 365 Tage, und ihr Herz zog sich zusammen, als sie die Frau mit der Weihnachtsmannmütze an der Rezeption sah.

Sie stellte die Geschwindigkeit auf dem Laufband höher, auch die Steigung, keuchte, schwitzte. Plötzlich brach die Musik ab. Im Lautsprecher knackte es. 16 Uhr, sagte eine Männerstimme, bitte verlassen Sie das Studio. Sie drückte die Stopp-Taste. Stand abrupt. Verwirrt. Seine Stimme? Schwankend nach dem langen Lauf verließ sie das Gerät, den Trainingsraum. Es war nicht seine Stimme. Es war eine Stimme. Eine Männerstimme. Irgendeine, sagte sie sich und wischte sich den Schweiß ab. Irgendeine. Hastig zog sie sich um, packte ihre Tasche und durchquerte die Halle.

Schöne Feiertage, sagte die Frau am Tresen und nahm ihre Weihnachtsmannmütze ab. Danke, gleichfalls, antwortete sie mechanisch.

Es hatte angefangen zu schneien. Kein Mensch auf der Straße. Nur die beleuchteten Schaufenster mit ihren geschmückten Puppen spielten festliches Leben. Sie stapfte durch den frischen Schnee, wünschte sich ein heißes Bad, Rotwein und Schlaftabletten. Abtauchen in die Nacht und diesen Tag vergessen. Aber als sie in ihre Straße einbog, sah sie – undeutlich im Schneetreiben – den Mann vor ihrer Haustür: schwarze Daunenjacke, graue Wollmütze und Einkaufstüten.

Eismond

Peter Stamm

Erst als ich mein Fahrrad abschloss, wurde mir bewusst, dass etwas anders gewesen war als sonst. Zu Fuß ging ich zurück zum Eingang des Industriegeländes und sah die heruntergelassenen Blenden der Pförtnerloge. Ich hatte im Weihnachtsrummel vergessen, dass Biefer und Sandoz Ende des Jahres in Rente gehen würden. Vor einem Monat hatte jemand Geld gesammelt, um den beiden ein Abschiedsgeschenk zu machen. Ich hatte etwas gespendet, zwei Karten unterschrieben und dann nicht mehr daran gedacht. Jetzt tat es mir leid, mich nicht von ihnen verabschiedet zu haben.

Auf der Glastür des Pförtnerhauses klebte ein Plan des Geländes. Darunter war eine Liste von Telefonnummern für Notfälle, Feuerwehr, Polizei, Ambulanz und die Nummer der Verwaltung. In einer durchsichtigen Aktenhülle daneben steckte ein Brief des Verwalters. Er schrieb, er wünsche allen Mietern frohe Festtage und alles Gute für das neue Jahr. Der Brief war mit einem Clipart dekoriert, einem Tannenzweig und einer Kerze.

Früher hatten Hunderte von Menschen in der Fabrik gearbeitet, aber nachdem erst die Produktion und dann die Entwicklung ins Ausland verlagert worden waren, leerte sich das Gelände, bis nur noch die beiden Pförtner zurückblieben. Die Firma war in eine Holdinggesellschaft umgewandelt worden und bezog Büros in der Nähe des Bahnhofs. Die alten Backsteingebäude am Ufer des Sees standen eine Zeit lang leer und wurden dann Raum für Raum vermietet. Im Laborgebäude arbeiteten jetzt Künstler, Architekten und Grafiker. Im Waaghaus hatte ein ehemaliger Fabrikarbeiter eine kleine Bar eröffnet, in der wir uns am Mittag trafen, um ein Sandwich zu essen oder um Kaffee zu trinken. In den Produktionshallen hatten ein Geigenbauer und ein Möbelschreiner ihre Werkstätten eingerichtet. Ein paar Start-ups hatten sich eingemietet, von denen niemand recht wusste, was sie machten. Manche Räume standen, kaum bezogen, schon wieder leer.

Die Lage des Geländes am See war spektakulär, und alle paar Monate war in der Zeitung von großartigen Projekten die Rede, von Luxuswohnungen, einem Spielcasino oder einem Einkaufszentrum. Aber nie fanden sich die nötigen Investoren. Wir hatten befristete Mietverträge, die regelmäßig verlängert wurden, wenn wieder ein Projekt sich zerschlagen hatte. Manchmal tauchte der Verwalter noch mit einer Gruppe von Herren in dunklen Anzügen auf. Wir sahen sie draußen herumstehen und mit großspurigen Handbewegungen ganze Gebäude abreißen und neue aufstellen. Der Pförtner, der gerade Dienst hatte, folgte der Gruppe in einiger Distanz über das Gelände und näherte sich nur, wenn eine Tür aufzuschließen war. Anfangs hatten diese Führungen jedes Mal zu wilden Mutmaßungen und Gerüchten geführt, aber inzwischen schien niemand mehr daran zu glauben, dass sich jemals etwas ändern würde.

Wenn ich am Morgen ins Büro kam, war immer schon einer der Pförtner da. Biefer saß meistens in der auf drei Seiten verglasten Loge, rauchte Pfeife und las Zeitung. Sandoz stand, auch bei der größten Kälte, draußen, die Hände in den Manteltaschen.

In der ersten Zeit hatten die beiden noch die Post verteilt, aber seit wir Briefkästen hatten, nahmen sie nur noch gelegentlich große Pakete in Empfang oder erklärten den Fahrradkurieren den Weg zu unseren Ateliers. Sie schrieben die Nummern falsch geparkter Wagen auf, und manchmal sah man einen der beiden auf dem Gelände herumgehen, in einer Hand den riesigen Schlüsselbund, in der anderen einen Stock, mit dem er Abfälle aus den stillgelegten Gleisen kratzte. Meistens aber waren sie am großen Tor, das jetzt immer offen stand, und beobachteten stumm, wer das Gelände betrat und wer es verließ.

Man sah Biefer und Sandoz nie zusammen, sie lösten sich um die Mittagszeit herum ab und schienen darauf zu achten, sich nicht zu begegnen. Am Anfang konnte ich sie nicht auseinanderhalten, obwohl sie unterschiedlicher nicht hätten sein können. Nur äußerlich waren sie sich ähnlich, beide waren klein und untersetzt und hatten spärliches Haar. Sie trugen blaue Kittel,

Sandoz bei schlechtem Wetter einen schwarzen Mantel und einen Hut aus Kunstleder. Er stammte aus der französischen Schweiz und sprach, obwohl er schon seit mehr als dreißig Jahren hier arbeitete, mit starkem Akzent. Er war launisch, an manchen Tagen redete er ohne Unterbrechung, dann wieder sagte er kaum ein Wort und tat, wenn man ihn grüßte, als würde er einen nicht kennen. Biefer hingegen, der aus der Gegend kam, war fast übertrieben freundlich. Immer wenn ich ihn traf, erkundigte er sich nach meinen Kindern, die er ein- oder zweimal gesehen hatte. Wir sprachen über das Wetter, über Fußball und Lokalpolitik. Von sich selbst und seiner Familie sprach er selten. Seine Frau erwähnte er gelegentlich in einem Nebensatz, von seinen beiden Söhnen, die im Ausland lebten, erzählte er mir nur ein einziges Mal.

An einem kalten, nebligen Morgen vor vielleicht zwei Monaten hielt Biefer mich an. Ich hatte von Weitem nur die dunkle Silhouette neben dem Pförtnerhaus gesehen und angenommen, es sei Sandoz. Erst als ich ganz nah war, erkannte ich Biefer. Ich winkte ihm zu, da hob er die Hand wie ein Polizist. Ich hielt mein Fahrrad neben ihm an, und er fragte, ob ich ihm bei einer Sache behilflich sein könne. Ich fragte, worum es gehe. Nicht hier, sagte er mit verschwörerischer Stimme und drehte sich um.

Ich war nie zuvor im Pförtnerhaus gewesen. Trotz der großen, etwas nach vorne geneigten Fenster wirkte der Raum gemütlich! Der kleine Ölofen verbreitete eine trockene Hitze, und es roch süßlich nach Pfeifenrauch. Biefer setzte sich an sein Pult und öffnete eine Schublade. Er zog eine abgegriffene Aktenmappe hervor und legte sie ungeöffnet vor sich hin. Dann stand er noch einmal auf und holte, ohne mich zu fragen, zwei Tassen dünnen Kaffee. Er reichte mir eine und zeigte auf einen Teller mit Gebäck, der vor ihm stand.

Honigkuchen, sagte er. Wenn man das mag.

Es gab nur einen Stuhl. Biefer hatte sich gesetzt, ich stand hinter ihm im Schatten und schaute auf seinen dicken Kopf hinunter, auf das strähnige graue Haar, zwischen dem die rosige Kopfhaut zu sehen war. Er stopfte sich eine Pfeife, aber er zündete sie nicht an. Er schien nicht recht zu wissen, wo er anfangen sollte. Mehrmals setzte er an, verhaspelte sich, hustete. Dazwischen winkte er immer wieder Leuten zu, die auf das Gelände fuhren. Er sagte, er sei ursprünglich Bäcker gewesen, aber dann habe er den Beruf wegen einer Mehlallergie aufgeben müssen. Er sei immer schon gerne gereist, Sport hingegen interessiere ihn nicht. Außer natürlich Fußball. Er sagte, er habe jung geheiratet. Das sei damals einfach üblich gewesen. Er bereue nichts. Das sagte er mehrmals. Er habe nichts zu bereuen.

Nachdem er noch eine Weile so weitergeredet hatte, begriff ich endlich, worum es ging. Ende des Jahres, wenn er in Rente ging, wollte Biefer nach Kanada auswandern und dort ein Bed & Breakfast eröffnen. Warum ausgerechnet nach Kanada?, fragte ich, aber Biefer ging nicht auf meine Frage ein. Er sprach vom

Visumsantrag, den er schon vor Monaten gestellt hatte, von einem Punktesystem, in dem neben der Ausbildung und den Englisch- und Französischkenntnissen auch das Alter und das Vermögen eine Rolle spielten. Vor Kurzem hatte er einen Brief von der kanadischen Botschaft in Paris bekommen, den er nicht verstand. Er sagte, er habe seit der Schule kein Französisch mehr gesprochen, und das sei fünfzig Jahre her. Seit einigen Monaten mache er einen Englischkurs, aber er sei wohl zu alt, um noch eine neue Sprache zu lernen. Er öffnete die hellbraune Aktenmappe, zog das oberste Blatt heraus und schloss die Mappe gleich wieder. Er reichte mir den Brief. In kompliziertem Juristenfranzösisch wurde der Gesuchsteller aufgefordert, zur Vervollständigung seines Dossiers eine aktuelle Liste seiner Vermögenswerte sowie die dazugehörigen Belege einzureichen, die alle vom selben Stichtag stammen müssten. Als ich Biefer erklärte, worum es ging, schien er erleichtert. Er bat mich, niemandem auch nur ein Wort von seinen Plänen zu sagen, am allerwenigsten Sandoz.

Ich hatte die Sache fast vergessen, als Biefer mich ein paar Wochen später wieder anhielt. Er machte ein geheimnisvolles Gesicht und winkte mir, ihm in die Pförtnerloge zu folgen. Es war kurz vor Weihnachten, auf dem Pult stand ein schütteres Gesteck aus Tannenzweigen, zwei silbrigen Christbaumkugeln und einer dicken Kerze, die nicht angezündet worden war. Daneben lag die hellbraune Aktenmappe. Biefer öffnete sie, zog ein Blatt heraus und reichte es mir strahlend. Sein Visumsantrag war genehmigt worden. Er dankte mir für meine Hilfe. Ich sagte, das sei nicht der Rede wert. Er zögerte, dann öffnete er die Aktenmappe noch einmal und ließ sie offen vor uns liegen. Zuoberst lag der rote Umschlag eines Fotolabors. Biefer zog einen Stapel Bilder heraus und legte sie vorsichtig nebeneinander auf den Tisch. Die Fotografien unterschieden sich kaum voneinander, auf allen war Wald zu sehen, niedrige Bäume und Buschwerk und manchmal im Vordergrund eine Schotterstraße. Biefers Hände schwebten über den Abzügen, er wirkte wie ein Wahrsager, der aus einem Spiel Karten die Zukunft zu lesen versucht. Das sei sein Land, sagte er endlich, in Nova Scotia. Er nahm Papiere aus der Aktenmappe und breitete sie vor uns aus, einen Kaufvertrag, einen Pass und ein Flugticket, Tourismusprospekte und Postkarten. Zuunterst in der Mappe lag die schlechte Kopie einer Katasterkarte, auf der ein unregelmäßig geformter See und einige Parzellen eingezeichnet waren. Eine der Parzellen war mit rotem Farbstift sorgfältig umrandet. In die Mitte des Grundstücks waren mit Bleistift zwei Rechtecke eingezeichnet, darunter sah ich die verschmierten Spuren ausradierter Entwürfe. Da werde er sein Haus bauen, sagte Biefer, ein Blockhaus mit zehn Gästezimmern und einem großen Aufenthaltsraum und im oberen Stockwerk seine Wohnung. Das kleine Rechteck sei die Garage.

Ich stand neben ihm und konnte sein Gesicht nicht sehen, während er mir von dem Projekt erzählte, aber seine Stimme klang begeistert und voller Energie. Das Grundstück habe er schon vor Jahren gekauft, sagte er, zehntausend Quadratmeter für dreißigtausend kanadische Dollar. Er habe zwar keinen direkten Seezugang, dafür liege das Grundstück an der Hauptstraße, was gut sei für das Geschäft. Ende Januar fliege er nach Halifax. Von da seien es zwei Stunden mit dem Auto. Er sei vor einem Jahr schon da gewesen. Die Gegend sei wunderschön, etwas abgelegen zwar, aber mit großem Potenzial. Ein Paradies für Jäger und Angler.

Ich konnte mir Biefer nicht in den kanadischen Wäldern vorstellen. Er war bleich, sein Gesicht war aufgeschwemmt, und er wirkte nicht sehr gesund. Aber er schwärmte weiter von seinem Grundstück und von Nova Scotia. Die Gegend liege auf dem gleichen Breitengrad wie Genua, sagte er, im Sommer könne es über dreißig Grad warm werden. Der Winter sei allerdings kalt und schneereich. Baugenehmigungen seien leicht zu kriegen, sagte er, und das Benzin koste nur die Hälfte von dem, was man bei uns bezahle.

Ich fragte ihn, weshalb er mitten im Winter auswandern wolle, ob es ihm bei uns nicht kalt genug sei. Er sagte, so bleibe ihm genug Zeit, alles für die Touristensaison im Sommer vorzubereiten. Erst müsse ja der Wald gerodet werden und dann das Haus gebaut. Es sei viel zu tun. Er sagte, nach den Feiertagen komme die Umzugsfirma. Sein ganzer Hausrat werde in einen Container geladen und verschifft. Bis das Haus gebaut sei, müsse er die

Sachen einlagern. Ich fragte ihn, wo er bis zur Abreise wohnen werde. Er schaute mich an, als hätte er daran noch gar nicht gedacht. Und Ihre Frau?, fragte ich. Was hält die von Ihren Plänen? Er sagte, das seien keine Pläne, das sei beschlossene Sache. Bevor ich ging, bat er mich noch einmal, niemandem etwas zu erzählen.

Als ich aus dem Pförtnerhaus trat, sah ich Jana, eine junge Künstlerin, die auf demselben Stockwerk wie ich ihr Atelier hatte. Sie fuhr mit dem Fahrrad auf mich zu, bremste im letzten Moment und kam nur wenige Zentimeter vor mir zum Stehen. Sie grinste mich an und fragte, ob ich jetzt den Pförtner mache. Warum nicht, sagte ich. Das wäre nicht der schlechteste Job. Nicht anstrengend. Und du hast ein festes Einkommen. Ein bisschen werde ich die beiden schon vermissen, sagte sie. Vor allem Albert.

Sie war von ihrem Fahrrad gestiegen und ging neben mir her zum Eingang des Laborgebäudes. Sie sagte, sie sei eine der Ersten auf dem Gelände gewesen. Damals habe noch nichts funktioniert, die Heizung sei dauernd ausgefallen und manchmal auch der Strom. Da habe sie oft mit den beiden Pförtnern zu tun gehabt. Albert habe ihr viel geholfen. Er sei ein unglaublich netter Mensch.

Das leere Pförtnerhaus hatte etwas Deprimierendes. Ich vermisste weder Biefer noch Sandoz, aber ich war immer froh gewesen, dass jemand da war, wenn ich am Morgen ins Büro kam, jemand, der das Tor aufschloss und Licht machte, jemand, der den Tag begann. Jetzt wirkte das Gelände ausgestorben, die Fassaden der alten Gebäude schienen noch abweisender als sonst, und in keinem der Fenster war Licht. Früher oder später würde das alles abgerissen werden, wir waren nur Gäste hier, unsere Tage waren gezählt, auch wenn wir uns benahmen, als wären wir die neuen Herren.

Der Geigenbauer parkte seinen Wagen. Ich wartete auf ihn vor dem Eingang, und wir plauderten ein wenig. Er fragte, ob ich mich wohlfühle hier, und ich sagte, das sei nur eine Zwischenstation für mich, irgendwann würde ich den Ort wohl verlassen. Er sagte, er werde bleiben, solange es gehe. So ein günstiges Atelier finde er nie wieder. Während wir noch redeten, kamen Jana und ein Journalist dazu, der erst vor wenigen Wochen im Stockwerk unter uns eingezogen war. Wir sprachen über Biefer und Sandoz. Der Journalist sagte, er habe die beiden nie auseinanderhalten können. Ich fragte, was wir ihnen eigentlich zum Abschied geschenkt hätten. Niemand wusste es.

Ich hatte mich zum Mittagessen mit einem Kunden verabredet. Es ging um den Bau einer Doppelgarage, mein erster richtiger Auftrag seit Monaten. Wir aßen in einem Restaurant im Zentrum. Als ich um zwei zurück aufs Gelände kam, fing der Nebel erst an, sich aufzulösen. Ich ging hinunter zum Ufer des Sees und schaute hinaus auf das Wasser, das glatt und ganz klar war. Ich war plötzlich ziemlich sicher, ich würde nie wegkommen und bis ans Ende meiner Tage hierbleiben müssen und Garagen bauen und kleine Einfamilienhäuser, wenn ich Glück hätte, einen Kindergarten oder ein Mehrfamilienhaus. Wir alle würden hierbleiben, der Geigenbauer, der Journalist, Jana und die anderen. Biefer war der Einzige, der es schaffen würde wegzukommen.

Jana saß allein in der Bar im Waaghaus und las Zeitung. Ich holte mir einen Kaffee und setzte mich zu ihr an den Tisch. Sie blätterte ein paar Seiten zurück, faltete die Zeitung in der Mitte und reichte sie mir über den Tisch.

Hast du das gesehen?, fragte sie und zeigte auf eine Todesanzeige.

Gertrud Biefer, las ich laut, nach langer schwerer Krankheit, die sie mit viel Geduld ertragen hat, ist unsere liebe Gemahlin, Mutter und Großmutter am 27. Dezember von uns gegangen. Die Abdankung fand im engsten Familienkreis statt.

Das muss Alberts Frau sein, sagte Jana. Da steht sein Name. Und die zwei darunter, das sind bestimmt seine Söhne.

Sie sagte, es sei verrückt. Jetzt, wo er endlich Zeit gehabt hätte, das Leben zu genießen. Er habe oft von den Reisen erzählt, die er nach der Pensionierung machen wollte.

Er hat geplant, nach Kanada auszuwandern, sagte ich, aber erzähl es nicht weiter. Jana sagte, das könne sie sich nicht vorstellen, wo seine Frau so krank gewesen sei.

Ich bin sicher, sagte ich. Ich habe ihm mit den Papieren geholfen. Er hat mir den Brief der Botschaft gezeigt und Bilder von seinem Grundstück in Nova Scotia.

Jana sagte noch einmal, das könne sie sich nicht vorstellen. Ich sagte, sie solle ihn anrufen, wenn sie mir nicht glaube, aber sie sagte, es gehe uns eigentlich nichts an. Weißt du, wo er wohnt? Jana schüttelte den Kopf. Sie sagte, sie werde im Telefonbuch nachschauen und ihm eine Beileidskarte schicken.

Am nächsten Morgen war das Wetter so unfreundlich, dass ich zu Fuß ins Büro ging. Der Nebel war dicht wie fast jeden Morgen in dieser Jahreszeit, aber schon von Weitem sah ich Licht im Pförtnerhaus. Die Blenden waren hochgezogen, und an der Theke saß Albert Biefer in seinem blauen Kittel. Er sah aus wie immer, nur rauchte er nicht, und er las auch nicht Zeitung. Ich winkte ihm. Er schaute geradeaus, als hätte er mich nicht bemerkt. Ich klopfte an die Scheibe, aber er reagierte noch immer nicht. Er hatte die Augen zusammengekniffen, und seine Mundwinkel waren hochgezogen. Es sah aus, als würde er grinsen oder gleich anfangen zu weinen. Ich winkte noch einmal. Als er wieder nicht reagierte, ging ich. Vielleicht eine Stunde später klopfte es an der Tür meines Büros. Jana stand draußen. Sie fragte, ob ich Albert gesehen habe.

Ich habe an die Scheibe geklopft, sagte ich. Es war, als sähe er mich nicht.

Jana meinte, wir sollten jemanden verständigen, einen Arzt oder die Polizei oder wenigstens die Verwaltung. Ich sagte, ich fände es besser abzuwarten. Er hat seine Frau verloren. Ich kann verstehen, dass er nicht zu Hause herumsitzen will.

Am Mittag im Waaghaus war Biefer das einzige Gesprächsthema. Alle hatten ihn gesehen und diskutierten, was zu tun sei. Der Raum war verraucht, nur wenn jemand kam oder ging, drang ein Schwall kalter Winterluft herein. Der Mann, der die Bar führte, hatte die Musik leiser gestellt und diskutierte mit. Er kannte Biefer am längsten von allen. Er sagte, er habe versucht, die Tür zum Pförtnerhaus zu öffnen, aber sie sei abgeschlossen. Im Notfall werde man sie aufbrechen müssen. Ich sagte nichts von Biefers Auswanderungsplänen, und als Jana etwas sagen wollte, machte ich ihr ein Zeichen und schüttelte den Kopf. Plötzlich rief jemand, da ist er, und zeigte aus dem Fenster. Draußen ging Biefer vorbei, mit schlurfenden Schritten, den Blick geradeaus. Er trug nur den dünnen Kittel, sein Gesicht war weiß vor Kälte. Einen Moment lang war es still, dann sagte der Journalist, jemand solle hinausgehen und versuchen, mit ihm zu sprechen. Wer kennt ihn am besten? Wir schauten uns gegenseitig an. Schließlich sagte Jana, sie werde es versuchen.

Wir standen am Fenster und schauten zu, wie sie neben Biefer herging und auf ihn einredete. Er sagte nichts, schaute geradeaus und ging einfach weiter. Nach einer Weile kam Jana zurück. Sie sagte, es habe keinen Sinn. Albert scheine sie gar nicht bemerkt zu haben. Der Journalist meinte, wir könnten nicht viel machen. Biefer sei ein freier Mensch. Niemand könne ihn zwingen, mit uns zu reden. Man könne allenfalls die Verwaltung verständigen. Aber alle waren sich einig, das sei keine gute Idee. Wir beschlossen abzuwarten. Etwas kleinlaut gingen wir zurück an die Arbeit.

Von nun an war Biefer jeden Tag da. Er saß die meiste Zeit an seinem angestammten Platz und ging nur manchmal über das Gelände. Jana versuchte noch ein paarmal, mit ihm zu reden. Schließlich gab sie es auf. Sie erzählte mir, die Beileidskarte sei von der Post zurückgeschickt worden mit dem Vermerk, der Empfänger sei ohne Adressangabe weggezogen. Wir verabredeten uns für einen der nächsten Abende beim Geigenbauer, von dessen Atelier aus das Pförtnerhaus am besten einzusehen war. Wir wollten Biefer abpassen und sehen, wohin er ging.

Der Geigenbauer öffnete eine Flasche Wein und trank mit uns ein Glas. Um sieben gab er uns den Schlüssel und sagte, er gehe nach Hause. Jana und ich setzten uns ans Fenster, tranken den Wein und schauten zum Pförtnerhaus hinüber. Wir hatten das Licht gelöscht, um besser sehen zu können und um nicht entdeckt zu werden. Obwohl wir uns schon eine ganze Weile kannten, hatten wir nie mehr als ein paar Worte miteinander gewechselt. Jetzt fing Jana an zu erzählen von ihrer Kindheit im Bergdorf und wie sie mit sechzehn weggegangen sei, um die Matura zu machen. Seither habe sie kaum noch Kontakt mit ihrer Familie. Sie fahre höchstens einmal im Jahr in ihr Dorf. Ihre Eltern könnten nichts anfangen mit ihrer Kunst, und dass sie mit einer Frau zusammenlebe, habe sie ihnen gar nie erzählt. Sie könne sich vorstellen, wie sie reagieren würden. Ich fragte, was für Kunst sie eigentlich mache. Sie sagte, das sei schwer zu erklären, aber ich könne sie gerne einmal im Atelier besuchen, dann zeige sie mir die Sachen. Wir waren schon ein bisschen betrunken. Jana lachte und sagte, wir sollten Albert zu einem Glas Wein einladen. Dann schwiegen wir und schauten aus dem Fenster. Der Mond war aufgegangen, er war fast voll und hell wie der Schnee. Sein Licht überstrahlte jenes der Scheinwerfer, die den verlassenen Platz beleuchteten. Im Schnee war ein verwirrendes Muster von Fuß- und Autospuren zu sehen. Drüben, im Fenster des Pförtnerhauses, brannte noch immer die kleine Lampe.

Hast du seinen Blick gesehen?, fragte Jana. Es sah aus, als wäre er mit seinen Gedanken weit weg. Ich frage mich, warum er ausgerechnet nach Kanada will, sagte ich. Hauptsache, man hat ein Ziel, sagte Jana.

Um elf stand Biefer auf und löschte das Licht. Dann geschah nichts mehr. Wir warteten eine Weile, aber als er nicht herauskam, gingen wir endlich nach Hause.

Der Januar war ungewöhnlich kalt in diesem Jahr. Am Ufer des Sees hatte sich Eis gebildet, das die Wellen zerbrach. Der Wind schob die Schollen übereinander zu wirren Landschaften von bezaubernder Schönheit. Der Schnee, der kurz nach Weihnachten gefallen war, blieb liegen und wurde kompakt und immer schmutziger. An manchen Stellen auf dem Gelände hatte er sich in eine dicke Eisschicht verwandelt. Wenn Biefer das Pförtnerhaus überhaupt noch verließ, ging er sehr langsam und fast ohne die Füße vom Boden zu heben.

Dann, eines Tages gegen Ende des Monats, war er verschwunden. Als ich am Morgen ins Büro kam, war kein Licht im Pförtnerhaus, und die Blenden waren heruntergezogen. Die Tür war nicht abgeschlossen. Ich öffnete sie vorsichtig und ging hinein. Es roch immer noch nach Pfeifenrauch, aber der Ofen war kalt. Ich brauchte einige Zeit, bis ich den Lichtschalter fand. Auch die Tür zum Hinterzimmer war nicht verschlossen. Der Raum war winzig. Auf dem Boden lag eine dünne Schaumstoffmatratze, sonst wies nichts darauf hin, dass jemand hier übernachtet hatte. Ich ging wieder nach vorne, zündete den Ölofen an und setzte mich ans Pult. Ich wartete, ich wusste nicht worauf. Wenn ein Auto auf das Gelände fuhr, hob ich instinktiv die Hand und grüßte. Langsam wurde es wärmer. Es dämmerte, aber der Himmel war immer noch grau und undurchdringlich. Gegen zehn kam Jana. Ich winkte ihr, und sie stellte das Fahrrad ab und kam zu mir herein.

Ist er weg?, fragte sie.

Ich habe auf dich gewartet, sagte ich.

Sie stand hinter mir, wie ich vor einem Monat hinter Albert Biefer gestanden hatte. Sie legte mir eine Hand auf die Schulter. Ich drehte mich zu ihr um, und sie nickte mir zu. Erst jetzt, als hätte ich auf einen Zeugen gewartet, öffnete ich die Schublade. Ich war nicht erstaunt, die hellbraune Aktenmappe darin zu finden.

Die Mitfahrerin

Ulrich Knellwolf

Dass jemand mit Skiern an der Straße stand und mitgenommen werden wollte, war für Burkard Lehmann, achtundsechzig, pensionierter Sekundarschullehrer, unterwegs in einem neuen Subaru mit Vierradantrieb ins Engadin, überraschend. Das Mädchen hatte sich die Langlaufriemen links und rechts an den Rucksack geschnallt. Es sah aus, als ob es zwei Flügel hätte. Ein Engel, dachte Burkard und hielt an. Es war etwas oberhalb von Bivio an der Straße gegen den Julier.

»Wohin wollen Sie denn?«, fragte Burkard.

»Wohin fahren Sie?«

»Ich fahre ins Engadin, nach Sils Maria«, antwortete Burkard.

»Dann fahre ich auch ins Engadin«, sagte das Mädchen. »Darf ich mitfahren?«

Burkard stieg aus, half ihr, die Skier vom Rucksack zu lösen, und klemmte sie zu seinen eigenen auf den Dachträger. Den Rucksack legte er auf den Rücksitz. Er war klein und leicht.

Das Mädchen gefiel ihm. Seine hüpfenden Bewegungen, das

kleine, runde Gesicht unter dem kurzen schwarzen Wollhaar, der bunte Skidress, alles gefiel Burkard. Ein Hauch von Frische war um das Mädchen, und Burkard sog ihn ein.

Das Mädchen setzte sich neben ihn. Noch im Sitzen hatte es etwas Hüpfendes. Burkard freute sich daran.

»Sie haben kein bestimmtes Ziel?«, fragte er beim Weiterfahren.

»Ich gehe, wohin man mich mitnimmt.«

»Und woher kommen Sie?«

»Ach, aus dem Unterland.«

Das war keine sehr genaue Ortsbezeichnung, und obwohl Burkard als Experte im Bestimmen von Dialekten galt, konnte er an ihrer Sprache keine besonderen Merkmale erkennen. Doch er forschte nicht weiter. Er fand es reizvoll, nicht alles zu wissen.

»Und Sie?«, fragte das Mädchen.

»Ich heiße Burkard Lehmann, bin achtundsechzig Jahre alt, pensionierter Sekundarschullehrer aus Zürich, und ich fahre für vierzehn Tage nach Sils Maria.«

Warum wollte er von dem Mädchen nichts Genaueres wissen, und warum hatte er das dringende Bedürfnis, ihm möglichst viel von sich selbst zu erzählen? Auch nach zehn Minuten wusste er noch nichts von seiner Mitfahrerin, als hätte das Mädchen keine Geschichte, sie aber wusste fast alles von ihm. Dass er gern Geschichte weiterstudiert hätte bis zur Promotion, dass es aber aus wirtschaftlichen Gründen damals nicht möglich gewesen sei.

Er war sechsundzwanzig, als er heiratete. Verena, seine Frau, hatte er im Lehrcrseminar kennengelernt, und ihm war wie ihr schon damals klar, dass es für sie nie einen anderen Mann, für ihn nie eine andere Frau geben würde. Und so war es dann auch gekommen. Acht Jahre waren sie miteinander verlobt, nach seinem Sekundarlehrerexamen heirateten sie.

Eigentlich war geplant, dass Verena so lange arbeitete, bis Kinder kämen, aber als keine kamen, unterrichtete sie weiter, auch dann noch, als sie in die Stadt zogen. Sie hatten das Glück, auch in der Stadt im selben Schulhaus arbeiten zu können. Alles, was in der Schule vorfiel, besprachen sie miteinander. Auch alles andere im Leben. Jeden Tag machten sie den Weg zur Arbeit gemeinsam. Dies bedeutete ihnen beiden besonders viel. Und dann natürlich die gemeinsamen Ferien. Seit zwanzig Jahren fuhren sie jeden Winter für vierzehn Tage nach Sils, immer in dasselbe Hotel, das besonders für Langlauf günstig lag. Jahr für Jahr dasselbe Zimmer, sehr ruhig, im obersten Stock.

In den ersten Jahren unternahmen sie noch Abfahrten, dann aber verlegten sie sich immer mehr auf Langlauf, bis sie vor zehn Jahren das Abfahren ganz bleiben ließen.

Jahr für Jahr freuten sie sich schon auf die nächsten Ferien, bis dann, vor ziemlich genau zweieinhalb Jahren, Verena, mittlerweile ebenfalls im Ruhestand, von einem Tag auf den andern schwer erkrankte, plötzlich, wie aus heiterem Himmel. Bauchspeicheldrüsenkrebs. Zwar fuhren sie im vorletzten Winter trotzdem noch einmal ins Engadin. Beide standen sogar wieder auf den Langlaufskiern und zogen kleine Runden. Und sie machten sich schon Hoffnungen, dass es vielleicht doch eine Besserung gebe. Aber kaum aus den Ferien zurückgekehrt wurde es schlimmer und schlimmer, ein rasanter Zusammenbruch, und Ende Mai starb Verena nach langen Leidenswochen.

»Es war eine Erlösung für sie, wenn man das so sagen darf«, wandte sich Burkard an seine Mitfahrerin. Aber schwer und fast unerträglich sei es für ihn gewesen. Jedenfalls habe er es im letzten Februar nicht übers Herz gebracht, allein ins Engadin zu fahren, und die Langlaufskier habe er den ganzen Winter über kein einziges Mal angerührt.

Doch jetzt habe er allen Mut zusammengenommen. Im September schon habe er sich telefonisch in dem Hotel angemeldet und habe gesagt, er wolle dieses Jahr wiederkommen, aber nur unter der Bedingung, dass er das alte Zimmer haben könne. Er habe der Direktion den Vorschlag gemacht, er bezahle das Doppelzimmer, freilich bei einfacher Pension. Er habe sich keine großen Hoffnungen gemacht, dass das Hotel auf seinen Vorschlag eingehe, schließlich würde schon Hochsaison sein. Umso überraschter sei er gewesen, dass er das gewohnte Zimmer erhalten habe. Und nun sei er also auf der Fahrt hinauf, zum ersten Mal allein, nicht ohne eine gewisse Furcht.

Das Mädchen saß neben Burkard und hörte zu, und er sog im Erzählen seinen Geruch ein, der ihm wie süßer Wein die Zunge löste. Sie waren schon zwischen den beiden Säulenstümpfen auf dem Julier hindurch, als Burkard sagte: »Jetzt wissen Sie so viel von mir, und ich weiß nicht einmal Ihren Namen. Sagen Sie mir wenigstens, wie Sie heißen?«

»Ich heiße Lilith«, antwortete das Mädchen.

»Und nichts weiter?«

»Nichts weiter.«

»Lilith. Eigenartiger Name. Nicht ohne dunkle Bedeutung«, sagte Burkard.

»Wirklich?«, fragte das Mädchen.

»Und was haben Sie vor im Engadin?«

Das Mädchen zuckte mit den Schultern.

»Langlaufen«, stellte Burkard fest.

»Ja«, sagte das Mädchen.

»Und wo?«

»Weiß ich noch nicht.«

»Nirgends bestellt?«

»Nein.«

»Und keine Freunde oder Bekannten, die auf Sie warten?«

»Keine.«

Mit einem Mal fuhr Burkard ein Gedanke durch den Kopf. Da war das Mädchen, das niemand erwartete, dessen Duft ihn bezauberte, dessen hüpfende Bewegungen ihn erheiterten und dessen Nähe ihn gesprächig machte. Da war dieses Mädchen, und dort unten in Sils Maria, das jetzt bald sichtbar wurde, wartete auf ihn, der allein war, im Hotel ein Doppelzimmer. Wie, wenn er, statt allein, zu zweit einträfe? Dass ein seit anderthalb Jahren verwitweter Mann eine Freundin fand, war nichts Ehrenrühriges. Es brauchte ja niemand zu wissen, dass sie sich gerade erst kennengelernt hatten, wenn von Kennenlernen überhaupt die Rede sein konnte. Und dass das Mädchen so viel jünger war als er – sie war sicher noch nicht einmal Mitte zwanzig –, nun ja. Vielleicht fanden einige das lächerlich. Sollten sie.

Burkard war fest entschlossen, Lilith den Vorschlag zu machen, sie solle die zehn Tage bei ihm wohnen. Er suchte nach Worten, mit denen er es ihr sagen konnte, ohne in den Verdacht zu geraten, er habe unmoralische Absichten. Viel Zeit blieb ihm nicht. Waren sie einmal im Tal, musste Lilith bald aussteigen.

»Das Zimmer, das ich bestellt habe, ist, wie gesagt, ein Doppelzimmer. Und ich bin allein. Wenn es Sie nicht störte, böte ich Ihnen gerne an, die zehn Tage das Zimmer mit mir zu teilen. Selbstverständlich auf meine Kosten.«

Er fürchtete ihre Verlegenheit oder ihre Entrüstung. Aber sie sagte ganz sachlich: »Das stört mich nicht.«

»Heißt das, dass Sie mein Angebot annehmen?«, fragte er erleichtert.

»Ja.«

»Aber Sie dürfen nicht glauben ...«

»Ich glaube nichts. Keine Furcht, Burkard. Schöner Name, Burkard. Irgendwie mittelalterlich, und vornehm. Ganz anders als die heute gebräuchlichen Vornamen. Darf ich Burkard sagen?«

»Ja, gerne. Ich danke Ihnen, Lilith.«

In Silvaplana bog er nach rechts ab. Zehn Minuten später waren sie da. »Ich bin doch nicht allein. Wir sind zu zweit«, sagte Burkard zur Hotelsekretärin, als sei es das Normalste auf der Welt, und die Hotelsekretärin verhielt sich entsprechend. Der Hausbursche in der grünen Schürze trug ihnen das Gepäck voran nach oben, Burkards zwei Koffer und Liliths winzigen Rucksack. Er stellte alles ins Zimmer, und Burkard gab ihm die fünf Franken Trinkgeld wie immer. Der Hausbursche bedankte sich, dann zog er die Tür hinter sich ins Schloss.

Da standen sie, Lilith und Burkard, und schauten einander an. Lilith lächelte. Sie kam auf ihn zu, legte ihm die Hände auf die Schultern und küsste ihn auf beide Wangen.

»Danke«, sagte sie. »Darf ich ein Bad nehmen?«

Er nickte. Er hob den größeren seiner beiden Koffer aufs Bett und öffnete ihn. Lilith, ohne sich von seiner Anwesenheit stören zu lassen, zog sich aus.

»Ich bin im Bad«, rief sie und hüpfte hinaus. Die Tür ließ sie offen stehen. Er hörte, wie sie das Badewasser einließ und in die Wanne stieg. Sie planschte und pfiff. Er hörte ihre Bewegungen beim Waschen. Währenddessen packte er den zweiten Koffer aus und legte, wie er es immer getan hatte, alles ordentlich in den Wandschrank links. Der Wandschrank rechts war immer für

Verena bestimmt gewesen. Als er die leeren Koffer im Kämmerchen neben der Tür verstaut hatte, setzte er sich in den Sessel am Fenster und wartete.

Lilith kam aus dem Badezimmer, das Badetuch um die Hüften geschlungen. Er betrachtete ohne Scheu ihre kleinen Brüste, die wie das ganze Mädchen unaufhörlich hüpften, und die Linie, die vom Nabel aufwärts lief.

Sie packte ihre Sachen aus. Es war wenig, fast nichts, was in dem kleinen Rucksack Platz hatte. Ohne zu fragen, legte sie es in den Schrank, der Verenas gewesen war.

Er würde ihr passende Kleider kaufen. Mit Freude dachte er daran, wie sie miteinander in die feinen Geschäfte von St. Moritz fahren und etwas für sie aussuchen würden. Er musste tief durchatmen vor Aufregung und spürte einen leichten Druck in der Herzgegend, der ihn daran erinnerte, dass er sein Medikament nicht vergessen durfte. Vorher brachte er seine Toilettensachen ins Badezimmer.

Liliths Zahnbürste war schon da, dazu ein paar Tuben und winzige Töpfchen, ein Lippenstift und ein übergroßer rosaroter Kamm.

»Zieht man sich hier zum Nachtessen gut an?«, fragte Lilith.

»Ja, im Allgemeinen schon«, rief er schonend zurück. Sie hatte ja nichts bei sich. Er schloss die Tür, ging auf die Toilette, wusch sich die Hände und tauchte das Gesicht ins Wasser.

Als er ins Zimmer zurückkam, war Lilith schon angekleidet.

Sie trug ein billiges farbiges Fähnchen. Es stand ihr atemberaubend. Burkard tauschte, ohne sich vor ihr zu schämen, die zerknitterte Manchesterhose gegen die dunkle, wechselte das Hemd und band sich eine Krawatte um. Ins Brusttäschchen des dunkelblauen Blazers mit den Goldknöpfen steckte er ein Tüchlein.

»Gut sieht das aus«, kommentierte Lilith.

»Gehen wir«, sagte Burkard mit einem Anflug von Ausgelassenheit. Sie standen nebeneinander vor dem Spiegel. »Ich finde, wir sollten etwas regeln, bevor wir hinunterfahren. Wir können zueinander doch nicht Sie sagen. Zwei, die in einem Zimmer schlafen und Sie zueinander sagen.«

»Burkard«, sagte Lilith und küsste ihn auf den Mund.

Der Chef de Service zog lächelnd das Gesicht in die Breite, als er Burkard mit dem jungen Mädchen kommen sah. Lächle du, dachte Burkard. Stolz schritt er voraus an ihren Tisch.

Lilith aß mit Appetit und Vergnügen und trank gern von dem Veltliner, den Burkard bestellt hatte. Sie hüpft auch beim Essen und Trinken, dachte Burkard fröhlich und schaute die kurze schwarze Locke an, die auf ihrer Stirn auf und nieder wippte.

Sie ließen sich Zeit. Burkard hätte sie immer betrachten und darüber das Essen vergessen können. Fast als Letzte verließen sie den Speisesaal. Es war schon nach zehn.

»Ich bin ziemlich müde«, sagte Lilith.

»Dann fahren wir gleich hinauf?«

Sie tranken trotzdem noch einen Whisky in der Halle. Burkard sah unter den Gästen einige vertraute Gesichter aus früheren Jahren, doch hielt sich jedermann verlegen oder diskret oder missbilligend zurück.

Oben drehte Lilith das Radio an und ging ins Badezimmer. Das Zimmermädchen hatte die Bettdecken aufgeschlagen, Nachttüchlein vor die Betten gelegt. Auf Burkards Bett war sein blauweißer Schlafanzug kunstvoll zu einer Figur drapiert, auf Liliths Bett lag nichts.

Lilith kam ausgezogen aus dem Badezimmer. Nackt kroch sie unter die Decke.

Als auch Burkard im Bett lag und das Licht gelöscht hatte, schlüpfte Liliths nackter Arm wie eine Schlange unter der Decke hervor. Sie fuhr ihm mit der Hand durch das Haar und sagte: »Danke für alles. Schlaf gut.«

Er stützte sich auf, neigte sich zu ihr hinüber, wie er es bei Verena immer getan hatte, sog ihren Duft ein und küsste sie auf den Mund. »Schlaf gut. Ich danke dir.«

Er konnte trotz ihres Wunsches nicht schlafen. Seine Sinne waren hellwach. Er versuchte, ihr Profil im nächtlichen Gegenlicht zu erkennen. Ihm fiel ein, dass er vergessen hatte, sein Medikament zu nehmen. Ach, sollte das Medikament Medikament bleiben. Er horchte auf Liliths Atem und konnte ihn nicht hören. In der Hoffnung einzuschlafen drehte er sich von ihr weg. Hier fand er den Schlaf erst recht nicht. Also drehte er sich wieder um und lag mit offenen Augen.

»Burkard«, flüsterte es aus dem andern Bett.

»Ja«, flüsterte er ebenso leise.

»Schläfst du?«

»Nein.«

»Ich auch nicht.«

Lange Pause.

»Burkard.«

»Ja.«

»Liegst du gut?«

»Warum?«

»Lägst du nicht besser bei mir? Warum kommst du nicht zu mir?«

Wieder kam die Schlange ihres Arms zu ihm herüber, nahm seine Hand und legte sie auf das Niemandsland von Liliths nacktem Bauch. Da lag die Hand. Die Schlange ließ sie allein. Die Hand lag zuerst wie tot, dann kam Leben in sie. Sie begann zu zittern, und das Zittern setzte sich fort, den Arm hinauf und breitete sich aus in Burkards Körper und wuchs an zu einem Beben. Ihm war, als werde er von einer Lawine ergriffen, die ihn fortrisse, und er habe keine Gewalt über sich. Er warf die Decke weg und rollte sich auf Liliths Bett hinüber. Er liebkoste sie und legte sich auf sie, und sein Gehirn brannte und zerschmolz zu einem kleinen Klümpchen schwarzer Schlacke.

Er blieb die ganze Nacht bei ihr liegen. Am Morgen, Schnee und Sonne leuchteten ins Zimmer, mochten sie sich nicht trennen. Sie verpassten das Frühstück, und als sie, kurz nach Mittag, endlich zu einem späten Kaffee hinuntergingen, waren sie schon für die Langlaufloipe angezogen.

Lilith drängte hinaus. Sie glitt voraus durch den blendenden Sonnenschein, als hätte sie eine Nacht tiefsten Schlafes hinter sich. Burkard folgte. Er fühlte eine befreiende Erschöpfung in sich. Endlich war das Halseisen gelöst, das Verenas Tod ihm umgelegt hatte. Endlich war er aus dem Schatten des Trauergefängnisses wieder in die Sonne des Tages hinausgetreten.

Je länger sie liefen, desto freier atmete Burkard, desto breiter wurde seine Brust. Als sie zurückkamen, zogen sie sich aus und liebten sich und mussten sich nachher beeilen, nicht zu spät zum Nachtessen zu kommen.

Sie schliefen wenig. Burkard spürte den Strom des Lebens in seinen Leib fließen wie Wasser in ein ausgetrocknetes Bachbett.

Als sie am andern Tag auf dem zugefrorenen See nach Silvaplana unterwegs waren, Lilith voraus, er hinter ihr, stieß er plötzlich einen Jauchzer aus gegen den tiefblauen Himmel. Ihm war, als dringe dieser ganze unendliche Himmel in sein Herz. Dann wurde der Himmel dunkel, und Burkard sah vor dem schwarzen Hintergrund Verena stehen. Sie winkte ihm zu. Hinter ihr stand ein Engel, und er wusste, dass es der Engel des Todes war. Ein süßer junger Engel war es. Er hatte Liliths Gesicht, und statt der Flügel trug er zwei Langlaufskier an einem winzigen Rucksack auf dem Rücken.

Burkard lag mit ausgebreiteten Armen tot auf dem Eis.

»Herzschwäche«, stellte der Arzt fest, den Langläufer gerufen hatten. Und er fügte hinzu: »Geschieht oft in den ersten Ferientagen. Gibt es eigentlich Angehörige?«

»Lief ihm nicht ein junges Mädchen voraus?«, fragte eine Frau.

»Ich habe niemanden gesehen«, sagte der Mann neben ihr.

Der Schnee der Märchen

Kapitel 8

···· ✺ ····

(…)
Als ich erwacht, da schimmert
Der Mond vom Waldesrand,
Im falben Scheine flimmert
Um mich ein fremdes Land,
Und wie ich ringsher sehe:
Die Flocken waren Eis,
Die Gegend war vom Schnee,
Mein Haar vom Alter weiß.

Joseph von Eichendorff (1788–1857)

···· ✺ ····

Frau Holle

Brüder Grimm

Eine Witwe hatte zwei Töchter; davon war die eine schön und fleißig, die andere hässlich und faul. Sie hatte aber die hässliche und faule, weil sie ihre rechte Tochter war, viel lieber, und die andere musste alle Arbeit tun und das Aschenputtel im Hause sein. Das arme Mädchen musste sich täglich auf die große Straße bei einem Brunnen setzen und musste so viel spinnen, dass ihm das Blut aus den Fingern sprang. Nun trug es sich zu, dass die Spule einmal ganz blutig war, da bückte es sich damit in den Brunnen und wollte sie abwaschen: Sie sprang ihm aber aus der Hand und fiel hinab. Es weinte, lief zur Stiefmutter und erzählte ihr das Unglück. Sie schalt es aber so heftig und war so unbarmherzig, dass sie sprach: »Hast du die Spule hinunterfallen lassen, so hol sie auch wieder herauf.« Da ging das Mädchen zu dem Brunnen zurück und wusste nicht, was es anfangen sollte: Und in seiner Herzensangst sprang es in den Brunnen hinein, um die Spule zu holen. Es verlor die Besinnung, und als es erwachte und wieder zu sich selber kam, war es auf einer schönen Wiese, wo die Sonne schien und viel tausend Blumen standen. Auf dieser Wiese ging es fort und kam zu einem Backofen, der war voller Brot; das Brot aber rief: »Ach, zieh mich raus, zieh mich raus, sonst verbrenn ich: Ich bin schon längst ausgebacken.« Da trat es herzu und holte mit dem Brotschieber alles nacheinander heraus. Danach ging es weiter und kam zu einem Baum, der hing voll Äpfel und rief ihm zu: »Ach schüttel mich, schüttel mich, wir Äpfel sind alle miteinander reif.« Da schüttelte es den Baum, dass die Äpfel fielen, als regneten sie, und schüttelte, bis keiner mehr oben war; und als es alle in einen Haufen zusammengelegt hatte, ging es wieder weiter. Endlich kam es zu einem kleinen Haus, daraus guckte eine alte Frau, weil sie aber so große Zähne hatte, ward ihm angst, und es wollte fortlaufen. Die alte Frau aber rief ihm nach: »Was fürchtest du dich, liebes Kind? Bleib bei mir, wenn du alle Arbeit im Hause ordentlich tun willst, so soll dir's gut geh'n. Du musst nur achtgeben, dass du mein Bett gut machst und es fleißig aufschüttelst, dass die Federn fliegen, dann schneit es in der Welt*; ich bin die Frau Holle.« Weil die Alte ihm so gut zusprach, so fasste sich das Mädchen ein Herz, willigte ein und begab sich in ihren Dienst. Es besorgte auch alles nach ihrer Zufriedenheit und schüttelte ihr das Bett immer gewaltig auf, dass die Federn wie Schneeflocken umherflogen; dafür hatte es auch ein gutes Leben bei ihr, kein böses Wort und

---

* *Darum sagt man in Hessen, wenn es schneit, die Frau Holle macht ihr Bett.*

alle Tage Gesottenes und Gebratenes. Nun war es eine Zeit lang bei der Frau Holle, da ward es traurig und wusste anfangs selbst nicht, was ihm fehlte, endlich merkte es, dass es Heimweh war; ob es ihm hier gleich viel tausendmal besser ging als zu Hause, so hatte es doch ein Verlangen dahin. Endlich sagte es zu ihr: »Ich habe den Jammer nach Haus kriegt, und wenn es mir auch noch so gut hier unten geht, so kann ich doch nicht länger bleiben, ich muss wieder hinauf zu den Meinigen.«

Die Frau Holle sagte: »Es gefällt mir, dass du wieder nach Hause verlangst, und weil du mir so treu gedient hast, so will ich dich selbst wieder hinaufbringen.« Sie nahm es darauf bei der Hand und führte es vor ein großes Tor. Das Tor ward aufgetan, und wie das Mädchen gerade darunter stand, fiel ein gewaltiger Goldregen, und alles Gold blieb an ihm hängen, sodass es über und über davon bedeckt war. »Das sollst du haben, weil du so fleißig gewesen bist«, sprach die Frau Holle und gab ihm auch die Spule wieder, die ihm in den Brunnen gefallen war. Darauf ward das Tor verschlossen, und das Mädchen befand sich oben auf der Welt, nicht weit von seiner Mutter Haus: Und als es in den Hof kam, saß der Hahn auf dem Brunnen und rief:

»Kikeriki,

unsere goldene Jungfrau ist wieder hie!«

Da ging es hinein zu seiner Mutter, und weil es so mit Gold bedeckt ankam, ward es von ihr und der Schwester gut aufgenommen.

Das Mädchen erzählte alles, was ihm begegnet war, und als die Mutter hörte, wie es zu dem großen Reichtum gekommen war, wollte sie der andern hässlichen und faulen Tochter gerne dasselbe Glück verschaffen. Sie musste sich an den Brunnen setzen und spinnen; und damit ihre Spule blutig ward, stach sie sich in die Finger und stieß sich die Hand in die Dornhecke. Dann warf sie die Spule in den Brunnen und sprang selber hinein. Sie kam, wie die andere, auf die schöne Wiese und ging auf demselben Pfade weiter. Als sie zu dem Backofen gelangte, schrie das Brot wieder: »Ach zieh mich raus, zieh mich raus, sonst verbrenn ich, ich bin schon längst ausgebacken.«

Die Faule aber antwortete: »Da hätt ich Lust, mich schmutzig zu machen«, und ging fort.

Bald kam sie zu dem Apfelbaum, der rief: »Ach schüttel mich, schüttel mich, wir Äpfel sind alle miteinander reif.«

Sie antwortete aber: »Du kommst mir recht, es könnte mir einer auf den Kopf fallen«, und ging damit weiter.

Als sie vor der Frau Holle Haus kam, fürchtete sie sich nicht, weil sie von ihren großen Zähnen schon gehört hatte, und verdingte sich gleich zu ihr. Am ersten Tag tat sie sich Gewalt an, war fleißig und folgte der Frau Holle, wenn sie ihr etwas sagte, denn sie dachte an das viele Gold, das sie ihr schenken würde; am zweiten Tag aber fing sie schon an zu faulenzen, am dritten noch mehr, da wollte sie morgens gar nicht aufstehen. Sie machte auch der Frau Holle das Bett nicht, wie sich's gebührte, und schüttelte es nicht, dass die Federn aufflogen. Das ward die Frau Holle bald müde und sagte ihr den Dienst auf. Die Faule war das wohl zufrieden und meinte, nun würde der Goldregen kommen; die Frau Holle führte sie auch zu dem Tor, als sie aber darunter stand, ward statt des Goldes ein großer Kessel voll Pech ausgeschüttet. »Das ist zur Belohnung deiner Dienste«, sagte die Frau Holle und schloss das Tor zu. Da kam die Faule heim, aber sie war ganz mit Pech bedeckt, und der Hahn auf dem Brunnen, als er sie sah, rief:

»Kikeriki,

unsere schmutzige Jungfrau ist wieder hie!«

Das Pech aber blieb fest an ihr hängen und wollte, solange sie lebte, nicht abgehen.

Advent

Peter Rosegger

ie Zeit schläft. Sie hat sich in die Federflaumen des Schnees oder in die Schlafhaube der Dezembernebel vermummt und fröstelt in Fieberträumen. Nur wenige Stunden des Tages schlägt sie die trüben Augen auf, erwartungsvoll ausblickend nach des Verheißenen Ankunft. Advent! – So kann's nicht bleiben, anders muss es werden; – aber wer soll denn kommen? Der Erlöser, sagt der Prediger; der Jahrlohn, sagt der Dienstbote; die Weihnachtsgabe, sagen der Arme und das Kind; die Feiertage mit dem Christbraten, sagt der Bauer.

Und – Apollo, der Sonnenwender, sagt die Zeit. Wahrhaftig, die Sonne ist lahm und siech, die vermag gar nicht mehr hochzusteigen; sie spaziert ihre paar Stündlein des Tages dort über den beschneiten Berghalden hin und hüllt sich dicht in Nebelmäntel, dass sie sich ja nicht erkälte. Jeder Strauch hat sich eine weiße Decke über die Ohren gezogen; jeder Baum hat sich eine weiße Pelzhaube machen lassen – Weiß ist sehr in der Mode. Der Teich hat sich eine tüchtige Winterfensterscheibe überfrieren lassen, der Bach hat sich einen kristallenen Kanal gewölbt, und der Hansel hat sich ein neues Paar Handschuhe stricken lassen aus weißer Schafwolle.

Ei, wäre dem Haushahn der Schnabel verfroren! Aber kaum ist der Nachtwächter zur Ruhe gekommen, hebt der Hahn an zu krähen, und das ist schon um drei oder vier Uhr, und der Hansel muss sein liebes Strohnest in der Stallkammer verlassen. Es ist diesmal das Dreschen noch nicht aus; dies Jahr kommt sie spät, die Krapfengarb'. Zwei »Legen« Stroh müssen gedroschen werden vor Tags, und da meint der Hansel: »Wenn wir uns aufs Stroh täten hinlegen und tüchtig und mit allem Fleiß darauf losschliefen, ob das Zeug nicht auch weich werden wollt?« Er weiß es aber gleichwohl, dass man nicht drischt, um das Stroh weich zu machen, sondern um das Korn herauszuschlagen.

Nach dem Frühstück gehen die Knechte hinaus in den Wald; auch eine oder die andere Magd, die höhere Strümpfe hat, als der Schnee tief ist, muss mit. Sie sägen Bäume um, glatt am Rand natürlich, aber kommt nur erst der Sommer, so zeigen die mannshohen Strünke, wie tief im Advent der Schnee gelegen ist. Die Ammerlinge und Häher zwitschern auf den Wipfeln ihre Winternot und kratzen Schneestaub nieder auf die Holzarbeiter, oder es stürzen ganze Schollen herab, sodass sich die Leutchen mühsam, aber lachend aus dem Schneestaube wühlen müssen. Und wenn's erst stürmt, dass die gefrorenen Stämme winseln und krachen, dort und da ein Wipfel niederfährt und der scharfe Schneestaub saust, dass der Hansel die Kathel nicht mehr sieht und nach ihr mit den Fingern muss greifen, ob sie der Wind wohl nicht schon davongetragen – so ist das ein »saggrisch verteufeltes« Brennholzschlagen.

Die daheim haben es besser. Die legen das Holz des winterstürmischen Waldes in den Ofen und spinnen Garn und singen »Frauengesänge« und erzählen sich Märchen und plaudern und kichern.

Und wie gut sie verwahrt sind! An den Scheiben der kleinen Fenster ist der Schimmel des Eises gewachsen, und von den Dachvorsprüngen weben sich die silberweißen Spangen der gefrorenen Falltropfen nieder und hinein in den Schneewall, der das Haus umgibt. Da muss denn freilich bald nachmittags der Kienspan wieder glimmen. Und am Abende knarrt die Türe, da wird draußen im Vorgelass Schnee von klingenden Schuhen geklöpfelt – Advent! Ankunft! Der Hansel ist da; der Hansel und der Seppel und der Franzel und der Toni. Ihr jungen Weiblein allmitsamt, jetzunder wird's noch lustiger bei Euch in der Spinnstube.

Lodenwämser austun, die klingenden Schuhe gegen »Strohpatschen« versetzen, warm Süpplein und »Brennsterz« grüßen, das kommt jetzt dran; dann heißt es die Pfeifen stopfen – brennt's nur erst, hebt das Schäkern an, geht das Necken los, und – der Hausvater und die Hausmutter sind nicht gar allfort zugegen – bis es Schlafenszeit wird, ist mancher Rocken verzaust, mancher

Faden gerissen. »Sie tun's nit, und sie tun's einmal nit zusamm', die Mandeln und die Weibeln!«, hat der alt' Kas-Möstel gesagt.

Aber Tageslast ist schwer gewesen, und im Stüblein sitzt sich's so warm, und die Augen sinken und sinken – Advent! Der Schlaf ist da! Die Kathel ruht in der einsamen Klause und kann nicht schlafen, weil die Tür in die Stallkammer hinaus nicht gut verriegelt ist, so trägt sich's wohl zu, dass insonderheit auch die Kathel Advent feiert.

»Darf nicht gelten. Ankunft des Messias!«, sagt der Prediger, und die Kirche nimmt's ernsthaft. Alltäglich, ehe noch der Morgenstern aufgeht, zieht der Mesner ein Flämmchen von der roten Ampel des Ewigen Lichts und zündet damit die Altarkerzen an. Und die Glocken läuten, bis von nah und von fernem Gebirge die Andächtigen herbeikommen durch Nacht und Nebel und auch ihre Kerzlein anbrennen in der nächtigen Kirche und ein Lied ertönen lassen, das ihnen schon der Prophet Jesaias vorgesungen hat: »Tauet, Himmel, den Gerechten!«

Eine rührende Sehnsuchtsklage.

Als ich, ein Knabe noch, mit meinem Oheim einmal in die Rorate ging, fragte ich ihn unterwegs, was denn das eigentlich heiße: Tauet, Himmel, den Gerechten? Mein Oheim schwieg eine Weile, dann stand er plötzlich still: »Du fragst so närrisch. Viertausend Jahre haben sie gewartet; allerweil und in allen Enden und Winkeln sind Leut' geboren worden, aber ein ganz Gerechter ist halt nit dabei gewesen. Wo hernehmen, wenn er aus

dem Menschenvolk nicht aufsteht? Aus der Erden hat er ihn he-
rausstampfen wollen, der alte Prophetenmann, dem schon angst
ist worden in der Seel'; aus der Luft hat er ihn wollen herabzie-
hen, und in allen Wolken hat er ihn gesucht, und so hat er einmal in einer ruhsamen Nacht, da er auf der Heid' ist gestanden,
die Hände ausgestreckt gegen Himmel, und hat das Wort gerufen. – Jetzt, Bub, wenn du's nicht verstehst, anders kann ich dir
es nicht ausdeuten. Lass' ich dich da stehen im Wald und geh'
dir davon und sag': Wart', bald komm' ich. Und ich komm' aber
nicht, und du stehst eine Stund um die andere und frierst und
hörst die wilden Tiere heulen – und kennst keinen Weg, und ich
komm' noch immer nicht – nachher, Bub, wirst es wohl verstehen, wie dem Prophetenmann ums Herz ist gewesen.«

Wir sind weitergegangen, und nie habe ich kindlicher die Erwartung des Erlösers empfunden als bei derselbigen Rorate.

Das kleine Mädchen mit den Schwefelhölzern

Hans Christian Andersen

Es war entsetzlich kalt; es schneite, und der Abend dunkelte bereits; es war der letzte Abend im Jahre, Silvesterabend. In dieser Kälte und in dieser Finsternis ging auf der Straße ein kleines armes Mädchen mit bloßem Kopfe und nackten Füßen. Es hatte wohl freilich Pantoffeln angehabt, als es von Hause fortging, aber was konnte das helfen! Es waren sehr große Pantoffeln, sie waren früher von seiner Mutter gebraucht worden, so groß waren sie, und diese hatte die Kleine verloren, als sie über die Straße eilte, während zwei Wagen in rasender Eile vorüberjagten; der eine Pantoffel war nicht wiederaufzufinden, und mit dem anderen machte sich ein Knabe aus dem Staube, welcher versprach, ihn als Wiege zu benutzen, wenn er einmal Kinder bekäme.

Da ging nun das kleine Mädchen auf den nackten zierlichen Füßchen, die vor Kälte ganz rot und blau waren. In ihrer alten

Schürze trug sie eine Menge Schwefelhölzer, und ein Bund hielt sie in der Hand. Während des ganzen Tages hatte ihr niemand etwas abgekauft, niemand ein Almosen gereicht. Hungrig und frostig schleppte sich die arme Kleine weiter und sah schon ganz verzagt und eingeschüchtert aus. Die Schneeflocken fielen auf ihr langes blondes Haar, das schön gelockt über ihren Nacken hinabfloss, aber bei diesem Schmucke weilten ihre Gedanken wahrlich nicht. Aus allen Fenstern strahlte heller Lichterglanz, und über alle Straßen verbreitete sich der Geruch von köstlichem Gänsebraten. Es war ja Silvesterabend, und dieser Gedanke erfüllte alle Sinne des kleinen Mädchens.

In einem Winkel zwischen zwei Häusern, von denen das eine etwas weiter in die Straße vorsprang als das andere, kauerte es sich nieder. Seine kleinen Beinchen hatte es unter sich gezogen, aber es fror nur noch mehr und wagte es trotzdem nicht, nach Hause zu gehen, da es noch kein Schächtelchen mit Streichhölzern verkauft, noch keinen Heller erhalten hatte. Es hätte gewiss vom Vater Schläge bekommen, und kalt war es zu Hause ja auch; sie hatten das bloße Dach gerade über sich, und der Wind pfiff schneidend hinein, obgleich Stroh und Lumpen in die größten Ritzen gestopft waren. Ach, wie gut musste ein Schwefelhölzchen tun! Wenn es nur wagen dürfte, eins aus dem Schächtelchen herauszunehmen, es gegen die Wand zu streichen und die Finger daran zu wärmen! Endlich zog das Kind eins heraus. Ritsch!, wie sprühte es, wie brannte es. Das Schwefelholz strahlte eine warme helle Flamme aus, wie ein kleines Licht, als es das Händchen um dasselbe hielt. Es war ein merkwürdiges Licht; es kam dem kleinen Mädchen vor, als säße es vor einem großen eisernen Ofen mit Messingbeschlägen und Messingverzierungen; das Feuer brannte so schön und wärmte so wohltuend! Die Kleine streckte schon die Füße aus, um auch diese zu wärmen – da erlosch die Flamme. Der Ofen verschwand – sie saß mit einem Stümpchen des ausgebrannten Schwefelholzes in der Hand da.

Ein neues wurde angestrichen, es brannte, es leuchtete, und an der Stelle der Mauer, auf welche der Schein fiel, wurde sie durchsichtig wie ein Flor. Die Kleine sah gerade in die Stube hinein, wo der Tisch mit einem blendend weißen Tischtuch und feinem Porzellan gedeckt stand, und köstlich dampfte die mit Pflaumen und Äpfeln gefüllte gebratene Gans darauf. Und was noch herrlicher war, die Gans sprang aus der Schüssel und watschelte mit Gabel und Messer im Rücken über den Fußboden hin; gerade die Richtung auf das arme Mädchen schlug sie ein. Da erlosch das Schwefelholz, und nur die dicke kalte Mauer war zu sehen.

Sie zündete ein neues an. Da saß die Kleine unter dem herrlichsten Weihnachtsbaum; er war noch größer und weit reicher ausgeputzt als der, den sie am Heiligabend bei dem reichen Kaufmann durch die Glastür gesehen hatte. Tausende von Lichtern brannten auf den grünen Zweigen, und bunte Bilder, wie die, welche in den Ladenfenstern ausgestellt werden, schauten auf sie hernieder, die Kleine streckte beide Hände nach ihnen in die

Höhe – da erlosch das Schwefelholz. Die vielen Weihnachtslichter stiegen höher und höher, und sie sah jetzt erst, dass es die hellen Sterne waren. Einer von ihnen fiel herab und zog einen langen Feuerstreifen über den Himmel.

»Jetzt stirbt jemand!«, sagte die Kleine, denn die alte Großmutter, die sie allein freundlich behandelt hatte, jetzt aber längst tot war, hatte gesagt: »Wenn ein Stern fällt, steigt eine Seele zu Gott empor!«

Sie strich wieder ein Schwefelholz gegen die Mauer; es warf einen weiten Lichtschein ringsumher, und im Glanze desselben stand die alte Großmutter hell beleuchtet mild und freundlich da.

»Großmutter!«, rief die Kleine. »Oh, nimm mich mit dir! Ich weiß, dass du verschwindest, sobald das Schwefelholz ausgeht, verschwindest wie der warme Kachelofen, der köstliche Gänsebraten und der große flimmernde Weihnachtsbaum!« Schnell strich sie den ganzen Rest der Schwefelhölzer an, die sich noch im Schächtelchen befanden, sie wollte die Großmutter festhalten; und die Schwefelhölzer verbreiteten einen solchen Glanz, dass es heller war als am lichten Tag. So schön, so groß war die Großmutter nie gewesen; sie nahm das kleine Mädchen auf ihren Arm, und hoch schwebten sie empor in Glanz und Freude; Kälte, Hunger und Angst wichen von ihm – sie war bei Gott.

Aber im Winkel am Hause saß in der kalten Morgenstunde das kleine Mädchen mit roten Wangen, mit einem Lächeln um den Mund – tot, erfroren am letzten Tage des alten Jahres. Der

Morgen des neuen Jahres ging über der kleinen Leiche auf, die mit den Schwefelhölzern, wovon fast ein Schächtelchen verbrannt war, dasaß. »Sie hat sich wärmen wollen!«, sagte man. Niemand wusste, was sie Schönes gesehen hatte, in welchem Glanze sie mit der alten Großmutter zur Neujahrsfreude eingegangen war.

Der Schnee der Melancholie

Kapitel 9

···· ✳ ····

Schnee, zärtliches Grüßen der Engel,
schwebe, sinke –
breit alles in Schweigen und Vergessenheit!
Gibt es noch Böses, wo Schnee liegt?
Verhüllt, verfernt er nicht
alles zu Nahe und Harte
mit seiner beschwichtigenden
Weichheit, und dämpft selbst
die Schritte des Lautesten in Leise?
Schnee, zärtliches Grüßen der Engel,
den Menschen, den Tieren! –
Weißeste Feier der Abgeschiedenheit.

Franziska Stoecklin (1894–1931)

···· ✳ ····

Dezember

Curt Grottewitz

Es war ein kalter, aber lachender Wintertag, an dem Herr Tanzmann durch die Parkanlagen einer kleinen Stadt dahinschritt. Die sorgfältig instand gehaltenen Wege waren festgefroren, und die Blätter, die den Rasen bedeckten, waren mit einem leichten, kaum sichtbaren weißen Reif überzogen. Sie bildeten einen bereits verblichenen bräunlichen Teppich, aus dem sich ein Gewirr von Büschen und Bäumen mit kahlen schwarzen Ästen erhob. Obwohl sie jetzt blätterleer waren, erkannte Herr Tanzmann doch mit leichter Mühe die Buchen mit ihrem schönen, großen, silbrig grauen Stamm, die Pappeln, deren Rinde nach der Krone zu ein trübes Weiß zeigte, die Birken, deren schneeweiße Stämme weithin leuchteten. Er erkannte aber auch die Eiche an ihrer knorrigen Gestalt, an ihrer dicken, rissigen Borke, die Akazien an ihrer eigenartig schräg gefurchten Rinde und an ihren dunklen Samenhülsen, die Linden an ihren braunen Deckblättchen, aus deren Mitte die runden Fruchtkörner herabhingen. In den Anlagen waren aber auch viele ausländische

Bäume angepflanzt, solche aus Nordamerika, aus Sibirien und aus dem nördlichen China und Japan, die umso besser gediehen, je mehr das Klima ihrer Heimat dem norddeutschen glich.

Wie abwechslungsreich der Park nun aber infolge dieser verschiedenartigen Bäume und Sträucher auch war, so vermisste das geübte Auge des Wanderers doch die wunderbare Harmonie, die nur die Einheitlichkeit einer natürlichen Landschaft geben kann. So gern er sich diese Pflanzen aus fernen Ländern einmal ansah, so war ihm doch eine solche Zusammenwürfelung der verschiedensten Länder nicht sehr sympathisch. Es ärgerte ihn, dass eine alte Eiche ihre knorrigen Äste zwischen die glatten Zweige eines chinesischen Götterbaumes schob, dessen noch hellgrüne Zweigspitzen erfroren waren, weil sie sich offenbar an den schnellen Eintritt der deutschen Winterfröste nicht hatten gewöhnen können. Um den Stamm einer Erle schlang sich der kanadische Baumwürger, und dieser Wucherstrauch aus Nordamerika hatte den europäischen Baum so gründlich umarmt, dass dessen Krone bereits zu verdorren begann.

Na ja, sagte Herr Tanzmann, das kommt davon, wenn man der Natur Gewalt antut und ihre Kinder hierhin und dorthin kommandiert, ohne sich um ihre Lebensinteressen zu kümmern. Die Sache rächt sich eben, entweder gleich oder später.

Auch sonst konnte Herr Tanzmann in dem Park vielfach beobachten, dass der Sinn für Natur in unserer Zeit noch wenig erstarkt war und dass eintönige Künsteleien der reichen

Mannigfaltigkeit des Lebens vorgezogen wurden. Da waren weite Rasenflächen auf hohen Bodenlagen, wo in der Natur sich nie dieser Graswuchs hätte entwickeln können. Da waren hier und da Druckständer angebracht, um den Rasen künstlich zu bewässern. Zwar jetzt im Winter hatte diese unnatürliche Wiese eine gelbliche Färbung, und der Graswuchs war niedrig wie auf allen Wiesen, aber es herrschte hier doch eine solche Gleichförmigkeit der Grashalme, die in ödem Gegensätze stand zu dem Reichtum der Naturwiese, auf der auch im Winter sich die mannigfaltigsten Formen von Gras- und Staudenarten abhoben. Am auffälligsten freilich fand Herr Tanzmann die Unnatur dieser Rasenfläche im Sommer, wo sie jederzeit kurz geschnitten und immerzu in derselben grünen Farbe schimmerte, ohne je den Charakter der Jahreszeit widerzuspiegeln.

Und wie Herr Tanzmann den Park weiter durchwanderte, an Fontänen vorüberkam, die jetzt nicht sprangen, weil es im Winter nicht lohnte, sie in Gang zu erhalten, an einer Unmasse von Strohpuppen und Holzkästen, unter denen die nicht winterharten exotischen Pflanzen fest verpackt ruhten, an Brücken über wasserleere Bäche, da hatte er den unangenehmen Eindruck, dass auch diese Kunst, die Kunst, Landschaften zu gruppieren, sich vom Leben und Volke entfernt hatte, wie viele andere Künste, und dass sie herabgesunken war zu einer geistlosen Dekoration, zu einem eleganten Salon, in dem sich die elegante Welt ergehen konnte.

Der Park ging allmählich in einen hohen Buchenwald über. Hier wurde Herrn Tanzmann wieder wohl. Er schüttelte sich und sprang sechzig Zentimeter hoch in die Luft und schlug dann mit seinem Stock in das raschelnde Laub, dass die Blätter wirr umherflogen. Die Wintersonne lachte am weißlich-blauen Winterhimmel. Ihre Kraft war zwar nicht groß genug, um den starr gefrorenen Boden auch nur einigermaßen zu erweichen, aber ihre Strahlen milderten doch die Strenge der klaren Luft. Selbst unter der dichten Decke, die das rostbraune Buchenlaub über den Boden breitete, war die Erde gefroren. Es lag eine heitere Ruhe über diesem Walde, wie aus dem rostfarbenen Grunde die silbergrauen glatten Buchenstämme gleich gewaltigen runden Säulen ohne jede Verästelung in die Höhe strebten. Erst hoch oben, gewissermaßen nach langer, solider Arbeit, breiteten sie behaglich ihre Äste und Zweige nach allen Seiten aus. Unter den Buchen konnte kein Unterholz aufkommen, aber gerade hier bei diesen Baumriesen vermisste man es nicht, die Eintönigkeit dieses Hochwaldes mit seiner rostbraunen Decke und seinen silbergrauen Stämmen hatte etwas feierlich Erhabenes. Herr Tanzmann wanderte lange in dem Walde umher und ließ die Kraft auf sich wirken, die von diesen starken, stolzen Bäumen ausging. Dabei herrschte eine absolute Ruhe in diesem Walde, nur das Laub raschelte unter des Wanderers Tritten. Bisweilen vernahm er ein Knarren, wenn zwei Äste im leisen Windzug sich gegeneinander rieben. Einmal hörte Herr Tanzmann einen lauten, plärrenden Vogelschrei, den er zunächst einer Elster zuschrieb. Er stand einen Augenblick still und gewahrte, wie ein Holzhäher nahe über ihm vorbeiflog. Er konnte den schönen Vogel gut beobachten, an seinem grauen Gefieder stachen die hellblauen Flecken leuchtend hervor. Noch lange, nachdem der Häher verschwunden war, konnte Herr Tanzmann die Stimme des geschwätzigen, zänkischen Vogels vernehmen. Dann war es wieder still.

Nach einiger Zeit gelangte Herr Tanzmann an einen kleinen Fluss, dessen Ränder mit dicken ins Wasser hinabhängenden Eisschollen überzogen waren. Seine Ufer waren mit Erlen und Weiden dicht besetzt, denen sich hier und da ein Gebüsch von Holunder, Faulbaum und Wildrosen anschloss. Die Erlen waren mit schwarzen Samenkätzchen dicht behängt, und die schlanken Zweige der Weiden leuchteten in einem hellen rötlichen Gelb. In diesem Uferbuschwerk trieben sich eine Menge Vögel umher. Besonders die Meisen führten ein lebhaftes Spiel auf. Die verschiedenen Arten, die gelb und schwarz gefärbten Kohlmeisen, die niedlichen Blaumeisen und die unscheinbaren Sumpfmeisen mit ihrem schwarzen Kopfe wetteiferten miteinander an Beweglichkeit und Seiltänzerkunststückchen. Die flinksten waren aber die Sumpfmeisen, die nicht einen Augenblick ruhig sitzen konnten. Sie waren in ewiger Bewegung, hüpften von Ast zu Ast, schaukelten sich in den dünnsten Zweigen und drehten sich an ihnen nach allen Richtungen, sodass mitunter die Beine nach oben und der Kopf nach unten hingen. Selbst wenn sie eine Portion Insekteneier an der Rinde eines Astes entdeckt hatten, pickten sie die Mahlzeit unter stetem Wiegen und Schaukeln ihres kleinen luftigen Körpers aus.

Oje, wenn Sie ein Vöglein wären, Herr Tanzmann!, sagte der Wanderer zu sich. Sie würden gewiss nicht jeden Winter hierbleiben, sondern öfters mal nach dem Süden ziehen, wie die Buchfinken, die auch mitunter wandern und mitunter nicht. Freilich, jeden Winter weg wie die Schwalben, nein, das auch nicht. Sie würden den Tropenkoller bekommen, Herr Tanzmann, und übermütig werden. Nein, nein, für uns Nordländer ist so eine Abkühlung von Zeit zu Zeit unentbehrlich!

Er schritt weiter an dem Ufergebüsch entlang. Der Himmel hatte sich allmählich mit einem trüben Schleier umzogen, hinter dem die Sonnenstrahlen nur noch verschwommen hervorblicken konnten. Die Vögel im Untergebüsch wurden stiller und verkrochen sich. Doch auf dem Flusse flog dicht über dem leichten Wellengekräusel ein Sägetaucher dahin. Mit seinen weißen Schwingen weit ausgreifend suchte er die Wasserfläche ab, um irgendeinen Fisch zu erspähen. Jetzt mochte er eine Beute entdeckt haben, mit einem Ruck ließ er sich senkrecht aufs Wasser herab, verschwand in demselben und kam erst ziemlich lange danach wieder an die Oberfläche. Herr Tanzmann konnte aus der Entfernung nicht genau erkennen, ob der Vogel etwas erbeutet hatte, jedenfalls schwamm er eine Weile auf dem Wasser, um dann wieder aufzufliegen und sein Spiel von Neuem zu beginnen.

Jetzt erhob sich ein Wind und brachte von Norden her ein niedrig ziehendes, schweres bleigraues Gewölk.

Es riecht nach Schnee, meinte Herr Tanzmann.

Früh war Ostwind gewesen, nun hatte er sich nach Norden zu gedreht. Die Sonne verschwand ganz und gar, und eine gleichfarbig graue, alles einhüllende Wolkenmasse legte sich über die Erde. Jetzt fielen bereits einzelne kleine Schneeflocken, vom Winde umhergetrieben, es wurden ihrer aber mehr und mehr, und schließlich kamen sie in endloser wirbelnder Masse, um lautlos auf den Boden zu fallen, die Blätter zu bedecken, die Zweige und Äste der Bäume, die Kleider des Herrn Tanzmann, die Eisschollen am Rande des Flusses. Nur das Wasser nahm die Flocken in sich auf und ließ sie in sich verschwinden. Aber auf dem Lande sammelte sich der weiche, lose Schnee unglaublich schnell an, in kurzer Zeit bedeckte er den Boden in einer Höhe von mindestens zwanzig Zentimetern.

Herr Tanzmann stapfte etwas mühsamer als vorher, aber wohlgemut dahin. Das Ufergebüsch, der Fluss, an dem in etwa halbstündiger Entfernung die kleine Stadt liegen musste, zu der er zurückkehren wollte, würden ihm leicht den Weg zeigen, obwohl er in dieser Gegend noch nicht gewesen war. Er verkannte keineswegs die Gefahr, die dem Menschen droht, wenn er in unbekannter Gegend von einem Schneewetter überfallen wird. Er kannte genug Beispiele, wo selbst Briefträger und Botenfrauen, die doch ihren Weg genau kannten, bei Schneestürmen umgekommen waren. Er wusste, wie sehr sich die Gegend infolge von hohem Schnee verändert, wie alle Wege verschwinden, wie man jeden Anhaltspunkt, jede Richtung verliert, die man doch so genau zu kennen glaubte. In finsterer Nacht vollends, wo man sich selbst auf einer Chaussee nicht von einem Baum zum andern findet, ist die Situation am unheimlichsten. Und dazu der hohe Schnee, aus dem man sich bei jedem Schritte mühsam erhebt, um dann von Neuem in ihm zu versinken, bis man in Schweiß gerät, die Beine schlaff und schwer werden und eine unsägliche Müdigkeit den ganzen Körper ergreift. Wie einen dann die Angst packt und dann die Verzweiflung, wie der Schweiß erkaltet, die vom Schnee durchnässte Kleidung kalt und steif wird und man voraussieht, dass man es nicht lange mehr treiben wird, wenn nicht ganz plötzlich die Rettung irgendwoher kommt – Herr Tanzmann hatte es selbst schon durchgemacht, darum erinnerte er sich dessen jetzt sehr lebhaft.

Zum Glück war er damals gerettet worden, sonst lebte er ja jetzt nicht mehr. Als aber jetzt der Schnee immer höher wurde und der Wind die ganzen Flocken vom Fluss her auf dem Weg zusammenhäufte, den er gehen musste, da wurde ihm die Arbeit des Laufens bereits etwas sauer. Diesmal sollte ihm indes nicht lange das Leben schwer gemacht werden. Er wollte bereits seine Lippen zu einem inbrünstigen Fluche öffnen, da ließ der Schneefall nach, die Wolken zogen sich zusammen, und es hellte sich wieder auf. Sogar die Sonne ließ es sich nicht nehmen, noch einmal unseren lieben (?) Herrn Tanzmann zu bescheinen und ihm die Freude zu bereiten, eine echte Winterlandschaft zu bewundern, eine weite glänzende Schneedecke, aus der die schwarzen Baummassen ihre weiß bedeckten kahlen Äste emporstreckten.

Winter

Sue Hubbell

In ein paar Tagen ist Weihnachten. Ich bin seit mehreren Tagen eingeschneit, aber das ist nicht weiter schlimm. Gegen Ende Dezember fahre ich immer in die Stadt und decke mich mit einem Extravorrat Hühner-, Katzen-, Hunde- und Vogelfutter und mit Lebensmitteln für mich selbst ein, denn im Januar machen Eis oder Schnee die Straße zu meinem Briefkasten gewöhnlich für mindestens eine Woche unpassierbar. Dieses Jahr ist es jetzt schon so weit, aber ich habe vorgesorgt und muss nicht hinaus.

Es ist eine Kreisstraße, und vielleicht kommt der städtische Schneepflug, wenn er die Schulbusstrecken frei gemacht hat, auch noch hierher. Aber die Gemeinde ist arm, das Räumfahrzeug alt und unzuverlässig und wird nur noch von Bindedraht und Einfallsreichtum zusammengehalten, deshalb kommt es vielleicht doch erst, wenn der Schnee schmilzt.

Vor ein paar Jahren wurde die Straße nach heftigen Schneefällen geräumt. Es war bitterkalt, und als ich das Räumfahrzeug hörte, ging ich die Zufahrt hinunter und lud den Fahrer auf eine Tasse Kaffee ein. Er nahm die Einladung an, fuhr mit dem Schneepflug bis vor meine Hütte und stellte den Motor ab. Im selben Moment breitete sich ein kummervoller Ausdruck über sein Gesicht. Er hatte nicht daran gedacht, dass seine Batterie fast leer war, und nun würde er den Motor nicht wieder in Gang bringen. Aber ich habe ein Batterieladegerät und reichlich Verlängerungskabel, und während der Kaffee durchlief, schloss der Mann die Batterie an das Ladegerät an. Wir saßen am Ofen und unterhielten uns über die Straßen und das Wetter, und bis wir die Kanne geleert hatten, war die Batterie so weit wieder aufgeladen, dass der Motor ansprang. Das Leben auf dem Land verlangt Zusammenarbeit.

Vor fünfzehn Jahren, als ich noch an der Brown University Bibliothekarin war, musste ich jeden Tag eine Dreiviertelstunde zur Arbeit fahren. Davor arbeitete ich an einem staatlichen College in New Jersey und hatte einen Weg von jeweils einer Stunde. Ich begann, den Winter zu hassen – das Fahren auf glatten Straßen, die Staus auf den Autobahnen. Der Winter war ein Feind, gegen den ich kämpfen musste. Doch das ist Vergangenheit. Meine Honigverkäufe plane ich so, dass ich nicht bei Schnee und Eis fahren muss, und in der übrigen Zeit repariere ich Gerätschaften, etikettiere Honiggläser, treffe Vorbereitungen für den Beginn der Bienensaison im Frühjahr und erledige alle möglichen anderen Arbeiten in Scheune und Hütte. Der Winter ist nicht mehr mein

Feind. Er ist eine Zeit, in der man weniger unterwegs ist, eine Zeit der Ruhe und des Friedens.

Für den Postboten war auf den Nebenstraßen mehrere Tage lang kein Durchkommen, aber er hat angerufen, dass er es heute versuchen will, ich soll später zum Briefkasten gehen und nachsehen. Das ist zu jeder Zeit des Jahres ein schöner Spaziergang. Tazzie und Andy mögen ihn auch, und bei freundlicherem Wetter stürmen sie fröhlich voraus. Wenn die Schneewehen hüfthoch sind, wie im Moment dort, wo der Weg an den Felsen bei Pigeon Hawk Bluff entlangführt, versuche ich, sie dazu zu bringen, dass sie einen Pfad spuren, aber sie sehen mich nur aus klugen Augen an und geben vor, viel zu loyal und gehorsam zu sein, um etwas anderes zu tun, als mir auf den Fersen zu folgen. Zimperliesen, schelte ich sie, und sie wedeln fröhlich mit dem Schwanz. Sind sie nun meine Hunde, oder bin ich ihr Mensch?

Gestern Abend hat Brian aus Boston angerufen und gefragt, was ich an Weihnachten mache. Nicht viel, gestand ich; was er vorhabe? Er wolle auf jeden Fall einen Christbaum, und ich müsse auch einen haben. Ich protestierte dagegen, einen Baum zu fällen, ihn in die Hütte zu stellen und mit Glitzerkram zu behängen. Nein, das sei natürlich nicht das Richtige, meinte er, aber von den vielen Bäumen ringsum könne doch einer ein Christbaum sein, oder?

Er hat recht, wie immer. Ich erklärte also die Kiefer vor den drei großen Fenstern zum Christbaum und hängte Talg als Geschenk für die Blauhäher, Kleiber und Rotbauchspechte daran. Die Spechte haben ihn schon entdeckt.

An der Futterstelle tun sich die üblichen Wintervögel gütlich: Juncos, Blutkardinale, Meisen, Baumammern, Purpurfinken und Goldzeisige. Auch den Rotbauchspechten schmeckt das Vogelfutter, und wenn sie so nahe kommen, kann ich den schwachen, bleistiftdünnen roten Streifen an ihrem Bauch sehen, dem sie ihren Namen verdanken. Heute Morgen habe ich auf der Stromleitung acht Rotkehlhüttensänger gezählt. Sie kommen zwar nicht an die Futterstelle, weil sie keine Körnerfresser sind, aber sie versammeln sich gern in der Nähe anderer Vögel und fressen die Früchte von Sumach und Hartriegel, die sie am Rand der Wiese finden, nachdem sie die Tupelobäume abgegrast haben.

Drinnen aalen sich Tazzie, Andy und Black Edith am warmen Ofen. Der öffentliche Rundfunksender übertrifft sich in der Weihnachtswoche selbst. Gestern Abend habe ich die h-Moll-Messe von Bach gehört, für heute ist Weihnachtsmusik der Renaissance angekündigt. Es ist gemütlich hier, heiter und friedlich.

Eben hat die Sekretärin des hiesigen Leiters des Park Service angerufen, um einen Termin abzusagen, den ich für heute Nachmittag mit ihm vereinbart hatte, wegen der Staudammpläne, die meine Nachbarn und mich so beunruhigen: Von politischen und kommerziellen Interessen getrieben wollen gewisse Leute hier den Fluss direkt unterhalb meiner Farm auf staatlichem Gelände aufstauen. Mehrere Tausend Menschen haben eine

Petition unterzeichnet, in der sie den Fluss und sich selbst dem Corps of Engineers, der Pioniertruppe der US-Army, zum Opfer darbieten – eine ökologische, ökonomische und private Katastrophe. Und eine Absurdität obendrein, aber die Politik schafft es ja immer wieder, das Absurde Realität werden zu lassen; ich muss also aufpassen. Ich glaube nicht, dass Staudämme gebaut werden, nur weil zweitausend Leute ihren Kongressabgeordneten darum bitten, aber ich weiß auch nicht, *wie* Staudammbauten zustande kommen, und habe es deshalb übernommen, mich kundig zu machen. Diesem Zweck sollte der Termin heute dienen.

Allerdings hätten wir ihn beide nicht einhalten können; der Winter am Fluss hat ihn storniert und führt das Plänemachen ad absurdum. Ohnehin ist es keine gute Jahreszeit für politischen Aktivismus; es ist eine Zeit der Häuslichkeit und der inneren Einkehr. Ich gehe jetzt hinaus, hacke Feuerholz für ein paar Tage und schichte es zum Trocknen neben dem Ofen auf. Dann breche ich ein paar Stücke von einem toten Ast der Eiche ab, die an der Zufahrt wächst, als Anmachholz für das Feuer morgen früh. Weiter voraus sollte man in einem Winter am Fluss klugerweise nicht planen.

Winter auf dem Semmering

Peter Altenberg

Ich habe zu meinen zahlreichen unglücklichen Lieben noch eine neue hinzubekommen —— den *Schnee*! Er erfüllt mich mit Enthusiasmus, mit Melancholie. Ich will ihn zu nichts Praktischem benützen, wie Schneegleiten, Rodeln, Bobfahren; ich will ihn betrachten, betrachten, betrachten, ihn mit meinen Augen stundenlang in meine Seele hineintrinken, mich durch ihn und vermittelst seiner aus der dummen, realen Welt hinwegflüchten in das sogenannte »weiße und enttäuschungslose Zauberreich«! Jeder Baum, jeder Strauch wird durch ihn zu einer selbstständigen Persönlichkeit, während im Sommer ein allgemeines Grün entsteht, das die Persönlichkeiten der Bäume und Sträucher verwischt. Ich liebe den Schnee auf den Spitzen der hölzernen Gartenzäune, auf den eisernen Straßengeländern, auf den Rauchfängen, kurz überall da am meisten, wo er für die Menschen unbrauchbar und gleichgültig ist. Ich liebe ihn, wenn die Bäume ihn abschütteln wie eine unerträglich gewordene Last, ich liebe ihn, wenn der graue Sturm ihn mir ins Gesicht nadelt und staubt und spritzt. Ich liebe ihn, wenn er in sonnigen Waldlachen zerrinnt, ich liebe ihn, wenn er pulverig wird vor Kälte wie Streuzucker. Er befriedigt mich nicht, ich will ihn nicht benützen zu Zwecken der süßen Ermüdung und Erlösung, ich will nicht kreischen und jauchzen durch ihn, ich will ihn anstarren in ewiger Liebe, in Melancholie und Begeisterung. Er ist also eine neue letzte »unglückliche Liebe« meiner Seele!

Weihnachten ist Sichverlieben

Ludwig Marcuse

*D*ie festtäglichen Unternehmungen waren schon bei meinem Vater nicht mehr Glaube, Gebundenheit, nur noch Pietät – Anhänglichkeit an das Elternhaus, dem er mit der Wiederholung des Rituals auch im hohen Alter noch kindlichen Respekt erwies. In seiner letzten Stunde schrie er laut und innig das »Schmah Jisroel«; er wird, während er die uralte Formel gewaltsam herausstieß, ganz gewiss nicht von Angesicht zu Angesicht mit Jehova gewesen sein – eher zurückgesunken in die früheste Vergangenheit, als der Zauberspruch Wurzel gefasst hatte. Für mich gewann diese Welt nie eine Realität. Schon meine Eltern fuhren am Sabbat, unser Haushalt war nur ein bisschen koscher, wir Kinder durften Schinken essen, ich fastete am Versöhnungstag nicht, mein Hebräisch war kaum der Rede wert. Ich wuchs nicht in der jüdischen Tradition auf; ich lernte nur noch einige ständig repetierte Szenen und die berühmtesten Nummern kennen.

Eine mächtige Realität hingegen war für mich Weihnachten: der Baum, die Lichter, die Bescherung, Schnee mit Tannennadelgeruch, die familiäre Zusammengehörigkeit von Herrschaft und Dienstboten – nicht ein Herablassen, sondern die Wiederherstellung eines echten Zustands, wenn auch nur für einen Abend. Diese Weihnachtsfreude aneinander war viel realer als jenes »Das nächste Jahr in Jeruschalajim«. Bis zu diesem Tag sind meine besten frühen Stunden aufgehoben in den Weihnachtsliedern, die mich immer an Pfeffernüsse, Gänsebraten, Lametta, Karten mit winterlichen Ansichten – und jene Lupe unter dem Weihnachtsbaum erinnern, welche ich mir sehnlicher wünschte als irgendetwas später. Heute könnte mich genauso bezaubern nur eine Hupe an meinem Wagen, die mir erlauben würde, durchs rote Licht zu fahren.

Weihnachten – das ist auch jene Stunde, als ich am Wasserturm, in der Nähe des Tattersaals und nicht weit von der Tiergarten-Schleuse, Gustel um einen Kuss bat. Sie sagte, zitternd: Meine Mutter findet das unhygienisch. Zitternd hüllten wir unsere Köpfe in ihr dünnes Mäntelchen. Es war viel Läuten in der Luft von Weihnachtsglocken und Glitzern von Sternen und Schnee. Wir standen dicht beieinander und vergingen, am Weihnachtsabend. Am Weihnachtsabend betrat ich den mächtigen Kontinent Liebe – als Verliebter; und glaubte lange Zeit: Lieben und Vergehen ist dasselbe; Lieben und der süße Strom Sehnsucht ist dasselbe; Liebe ist nicht erfüllbar und deshalb immer glücklich; Weihnachten ist Sichverlieben.

Der Schnee der Versöhnung

Kapitel 10

···· ❄ ····

Der Schnee, der gestern noch in Flöckchen
Vom Himmel fiel
Hängt nun geronnen heut als Glöckchen
Am zarten Stiel.
Schneeglöckchen läutet, was bedeutet's
Im stillen Hain?

O komm geschwind! Im Haine läutet's
Den Frühling ein.
O kommt, ihr Blätter, Blüt' und Blume,
Die ihr noch träumt,
All zu des Frühlings Heiligtume!
Kommt ungesäumt!

Friedrich Rückert (1788–1866)

···· ❄ ····

Schneetafel

Siegfried Straßner

Vor seinen Augen das kalte Glas des Türspions, in der Hand diese Tafel. Genauer gesagt: die Schneetafel. So hatte Frau Kleinlein das Ding genannt, bevor sie es Tron aufdrängte. Nachdem sie ihm gegenüber ungefragt die Regeln der Kleinen Hausordnung und der Großen Hausordnung deklamiert hatte. Nachdem sie eilig einige seiner Tong-Yord-Bällchen gepackt und dann »Mein Essen brennt an!« gerufen hatte. Und bevor sie ihm die Tür vor der Nase zuschlug.

Tron hatte sich seine Vorstellungsrunde im Haus anders vorgestellt. Den ganzen Vormittag über hatte er in seiner kleinen Küche gestanden und aus geschmolzenem Zucker, Eigelb und Reismehl kleine Thai-Delikatessen gezaubert. Sorgfältig hatte er sie auf einer Schale drapiert. Frau Kleinlein aus dem Erdgeschoss war die Erste, bei der er wagte zu klingeln.

»Ein nettes Gespräch zur rechten Zeit öffnet die Herzen.«

Tron erinnerte sich genau an die Worte von Eva, seiner Sprachlehrerin im Goethe-Institut von Bangkok. In Deutschland sei es zudem allgemein üblich, sich nach dem Einzug bei seinen neuen Nachbarn vorzustellen. Einfach mal Hallo sagen gelte als höflich. Idealerweise solle man dabei auch einen Kuchen oder landestypische Süßigkeiten vorbeibringen.

Eva hatte Tron gut auf seinen Studienaufenthalt in Deutschland vorbereitet. Dabei mit ihm und seinen Mitschülerinnen und Mitschülern alle möglichen Alltagssituationen in der Fremde durchgespielt. Immer wieder hatte sie auf kulturelle und klimatische Eigenarten hingewiesen. Und auf mögliche Fallstricke.

Als Tron später in die neue Wohnung zurückkehrte, war seine Schale leer. Die meisten der anderen Hausbewohner zeigten sich weniger abweisend, manche hatten sich sogar auf einen kleinen Plausch eingelassen, hatten gerne von seinen Tong-Yord gekostet. Zwischen »sehr lecker«, »interessant« und »extrem süß« schwankten die Kommentare. Tron hatte bei Weitem nicht alles verstanden, einige neue Wörter wollte er nun gleich in seine Vokabel-App eintragen, um sie sich danach genauer anzusehen. Was wohl mit »Plombentod« gemeint war?

Schon im Sprachkurs hatte sich Tron angewöhnt, jede neue Vokabel sofort zu notieren. Dabei war zugleich eine Sammlung eigenartiger Wörter entstanden, deren Ursprung und Bedeutung ihn besonders interessierten. »Fallstricke« war nur eines davon, es folgten Begriffe wie »bauchpinseln«, »fremdschämen« und »splitterfasernackt«. Aber von »Schneetafel« hatte er bisher noch nie gehört – weder als Wort noch als realem Gegenstand, zu dessen unverhofftem Besitzer ihn Frau Kleinlein heute auserkoren hatte.

Schnee. Tron kannte ihn nur aus Fernsehen und Internet. Sicherlich, auch im Thai gab es ein Wort dafür, obwohl es in seiner Heimat noch nie geschneit hatte.

Als er noch klein war, hatten ihn seine Eltern einmal in ein großes Einkaufszentrum mitgenommen. Dort hatte man mitten in Bangkok eine Schneestadt aufgebaut, mit Kunstschnee und Piste fürs Skifahren und Rodeln. Mehrmals täglich schneite es sogar vor den bunten Fachwerkkulissen, während die Menschen draußen in der tropischen Schwüle schwitzten. Lange aber hatte sich diese Attraktion nicht gehalten, und so freute sich Tron darauf, schon bald einmal echten Schnee zu erleben. Endlich würde er durch tief verschneite Orte stapfen und weiße Hügel hinabrutschen. Und, ja, natürlich wollte er auch einen dieser Schneemänner bauen, die ihm in vielen Zeichentrickfilmen begegnet waren.

Wie würde sich dieser Schnee anfühlen? Konnte man ihn spüren auf der Haut, ein Kribbeln vielleicht wie die kleinen roten Ameisen, wenn sie am Morgen durch tausend Ritzen ins Haus gekommen und zu ihm ins Bett gekrochen waren? War liegender Schnee wirklich weich und feucht? Oder schmerzten die Kristalle, wenn man sie mit bloßen Fingern berührte? Wie Eiswürfel vielleicht, wenn er sie zu lange in den Händen hielt? Wie überhaupt sollte er Temperaturen um den Gefrierpunkt oder gar weit darunter ertragen? Er würde sich schon daran gewöhnen, hatte Eva gesagt.

Es war im Oktober, als Tron in Deutschland ankam. Sofort fielen ihm die vielen Laubbäume auf, die der Herbst gelb und rot gefärbt hatte. Es war zwar bereits deutlich kälter als in Thailand, aber Schneefall, so wusste er von Eva, war in dieser Jahreszeit kaum zu erwarten. Also hatte er diese ominöse Schneetafel erst einmal an einen freien Handtuchhaken im Badezimmer gehängt. Hatte sie schnell vergessen.

Hingegen erschien ihm die Erfüllung der Hausordnung als seltsames Ritual. Nicht jeder der Paragrafen wollte ihm sofort einleuchten. Erst allerlei Ermahnungen und Kontrollen durch Frau Kleinlein sowie Hilfestellungen der anderen Nachbarn halfen ihm bei der korrekten Ausführung. Dennoch wunderte sich Tron. Warum entfernten die Menschen hier den Schmutz nicht schon dann, wenn ihn der Wind ins Treppenhaus wehte? Oder sobald bunte Blätter üppig den Pflasterweg zum Haus bedeckten? Geduldig warteten sie tagelang ab, bis sie die Kleine oder Große Hausordnung an ihre Pflicht erinnerte. Tron ertappte sich wiederholt dabei, außer der Reihe größere Blattansammlungen aus dem Eingangsbereich zu entfernen.

Als sich das christliche Fest »Weihnachten« näherte, hatte Tron noch immer keinen echten Schnee gesehen. Zwar zeigten sich die Straßen nun üppig mit glitzernden Lichtern geschmückt, zwar hatte man überall gefällte Nadelbäume aufgestellt, doch nur ganz vereinzelt glaubte Tron, weiße Flocken im Regen zu erkennen.

Draußen war es grau und nasskalt, die Stadt ganz anders als in den schneesatten Weihnachtsfilmen, die er in Thailand gesehen hatte. Die Aussagen seiner Nachbarn, dass es heutzutage im Flachland kaum mehr schneie, beunruhigten Tron. Vielleicht sollte er einfach mit der Bahn ins umliegende Gebirge fahren, um doch noch Schnee zu entdecken.

Dann aber feierten die Menschen um ihn ihr Neujahrsfest; pünktlich mit dem Feuerwerk sanken die Temperaturen, und dichter Schneefall setzte ein. Eingepackt in seine dickste Jacke eilte Tron noch in der Nacht aus dem Haus und stellte sich mitten in den Flockenwirbel. Begeistert beobachtete er, wie alles um ihn herum mehr und mehr unter weißer Watte verschwand. Er spürte das Prickeln der Schneekristalle an den blanken Händen, versuchte, sie noch im Flug mit der Zunge zu erhaschen. Er wagte es sogar, sich eine kleine Menge frischen Schnee in den Mund zu stecken, um das Unbekannte zu schmecken.

Eine, vielleicht auch zwei Stunden später erst bemerkte Tron, wie sehr er eigentlich fror. Tief beglückt kehrte er in seine Wohnung zurück, lange noch konnte er nicht einschlafen.

Es war noch düster, als Tron aufschreckte. Es läutete und läutete. Erschrocken und schläfrig schleppte er sich zur Wohnungstür, durch den Türspion erkannte er dahinter das beredte Gesicht von Frau Kleinlein.

»Sie haben doch die Schneetafel!«, fuhr sie ihn sogleich an, noch ehe Tron auch nur ein Wort sagen konnte.

»In dieser Woche sind Sie verantwortlich fürs Räumen und Streuen. In einer Stunde ist der Schnee weg!« Schon war sie im Treppenhaus verschwunden.

Jetzt erst erinnerte sich Tron an die Tafel. Er fand sie unter einem großen Handtuch, verwirrt nahm er sie vom Haken und betrachtete sie genauer.

»Schneetafel« stand in großen Lettern darauf, ansonsten keinerlei Anleitung. Und nun? Was sollte er jetzt damit tun? Mit einem Strich darauf vermerken, dass es geschneit hatte? Oder sie vor dem Haus in den Schnee legen? Damit den Weg frei kratzen? Oder was sonst sollten die vernommenen Worte vom »Räumen und Streuen« bedeuten? Er könnte einen der anderen Nachbarn fragen, doch nach der gestrigen Feier lagen die vermutlich noch schlafend in den Betten. Musste er Frau Kleinlein um Hilfe bitten? Ausgerechnet?

Dick eingepackt, die Schneetafel in den Händen, stieg Tron ins Erdgeschoss hinunter. An der Haustür wartete bereits Frau Kleinlein auf ihn. Wie lange stand sie dort schon? Neben sich hielt sie eine seltsame Schaufel an langem Stiel.

»Hier! Steht sonst im Keller.« Damit drückte sie ihm das Ding in die Hand.

Tron öffnete die Tür zur Straße. Mittlerweile war es hell geworden. Staunend hielt er inne. Alles vor ihm war üppig mit diesem Schnee bedeckt, der kleine Rasen vor dem Haus, die Wege, die geparkten Autos. Während er geschlafen hatte, war die weiße Schicht weiter angewachsen, es mussten über zwanzig Zentimeter sein. Überall glitzerte es in den ersten Sonnenstrahlen.

»Nun machen Sie schon!« Frau Kleinlein hinter ihm wurde ungeduldig. Da Tron sich immer noch nicht bewegte, riss sie ihm die Schaufel wieder aus der Hand. Hektisch schob sie damit die ersten Meter des Weges frei.

»So geht das! Von hier bis zur Straße. Dann den Gehweg links und rechts. Und danach streuen!« Sie zeigte auf einen Eimer mit dunklem, körnigem Inhalt neben der Hauswand. Damit überließ sie ihm die Schaufel erneut und verschwand im Haus.

Tron glaubte, endlich verstanden zu haben. Der Schnee vor ihm war wunderschön, aber man wollte ihn hier nicht haben. Er schien den Bewohnerinnen und Bewohnern dieser Stadt lästig zu sein, besonders Frau Kleinlein, und vielleicht war er sogar gefährlich. Deshalb wohl musste man ihn zur Seite räumen. Musste *er* ihn zur Seite räumen. Seine Schneetafel-Aufgabe erfüllen. Jetzt gleich!

Angriffslustig stocherte Tron mit der unbekannten Gerätschaft nach vorn. Auf seinen ersten Wegmetern hielt er das breite Schaufelblatt zu steil, immer wieder verkantete er an den Pflasterplatten unter dem Schnee. Bald aber hatte er die passende Technik gefunden, mit jedem Schub kam er schneller voran. Zudem erschienen aus immer mehr Hauseingängen müde wirkende

Menschen, bewaffnet mit ähnlichen Schaufeln. Aus allen Richtungen nun hörte Tron das rhythmische Schrabb-Schrabb. So also klang der deutsche Winter! Und plötzlich schob auch noch ein Lastwagen mit Riesenschaufel den schönen Schnee von der Straße, braune Schlieren verdarben das herrliche Weiß.

Endlich erreichte auch Trons Schneise den Straßenrand. Neugierig beobachtete er, wie die Nachbarn ihre Körnermischungen auf den geräumten Wegen verstreuten. Das würde nun seine nächste Lektion sein, so eine Schneetafel hatte offensichtlich ihre klaren Regeln. Zugleich befürchtete er, das staubige Zeug schon bald im ganzen Treppenhaus wiederzufinden. Zumal es hierzulande seltsamerweise nicht üblich war, die Straßenschuhe schon vor dem Hauseingang auszuziehen.

Gerade wollte Tron den Streueimer holen, als ihn ein kalter Schneeklumpen mitten ins Gesicht traf. Zugleich hörte er das jubelnde Lachen von Lukas, dem halbwüchsigen Sohn der Familie über ihm.

»Schneeballschlacht!«

Sofort erinnerte sich Tron an entsprechende Szenen aus dem Fernsehen.

»Schneeballschlacht!«, rief er begeistert zurück und ließ die Schaufel fallen. Beherzt griff er in den Schnee und wunderte sich, wie leicht sich die flauschige Masse zu festen Bällen formen ließ.

Lukas hatte bereits einen Vorrat an Schneebällen direkt neben der Haustür angelegt. Hektisch fing er an, nach Tron zu werfen.

Allerdings hatte er nicht mit den Wurfkünsten seines Gegenübers gerechnet. Als begeisterter Volleyballspieler landete Tron einen Treffer nach dem anderen. Überrascht zog sich Lukas in den schützenden Türrahmen zurück, schnell duckte er sich vor dem nächsten Geschoss.

Getroffen! Stumm zerplatzte der große Schneeball an Frau Kleinleins Stirn.

Tron erstarrte. Hatte sie dort schon länger gewartet, oder war sie gerade erst aus dem Haus getreten, um die Erfüllung seiner Schneetafelpflichten zu kontrollieren?

»Ich wollte nicht …«, stammelte er schockiert. Weiter kam er nicht. Der nächste Schneeball traf ihn direkt am Hals.

»Das habe ich wohl nicht verlernt.« Triumphierend rollte Frau Kleinlein bereits die nächste Kugel.

»Ach, übrigens«, rief sie, bevor sie zum Wurf ansetzte. »Wann bringen Sie mir mal wieder ein paar Ihrer köstlichen Bällchen vorbei?«

Löcher im Mantel

Sybille Wobser

Elisa sah hinüber zu Herrn Schottkys kleinem Haus, sah seine Fußspuren ganz deutlich auf dem Gehsteig bis zum Ende der Straße. Dicht am Zaun war er gegangen. Damit er sich festhalten kann, dachte sie, auf dem Schnee ist es gefährlich. Was wollte der alte Mann bei diesem Wetter auf den Feldern? Als sie den Mantel anzog, kam die Mutter aus der Küche. Stirnrunzeln. »Was soll das jetzt werden? Du hast doch erst später Schule.«

»Mama, schau mal, die Fußspuren sind von Herrn Schottky. Er kann doch kaum laufen. Was will er denn draußen?«

Die Mutter zögerte. »Warte hier. Ich gehe schnell mal gucken. Vielleicht ist er bei seinem Sohn. Mach dir schon mal einen Toast.«

Elisa schüttelte den Kopf. Sie wusste, dass Herr Schottky seinen Sohn nicht sehr mochte. »Das ist ein ausgebufftes Schlitzohr, ein Windhund«, hatte er über seinen Sohn gesagt. Sie wusste zwar nicht genau, was das war, ein menschlicher Windhund, aber offenbar nichts Gutes. Das hörte sie am Ton. Nein, beim Sohn war er bestimmt nicht.

Schottky war 82 Jahre alt und wohnte seit dem Herbst in dem kleinen Haus am Ende der Stichstraße, wo der Ort ausfranste in Wiese, Wald und Feld. Das kleine Haus war eigentlich mal eine bessere Gartenlaube gewesen, der Windhund hatte es beim Pokern gewonnen, renoviert, ausgebaut und wetterfest gemacht und den Vater hineingestopft. Alles andere sei zu teuer, hatte er behauptet. Auf der Matte hatte er sich noch einmal umgedreht und gesagt: »Im Heim bist du doch fremdbestimmt von morgens bis abends. Das ist nichts für dich.« Ganz unrecht hatte der Windhund damit nicht. Schottky hatte sich ein Heim angesehen. Die Stille dort, die vielen geschlossenen Türen, die in sich versunkenen Gestalten in den Aufenthaltsecken, das wenige Zeug, das man mitnehmen durfte nach einem ganzen Leben. Alles nicht gerade verlockend. Und der Windhund konnte sich weiter Geld bei ihm leihen, in Anführungszeichen. Schottky durchschaute seinen Sohn. Er taugte nicht viel, war aber das Einzige, was ihm geblieben war nach Irenes Tod vor fünf Jahren.

Also hielt Schottky aus: die Schmerzen, dass es im Gebälk krachte, die immerhin noch selbstbestimmte Einsamkeit am Ende der Straße. Auf Bingo im Gemeindehaus beim Altencafé hatte er keine Lust, kindisch fand er das, auch nicht auf den Kaffeeklatsch bei der Nachbarschaftshilfe, da waren nur Frauen. Und alle *anderen* kamen ihm so schrecklich alt vor. Er wollte einfach seine Ruhe.

Elisa hatte den Windhund beobachtet. Immer hatte er es eilig. Kam mit quietschenden Reifen angerauscht, zerrte zwei oder drei Plastiktüten aus dem Kofferraum seines Riesenautos, Porree und Toilettenpapier ragten heraus, zwei Kisten Bier folgten, schleppte alles ins kleine Haus, während der Wind ihm sein dünnes, langes Haar um die Ohren wehte und sein offenes Jackett nach hinten umschlug. »Windhund? Der Sohn kümmert sich doch. Was hat der Schottky denn daran auszusetzen?«, kommentierte die Mutter ungehalten. »Dass die Alten immer meckern müssen.«

Elisa hatte im Garten Blätter gesammelt und war auf den neuen Nachbarn gestoßen, der langsam und vorsichtig Laub zusammenrechte. Was ihr auf Anhieb gefiel, war sein sehr langer weißer Bart. Wie bei den Zwergen im Bilderbuch, dachte sie. »Was machst du denn da?« »Blätter sammeln für Kunst.« »Aha. Warte mal, ich habe hier ein paar ganz schöne.«

Herr Schottky hatte immer Zeit. Als Elisa Schwierigkeiten mit dem Schreiben bekam, bot er ihrer Mutter seine Hilfe an. Erst war sie zögerlich, willigte dann aber doch ein. So saßen sie am Küchentisch, während es draußen langsam dunkel wurde und die Mutter im Homeoffice im oberen Stockwerk arbeitete. Sie mussten aber die Tür offen lassen, während sie übten und sich dann und wann etwas aus ihrem Leben erzählten. »Mein Sohn hat mir drei Gläser Rollmöpse mitgebracht. Dreimal habe ich ihm gesagt, dass ich sie nicht leiden kann.« »Und Mama will, dass ich immer Bananen esse, bloß weil sie gesund sind, dabei wird mir schlecht davon.«

Schottky sah aus dem Fenster. Eselsgraues Gewölk, und die Birkenzweige flatterten haarig im schaurigen Wind. Schnee lag in der Luft. Elisa machte sich gerade auf den Weg zur Schule. Der rote Bommel ihrer Wollmütze wanderte knapp über dem Zaun in Richtung Dorf. Sie hatten sich inzwischen angefreundet, soweit ihre Mutter es zuließ. Die wirkte einerseits ziemlich misstrauisch, andererseits konnte sie sich nicht so ohne Weiteres von der Arbeit loseisen und musste in den sauren Apfel seiner Hilfe beißen.

Heute tat ihm wieder alles weh. Und dennoch: Mit dem Heim würde er warten, bis es wirklich nicht mehr ging. Einzelne Schneeflocken trieben schräg im Wind vorbei und stöberten durch den Garten. Seine zunehmende Langsamkeit machte ihm Sorgen. Bisher hatte er es mit dem Rollator noch bis ins nächste Geschäft geschafft, war danach aber völlig groggy. Sollte er über einen Rollstuhl nachdenken? Das war dann das Ende vom Lied. Nein, besser nicht. Erst einmal weiter so. Seinem Sohn wollte er mit solchen Gedanken nicht zur Last fallen. Die Kleine hatte schon gemerkt, dass er Unterstützung brauchte. Hatte einmal ein Stückchen Butter von zu Hause geholt oder Brötchen für ihn mitgebracht. Auch ihre Mutter kochte manchmal für ihn mit. Verlassen konnte er sich aber nicht darauf. Sie hatte einfach zu viel zu tun und wollte ansonsten keinen Kontakt. Ganz offen hatte sie gesagt: »Ich sehe Ihre Not, Herr Schottky, aber ich bin selbst am Limit. Ich schaffe das alles gerade so, ohne verrückt zu werden. Was glauben Sie, weshalb ich Elisa keine Kaninchen erlaube?«

Also beschränkte man sich auf die Hausaufgabenhilfe. Das war sein Lichtblick. Dieses sonnige kleine Ding. Elisa wollte alles gut machen, damit die Mama entspannt war und nicht schimpfte, oder, schlimmer noch, nicht mehr mit ihr sprach. Als es einmal gar nicht ging mit dem Schreiben, waren Tränen über Tränen gekommen, und die Kleine schüttete ihm ihr Herz aus. Dass die Mama Krach hatte mit der Oma, weil die sich zu viel einmischte und alles besser wusste. Dass die Mama oft sagte, sie könne nicht mehr, und alle Menschen blöd fände. Dass Elisa den Papa nicht sehen durfte, weil das Gericht und ganz besonders die Mama das nicht wollten. »Warum das denn nicht?« »Mama sagt, Papa hat schlimme Sachen gemacht.« Und das Weinen wollte gar nicht mehr aufhören. »Weißt du was, wir legen mal ein Päuschen ein, und ich lese dir etwas vor.« Er tätschelte der Kleinen die Hand, am liebsten hätte er sie auf den Schoß genommen oder sie wenigstens gedrückt und getröstet, traute sich aber nicht.

Wahllos griff er ins Regal, in dem Elisas Kinderbücher standen, nach einem Band, der noch wie neu aussah und sich als Märchenbuch entpuppte. Elisa durfte es irgendwo aufschlagen. Sie setzten sich aufs Sofa in den Lichtkegel der Stehlampe, und während er zu lesen begann: »Eine arme Witwe, die lebte einsam in einem Hüttchen, und vor dem Hüttchen war ein Garten, darin standen zwei Rosenbäumchen …«, kuschelte sich Elisa an ihn, und er nahm sie in den Arm.

Schön war das gewesen. Außer beim Zahnarzt hatte er in den letzten Wochen keine menschliche Berührung erlebt. Und nun dieses liebe Mädchen neben ihm.

Immer noch stand er am Fenster, obwohl sich der Rücken schon meldete mit Zwicken und Zwacken und keine Ruhe gäbe, bis er wieder saß. Der Schnee fiel inzwischen in dicken, schweren Flocken, und die Erde trug ergeben einen lückenlosen weißen Pelz in all dem Grau. Früher hatte er das schön gefunden, nun machte es ihm Angst, weil er schlecht mit seinem Rollator durch den Matsch kommen würde. Früher. Bilder wetterleuchteten durch seinen Kopf.

Hinterm Deich die weiten Schwünge des Flusses durch die verschneite Landschaft.

Die Schwäne mit ihrem Gesang am offenen Wasser.

Das Eis auf den überschwemmten Auwiesen.

Darüber der Abendhimmel, rot und lila gebändert.

Die Rauchsäulen über dem Dorf.

Das raue Bellen der Hofhunde hier und da.

Die Kerze im Fenster der Großmutter.

Die Sternenkuppel im Winter, so glitzernd wie das ganze Jahr nicht.

Orion.

Vielleicht sollte er doch einmal nachts vors Haus gehen, nur ein paar Schritte, bis hinter die letzte Straßenlaterne am Zaun entlang. Daran könnte er sich festhalten, bis es richtig dunkel rundherum war, und dann schauen, ob er den Orion noch fand. Der Schnee hatte der Mülltonne mittlerweile eine aufgeplusterte Haube aufgetürmt. Nun musste er sich doch hinsetzen. Die Augen fielen ihm zu, kaum dass er saß und an den roten Bommel dachte, der knapp über dem Zaun wegwanderte.

Als sie beim Lesen an die Stelle mit dem Zwerg kamen, der mit seinem Bart in einer Baumspalte festklemmte, hatte Elisa gedankenverloren mit seinem Bart gespielt. Sie waren beide so vertieft in »Schneeweißchen und Rosenrot«, dass sie die Mutter nicht kommen hörten. »Was ist denn hier los?« Messerscharf klang die Mutter. »Ich denke, ihr macht Hausaufgaben! Seid ihr schon fertig? Du brauchst doch immer so lange.« Unwillkürlich zuckten beide auseinander. Schottky nahm den Arm von Elisas Schultern. »Ich denke, Sie gehen besser.« Er unternahm erst gar nicht den Versuch, sich zu rechtfertigen. Schaffte es, die letzten Wörter noch zu lesen, Elisa steif neben sich: »… und trugen jedes Jahr die schönsten Rosen, weiß und rot.« Er hatte ewig gebraucht, um aus der Sofaecke hochzukommen und sich mit dem Rollator aus dem Haus zu bugsieren, während die

Mutter Eiseskälte verbreitete. Elisa hatte auf den Teppich gestarrt, ganz blass.

Das war nun über eine Woche her. Er hatte den Windhund angerufen, brauchte etwas zu essen. Der kam auch, brachte aber lauter seltsames Zeug. Chicken-Nuggets ohne jeglichen Geschmack, Toast, den man zusammenknautschen konnte, Gewürzgurken mit Chili, Erdnussflips in einer XXL-Tüte und eine Flasche Schnaps. Verschwand schnell wieder und ward nicht mehr gesehen, nicht gehört.

Er schaute hinüber zu den Nachbarn, zu den Lichtflecken der Fenster, die scheinbare Behaglichkeit ausströmten. Zu dem Schnee hatte sich sibirischer Frost gesellt. Die beste Zeit, um sich die Sterne anzusehen, fiel ihm ein. Jetzt flimmerten sie beeindruckend hell am tiefschwarzen Himmel, zahllose Pailletten. Seine Großmutter hatte ihm erzählt, dass der liebe Gott Seinen schwarzen Samtmantel, mit dem Er die Erde umhüllte, mit Gucklöchern versehen habe, damit die Menschen auch nachts Sein ewiges Licht gewahren könnten.

Er war im Sessel eingeschlafen und rappelte sich nun wieder hoch, machte sich auf den Weg ins Badezimmer, pinkelte, auch das dauerte immer länger, kämmte den Bart, dachte an Elisas Hand, das traumverlorene Streicheln. Jetzt ist es so weit, beschloss er, jetzt sehe ich mir die Sterne an. Aß noch eine Handvoll Erdnussflips. Mantel, Stiefel, Mütze, Gehstock, und zum Schluss steckte er sich die Flasche Schnaps noch in die Manteltasche.

Es war weit nach Mitternacht. Die Häuser der *anderen* duckten sich wie eine Herde Schafe in den Schnee. Nirgendwo ein Licht in den Fenstern. Die Kälte kniff ins Gesicht, er hangelte sich am Zaun entlang, schlurfte in Zeitlupe auf dem Gehsteig, bis der aufhörte, und ließ die letzte Straßenlaterne noch ein Stückchen hinter sich. Dann war es richtig dunkel.

Die Milchstraße, die hatte er das letzte Mal gesehen, als er mit Irene in den Alpen unterwegs gewesen war. Ewig her. Der Sternenhimmel. So unendlich. Anders als sein maroder Körper. Nun suchte er den Orion. Sirius, den hatte er sich gemerkt, den müsste er doch finden, so hell wie der war. Und tatsächlich, direkt vor ihm, über Wiesen und Wald, wies er ihm mit strahlender Gebärde den Blick weiter nach rechts zu Orions Gürtel, dieser Riegel aus drei Sternen in der Mitte der Figur.

Schottky legte den Kopf in den Nacken, suchte mit den Füßen zugleich ebenen Halt im Schnee, er war wohl schon auf die gefrorenen Ackerfurchen getreten, tastete wie auf Eiern und geriet ins Straucheln. Fiel. Das tat nicht weh. War ja überall Schnee. Der Blick in die Sternenkuppel war im Liegen sogar besser. »So viele Löcher im Mantel, alter Mann«, murmelte er und nestelte nach der Schnapsflasche, »hast dir wirklich Mühe gegeben.« Trank, spielte mit seinem Atem, hauchte ihn in dicken Wolken in die frostige Luft, trank. Ganz still war es um ihn her. So still, dass er in den Ohren sein Blut rauschen hörte. Der Schnaps tat gut in der Kälte. Feuer im Schnee. Ein warmer Strom, der sich Schluck für Schluck bis in den Unterleib verästelte. Schottky legte die Flasche weg. So warm wurde ihm, so leicht und frei, dass er den Mantel öffnete. Die Augen schloss. Alles war gut in diesem Moment.

»Nein, bei dem Windhund ist er bestimmt nicht. Den mag er nicht. Vielleicht klemmt er nur mit seinem Bart in einer Baumspalte fest«, sagte Elisa und hielt der Mutter die Küchenschere hin, »so war das im Märchen auch.« Im Gesicht der Mutter wollte sich Genervtheit breitmachen, aber die Verärgerung mit Stirnrunzeln wich einem erschreckten Augenaufreißen, und ihr Blick ging Richtung Felder und Wald.

»Du bleibst hier, Elisa.«

Fast wäre die Mutter in Hausschuhen losgelaufen.

Werter Nachwuchs

Christine Nöstlinger

Mit mildem Gram verfolge ich seit geraumer Zeit Eure heftigen Debatten über das Winterwetter und Euer enormes Interesse an Schneemassen. Ihr tut ja gerade so, als ob hundert Prozent aller Österreicher ganz versessen auf Schneefall wären.

Der Geschäftssinn unserer einheimischen Hotelbesitzer in Ehren, die Freude der Kinder am Schneemannbauen ebenfalls in Ehren, aber habt Ihr Euch eigentlich schon einmal überlegt, wie es mir geht, wenn der Schnee leise und ausdauernd rieselt? Wenn es zu schneien anfängt, werter Nachwuchs, dann fange ich an zu zittern!

Schnee nämlich macht mir das Leben noch viel schwerer, als es ohnehin schon für mich ist. Zwischen meinem Humor und der Greißlerei befindet sich das 10er-Haus. Und im 10er-Haus gibt es keinen Hausmeister, weil der Hausherr die Hausmeisterwohnung untervermietet hat. So gibt es im 10er-Haus also auch keinen Hausmeister, der den Schnee wegschaufelt und das Eis mit

Asche bestreut. Ich wage es nicht, über die vierzig Meter spiegelglatten oder mugelig schneeigen Gehsteig vom 10er-Haus zu humpeln. Hinzufallen kann ich mir nicht leisten. Alte Knochen brechen schnell und heilen langsam. Oder nie mehr!

Auf die andere Straßenseite hinüber kann ich aber auch nicht. Die Schneehaufen zwischen den geparkten Autos hindern mich daran, auch wenn sie nicht sehr hoch sind. Meine alten Füße brauchen für ihre unsicheren Schritte einen ebenen Untergrund. Vor einem Schneehaufen, den jedes Kleinkind mühelos übersteigen kann, stehe ich hilflos. Und wenn es dann taut und Schmelzwasser von den Dächern tropft und auf dem Gehsteig, den Hausmauern entlang, wieder zu einem dicken Eiswulst anfriert, dann wage ich es überhaupt nicht mehr, aus dem Haustor auf die Straße zu treten.

Dann kehre ich in meine vier Wände zurück und bin angewiesen auf freundliche Leute, denen eine »gute Schneelage« noch nicht zum unlösbaren Problem geworden ist. Ich soll doch nicht so übertreiben, meint Ihr? Nicht jede alte Frau, die auf dem Glatteis ausrutscht, hat gleich einen Schenkelhalsbruch, der nicht mehr ordentlich zusammenheilt? Da habt Ihr schon recht, werter Nachwuchs! Aber wer garantiert mir, dass gerade ich zu denen gehören würde, die mit ein paar geprellten Rippen davonkommen. Ihr? Fein! Aber selbst, wenn nur meine Rippen geprellt wären, wer würde mich – für ein paar Wochen lang – tagtäglich versorgen? Ihr? Wochenlang? Und mit allem, was da so

dazugehört? Polster aufschütteln, Tee kochen, Nachttopf bringen und ausleeren, mein Gejammer anhören … und … und …
und … Ihr? Echt Ihr?

Na, seht Ihr! Schließt vielleicht doch die Bitte um viel Schnee
nicht in Euer Abendgebet ein, rät Euch

Eure Oma

Wann lacht der Eskimo?

Horst Evers

*D*ie Eskimos, so heißt es, haben rund dreißig verschiedene Wörter für Schnee. Mein Nachbar hat nur ein Wort für Schnee, dafür aber, grob geschätzt, so um die zweihundert verschiedene Bestimmungswörter für den immergleichen Schnee: Scheißschnee, Drecksschnee, Mistschnee, Doofschnee, Arschschnee, Idiotenschnee, Stinkeschnee …

Seit rund anderthalb Jahren darf mein Nachbar wegen der Familie nicht mehr in der Wohnung rauchen. Seitdem steht er auf dem Balkon, raucht und schimpft zitternd und bibbernd vor sich hin. Der erste Winter war ja noch milde, aber dieser Winter ist für ihn die Hölle. Zumindest schimpft er so: Sauschnee, Blödschnee, Sackrattenschnee … Obwohl, im Sommer, wenn die Sonne steil auf seinen Südbalkon schlägt, kann er seine vielen Bestimmungswörter auch schön für die Hitze benutzen: Dreckshitze, Doofhitze, Misthitze … Und im Frühjahr oder Herbst nutzt er sie dann eben für Wind oder Regen: Drecksregen, Mistregen und so weiter und so fort. Mein Nachbar schimpft einfach grundsätzlich gern. Einer der wenigen echten gebürtigen Berliner, die noch etwas auf Berliner Lebensart und Tradition geben. Die Tochter will sogar beobachtet haben, dass er manchmal gar nicht raucht, sondern, trotz der Eiseskälte, nur auf den Balkon geht, um ein bisschen das Wetter zu beschimpfen.

Deshalb ist er aber noch lange kein Stinkepeter. So wie er mit Inbrunst schimpfen kann, so kann er auch aus vollem Herzen lachen, das muss man schon fairerweise dazusagen. Zum Beispiel wenn eine orientierungsschwache Taube voll gegen das leicht vorstehende Mauerstück fliegt und runterkracht. Dann lacht er ganz laut und ansteckend.

Anlässlich des hundertsten Geburtstags des Spieles »Mensch ärgere dich nicht« habe ich kürzlich gelesen, Schadenfreude sei ein rein deutsches Wort. In anderen Sprachen gäbe es dieses Wort gar nicht. Was sagen solche sprachlichen Besonderheiten eigentlich über den Charakter eines Volkes aus? Obwohl, ich kann es auch kaum glauben. Bitte, wie bedauernswert arm ist denn ein Volk, das das anmutige Glück der harmlosen, lebensfrohen Schadenfreude nicht kennt? Außerdem, wer schon einmal mit Holländern ein Spiel einer deutschen Fußballmannschaft gesehen hat, bei der die deutsche Mannschaft dann unterlag, der weiß, dass Holländer Schadenfreude sehr wohl und sehr gut kennen. Aber hallo!!!! Gleiches gilt meines Wissens auch für Engländer. Ein zeitweise leicht zynischer amerikanischer Freund erklärte mir hierzu, Engländer oder Amerikaner würden statt Schadenfreude »justice« sagen.

Eskimos hingegen haben vielleicht wirklich kein Wort für Schadenfreude, dafür aber dreißig verschiedene Wörter für Schnee. Wer so viel Schnee hat, braucht keine Schadenfreude mehr. Die vielen verschiedenen Wörter haben sie laut Etymologen, weil der Schnee für ihre Gesellschaft eine große, quasi metaphysische, identitätsstiftende Bedeutung besitzt.

Wir haben nur ein Wort für Schnee, dafür aber rund zweihundert verschiedene Formulierungen für völlig betrunken sein: hackevoll, sturzbesoffen, die Lampen ausgeschossen, den Vorhang zugezogen, zugelötet, Strandhaubitze, dicht wie Eimer, zu wie Karstadt und so weiter und so fort. Das ist natürlich auch interessant, so hat eben jedes Volk seine eigene sprachkulturelle Identität.

Der Schnee der Freude

Kapitel 11

···· ✳ ····

Nein, wer hätte das gedacht
beim Zur-Schule-Gehn!
Heute morgen um halb acht
war noch nichts zu sehn.
Keine Flocke rings im Kreis –
jetzt ist alles zuckerweiß.
Wie das wirbelt, tanzt und sprüht!
Weiß ist jedes Haus.
Unsre Schule selber sieht
wie ein Schneemann aus.
Jungens, Bälle nun gemacht!
Heute gibt's eine Schneeballschlacht!

Adolf Holst (1867–1945)

···· ✳ ····

Der allererste Weihnachtsbaum

Hermann Löns

Der Weihnachtsmann ging durch den Wald. Er war ärgerlich. Sein weißer Spitz, der sonst immer lustig bellend vor ihm auflief, merkte das und schlich hinter seinem Herrn mit eingezogener Rute her.

Er hatte nämlich nicht mehr die rechte Freude an seiner Tätigkeit. Es war alle Jahre dasselbe. Es war kein Schwung in der Sache. Spielzeug und Esswaren, das war auf die Dauer nichts. Die Kinder freuten sich wohl darüber, aber quieken sollten sie und jubeln und singen, so wollte er es, das taten sie aber nur selten.

Den ganzen Dezembermonat hatte der Weihnachtsmann schon darüber nachgegrübelt, was er wohl Neues erfinden könne, um einmal wieder eine rechte Weihnachtsfreude in die Kinderwelt zu bringen, eine Weihnachtsfreude, an der auch die Großen teilnehmen würden. Kostbarkeiten durften es auch nicht sein, denn er hatte soundso viel auszugeben und mehr nicht.

So stapfte er denn auch durch den verschneiten Wald, bis er auf dem Kreuzweg war, dort wollte er das Christkindchen treffen. Mit dem beriet er sich nämlich immer über die Verteilung der Gaben.

Schon von Weitem sah er, dass das Christkindchen da war, denn ein heller Schein war dort. Das Christkindchen hatte ein langes weißes Pelzkleidchen an und lachte über das ganze Gesicht. Denn um es herum lagen große Bündel Kleeheu und Bohnenstiegen und Espen- und Weidenzweige, und daran taten sich die hungrigen Hirsche und Rehe und Hasen gütlich. Sogar für die Sauen gab es etwas, Kastanien, Eicheln und Rüben.

Der Weihnachtsmann nahm seinen Wolkenschieber ab und bot dem Christkindchen die Tageszeit. »Na, Alterchen, wie geht's?«, fragte das Christkind. »Hast wohl schlechte Laune?« Damit hakte es den Alten unter und ging mit ihm. Hinter ihnen trabte der kleine Spitz, aber er sah gar nicht mehr betrübt aus und hielt seinen Schwanz kühn in die Luft.

»Ja«, sagte der Weihnachtsmann, »die ganze Sache macht mir so recht keinen Spaß mehr. Liegt es am Alter oder an sonst was, ich weiß nicht, ich hab kein Fiduz mehr dazu. Das mit den Pfefferkuchen und den Äpfeln und Nüssen, das ist nichts mehr. Das essen sie auf, und dann ist das Fest vorbei. Man müsste etwas Neues erfinden, etwas, das nicht zum Essen und nicht zum Spielen ist, aber wobei Alt und Jung singt und lacht und fröhlich wird.«

Das Christkindchen nickte und machte ein nachdenkliches Gesicht; dann sagte es: »Da hast du recht, Alter, mir ist das auch schon aufgefallen. Ich habe daran auch schon gedacht, aber das ist nicht so leicht.«

»Das ist es ja gerade«, knurrte der Weihnachtsmann, »ich bin zu alt und zu dumm dazu. Ich habe schon richtiges Kopfweh von dem alten Nachdenken, und es fällt mir doch nichts Vernünftiges ein. Wenn es so weitergeht, schläft allmählich die ganze Sache ein, und es wird ein Fest wie alle anderen, von dem die Menschen dann weiter nichts haben als Faulenzen, Essen und Trinken.«

Nachdenklich gingen beide durch den weißen Winterwald, der Weihnachtsmann mit brummigem, das Christkindchen mit nachdenklichem Gesichte. Es war so still im Walde, kein Zweig rührte sich, nur wenn die Eule sich auf einen Ast setzte, fiel ein Stück Schneebehang mit halblautem Ton herab. So kamen die beiden, den Spitz hinter sich, aus dem hohen Holze auf einen alten Kahlschlag, auf dem große und kleine Tannen standen. Das sah nun wunderschön aus. Der Mond schien hell und klar, alle Sterne leuchteten, der Schnee sah aus wie Silber, und die Tannen standen darin, schwarz und weiß, dass es eine Pracht war. Eine fünf Fuß hohe Tanne, die allein im Vordergrunde stand, sah besonders reizend aus. Sie war regelmäßig gewachsen, hatte auf jedem Zweig einen Schneestreifen, an den Zweigspitzen kleine Eiszapfen, und glitzerte und flimmerte nur so im Mondenschein.

Das Christkindchen ließ den Arm des Weihnachtsmanns los, stieß den Alten an, zeigte auf die Tanne und sagte: »Ist das nicht wunderhübsch?«

»Ja«, sagte der Alte, »aber was hilft mir das?«

»Gib ein paar Äpfel her«, sagte das Christkindchen, »ich habe einen Gedanken.«

Der Weihnachtsmann machte ein dummes Gesicht, denn er konnte es sich nicht recht vorstellen, dass das Christkind bei der Kälte Appetit auf die eiskalten Äpfel hatte. Er hatte zwar noch einen guten alten Schnaps in seinem Dachsholster, aber den mochte er dem Christkindchen nicht anbieten.

Er machte sein Tragband ab, stellte seine riesige Kiepe in den Schnee, kramte darin herum und langte ein paar recht schöne Äpfel heraus. Dann fasste er in die Tasche, holte sein Messer heraus, wetzte es an einem Buchenstamm und reichte es dem Christkindchen.

»Sieh, wie schlau du bist«, sagte das Christkindchen. »Nun schneid mal etwas Bindfaden in zweifingerlange Stücke, und mach mir kleine spitze Pflöckchen.«

Dem Alten kam das alles etwas ulkig vor, aber er sagte nichts und tat, was das Christkind ihm sagte. Als er die Bindfadenenden und die Pflöckchen fertig hatte, nahm das Christkind einen Apfel, steckte ein Pflöckchen hinein, band den Faden daran und hängte den an einen Ast.

»So«, sagte es dann, »nun müssen auch an die anderen welche, und dabei kannst du helfen, aber vorsichtig, dass kein Schnee abfällt!«

Der Alte half, obgleich er nicht wusste, warum. Aber es

machte ihm schließlich Spaß, und als die ganze kleine Tanne voll von rotbäckigen Äpfeln hing, da trat er fünf Schritte zurück, lachte und sagte: »Kiek, wie niedlich das aussieht! Aber was hat das alles für'n Zweck?«

»Braucht denn alles gleich einen Zweck zu haben?«, lachte das Christkind. »Pass auf, das wird noch schöner. Nun gib mal Nüsse her!«

Der Alte krabbelte aus seiner Kiepe Walnüsse heraus und gab sie dem Christkindchen. Das steckte in jedes ein Hölzchen, machte einen Faden daran, rieb immer eine Nuss an der goldenen Oberseite seiner Flügel, und dann war die Nuss golden, und die nächste an der silbernen Unterseite seiner Flügel, und dann hatte es eine silberne Nuss und hängte die zwischen die Äpfel.

»Was sagst nun, Alterchen?«, fragte es dann. »Ist das nicht allerliebst?«

»Ja«, sagte der, »aber ich weiß immer noch nicht ...«

»Kommt schon!«, lachte das Christkindchen. »Hast du Lichter?«

»Lichter nicht«, meinte der Weihnachtsmann, »aber 'n Wachsstock!«

»Das ist fein«, sagte das Christkind, nahm den Wachsstock, zerschnitt ihn und drehte erst ein Stück um den Mitteltrieb des Bäumchens und die anderen Stücke um die Zweigenden, bog sie hübsch gerade und sagte dann: »Feuerzeug hast du doch?«

»Gewiss«, sagte der Alte, holte Stein, Stahl und Schwammdose heraus, pinkte Feuer aus dem Stein, ließ den Zunder in der Schwammdose zum Glimmen kommen und steckte daran ein paar Schwefelspäne an. Die gab er dem Christkindchen. Das nahm einen hell brennenden Schwefelspan und steckte damit erst das oberste Licht an, dann das nächste davon rechts, dann das gegenüberliegende, und rund um das Bäumchen gehend brachte es so ein Licht nach dem andern zum Brennen.

Da stand nun das Bäumchen im Schnee; aus seinem halb verschneiten dunklen Gezweig sahen die roten Backen der Äpfel, die Gold- und Silbernüsse blitzten und funkelten, und die gelben Wachskerzen brannten feierlich. Das Christkindchen lachte über das ganze rosige Gesicht und patschte in die Hände, der alte Weihnachtsmann sah gar nicht mehr so brummig aus, und der kleine weiße Spitz sprang hin und her und bellte.

Als die Lichter ein wenig heruntergebrannt waren, wehte das Christkindchen mit seinen goldsilbernen Flügeln, und da gingen die Lichter aus. Es sagte dem Weihnachtsmann, er solle das Bäumchen vorsichtig absägen. Das tat der, und dann gingen beide den Berg hinab und nahmen das bunte Bäumchen mit.

Als sie in den Ort kamen, schlief schon alles. Beim kleinsten Hause machten die beiden halt. Das Christkind machte leise die Tür auf und trat ein; der Weihnachtsmann ging hinterher. In der Stube stand ein dreibeiniger Schemel mit einer durchlochten Platte, den stellten sie auf den Tisch und steckten den Baum hinein. Der Weihnachtsmann legte dann noch allerlei schöne Dinge,

Spielzeug, Kuchen, Äpfel und Nüsse unter den Baum, und dann verließen beide das Haus ebenso leise, wie sie es betreten hatten.

Als der Mann, dem das Häuschen gehörte, am andern Morgen erwachte und den bunten Baum sah, da staunte er und wusste nicht, was er dazu sagen sollte. Als er aber an dem Türpfosten, den des Christkinds Flügel gestreift hatte, Gold- und Silberflimmer hängen sah, da wusste er Bescheid. Er steckte die Lichter an dem Bäumchen an und weckte Frau und Kinder.

Das war eine Freude in dem kleinen Hause, wie an keinem Weihnachtstage. Keines von den Kindern sah nach dem Spielzeug und nach dem Kuchen und den Äpfeln, sie sahen nur alle nach dem Lichterbaum. Sie fassten sich an die Hände, tanzten um den Baum und sangen alle Weihnachtslieder, die sie wussten, und selbst das Kleinste, was noch auf dem Arme getragen wurde, krähte, was es krähen konnte.

Vor dem Fenster aber standen das Christkindchen und der Weihnachtsmann und sahen lächelnd zu.

Als es helllichter Tag geworden war, da kamen die Freunde und Verwandten des Bergmanns, sahen sich das Bäumchen an, freuten sich darüber und gingen gleich in den Wald, um sich für ihre Kinder auch ein Weihnachtsbäumchen zu holen. Die anderen Leute, die das sahen, machten es nach, jeder holte sich einen Tannenbaum und putzte ihn an, der eine so, der andere so, aber Lichter, Äpfel und Nüsse hängten sie alle daran.

Als es dann Abend wurde, brannte im ganzen Dorfe Haus bei

Haus ein Weihnachtsbaum, überall hörte man Weihnachtslieder und das Jubeln und Lachen der Kinder.

Von da aus ist der Weihnachtsmann über ganz Deutschland gewandert und von da über die ganze Erde. Weil aber der erste Weihnachtsbaum am Morgen brannte, so wird in manchen Gegenden den Kindern morgens beschert.

Die schöne Schneewurst

Christine Paxmann

Zu den unumstößlichen Münchner Ritualen zählt keinesfalls eine Wanderung durch den tief verschneiten Englischen Garten. Tief verschneit war der an Weihnachten schon seit fünfzig Jahren nicht mehr. Auch nicht das Flanieren im Nymphenburger Park, auf der Suche nach der verlorenen monarchischen Zeit. Auch nicht ein Besuch in der Krippenausstellung des Nationalmuseums. Das hat am 24. Dezember geschlossen. Nein, es ist das Weißwurstzuzeln. Natürlich nicht am Weihnachtsabend, da gibt es was von Käfer oder von Dallmayr, weshalb beide Läden am 24. auch schon mal um 6 Uhr früh öffnen. Das hat dann seinen Preis, der aber in München nie eine Rolle spielt, weil alle Menschen furchtbar reich und schön sind. Nein, die seit fünfzig Generationen in dieser Stadt verwurzelte Münchner Urfamilie geht am Weihnachtsvormittag auf eine, drei oder fünf Weißwürste, Hauptsache eine *ungerade* Zahl, und gegessen muss sie sein vor 12 – früher hielt sich das Brät nicht so lange, heute ist so eine weiße Kultwurst fast unverwüstlich, aber Tradition ist sie eben auch. Und weil man dieses bleiche Kulturgut zuzelt, darf man davon ausgehen, dass am 24. ein Haufen schweinerner Wursthäute, ähnlich einem schmutzigen Schneehaufen, zurückbleibt. Da sich dieser archaische Brauch auch schon bei den seit drei Generationen Zugezogenen rumgesprochen hat, wird es immer schwieriger, am 24. in den angesagten Lokalen einen Tisch vor 12 Uhr zu bekommen. Also beim Augustiner, dem Franziskaner, im Löwenbräu, auch im Hofbräuhaus oder beim Schneider im Tal. Sogar im Vierjahreszeiten und im Bayerischen Hof hat man sich auf die Sitte eingelassen und sperrt damit einen Teil der Klientel aus, die im Rest des Jahres das Überleben solcher Hotels möglich macht, allerdings mit Schweinernem nichts anfangen kann.

Der Vormittag des 24. gehört den Münchnern, und wer hier nicht geboren ist, wie zum Beispiel die Touristen, von denen man gar nicht so recht weiß, warum die an Weihnachten überhaupt reisen, geht am Heiligabend schon mal hungrig ins Bett. Denn Punkt 14 Uhr fallen bei allen angesagten Lokalen die Rolltore runter. Bis dahin muss der Drops gelutscht beziehungsweise die Wurst gezuzelt sein. Dann sieht man vergnügte und von Bieren bereits selige Familienclans, in locker gefilztem Loden und Vintage-Schilfleinen uniformiert, die Brienner-, die Ludwig-, die Maximilianstraße entlangstrawanzen. Eine unwirkliche Szenerie, denn alle Läden, alle Lokale haben bereits zu, die Bürgersteige aber sind voll. Voll von Altmünchnern und angepassten

Neumünchnern, die man freilich an dem nicht so ganz furchtbar *vintagen* Loden und Leinen erkennt. Schließlich dauert es Generationen, bis so ein Janker in Form getragen ist. Da kann sich Lodenfrey noch so viel Mühe geben, die brandneuen Jopperl *used* aussehen zu lassen. Zwischen den meist sieben Generationen umfassenden Clans – jahrzehntelange Hopfendiäten, reichlich Wildfleisch von der eigenen Jagd und eine gesunde Sturheit bringen die Chronobiologie gebürtiger Münchner recht stabil bis ins hochgeriatrische Alter – stehen vereinzelt, in schicken, aber dünnen Daunen frierend, Touristen herum, meist aus Italien, wo sich seit Jahren hartnäckig der Glaube hält, dass Münchner Weihnachtsmärkte eine Art Ersatz-Wiesn seien. Dass diese winterliche Ausbuchtung bayerischer Extremgeselligkeit am 24. genau dasselbe macht wie die Lokale, nämlich um Punkt 14 Uhr schließt, diese Wahrheit hat es irgendwie noch nicht über die Alpen geschafft. Da stehen sie nun, die Touris, halten einen Pappbecher kalten Glühweins in Händen und haben ein Loch im Bauch, weil sie dachten, sich die Zeit bis zur Bescherung in ihren einsamen Hotelzimmern mit einem gemütlichen, urigen bayerischen Essen vertreiben zu können.

Aber um am 24. Dezember nach 14 Uhr in dieser schönen, reichen, stets mit weiß-blauem Himmel gesegneten Stadt, deren Kirchen an Weihnachten noch ein bisserl gelber leuchten und deren Klassizismusfassaden noch aufgeräumter blitzen, etwas Essbares zu ergattern, muss man schon ausweichen ins Asiatische, und auch da kann man sich heute nicht mehr sicher sein. Wie viele vietnamesische, thailändische, indische Familien leben hier schon in vierter Generation? Die in perfektem Deutsch abgefassten Speisekarten belegen es. Keine köstlichen Übersetzungskapriolen mehr. Kein *gehacketer Lasch*, keine *Windaluhnudele* mehr, kein *Hühn mit Söß*. Es käme auf einen Versuch an, ob auch in den Thu-Nam-Phu-Lokalen am 24. um 11 Uhr früh *Weise Wurst* auf dem Speiseplan steht. Aber eher würde sich eine Münchner Traditionsfamilie bei null Grad und ohne Schneefall das Lodenleiberl vom Leib reißen, als zum Asiaten zu gehen. Womit man dem Asiaten wirklich unrecht tut, denn er passt sich sauber an und schließt meist auch um 14 Uhr an Weihnachten. Vielleicht kriegt man dort noch einen Glückskeks mit auf den Weg. So weit geht die Liebe beim Münchner Gastronomen nicht, der schwenkt beherzt um 13.30 Uhr einen vier Meter langen Kassenzettel auf den weihnachtlich grün-rot dekorierten, original handgescheuerten Holztisch und schmettert meist in cremigem Böhmisch: »*No mechten mer schließen in dreißig Minuten, machmer Kasse zu jetzt, austrinken könnts eh, an Schnitt kann i euch no bringen, bittäschön.*« Das Servierhandwerk ist in der gehobenen Traditionsgastronomie fest in böhmischer Hand. Das gefällt den Vintage-Münchnern gut, denn es erinnert ein bisserl an die gute alte Zeit, als Böhmen noch bei Österreich war und Österreich noch bei Bayern und als an Weihnachten noch Schnee fiel, so üppig, dass man einen Muff aus Fuchs über dem Festtagsgewand trug. Schwamm drüber, der kommt dann auch noch vor 14 Uhr über das handgescheuerte Tischerl gewischt, um die unzähligen Salzkörndl der ungezählten Brezn, die zu den Weißwürsten unumstößlich gehören, unter dieses zu kehren. Möge sich die non-christliche Raumpflegerin um den Rest kümmern. *»Gäsägnätä Weihnachtän und a scheenes neues Jahr«*, schallt's hinterher auf die Straßen, wo schon die Italiener an den Glühweinbechern festgeklebt sind. Man kann nicht genau erkennen, ob wegen des Zuckergehalts oder wegen der Kälte. Aber was kommens auch her um diese Zeit, über die Alpen?

»Jaja, mir san halt die nördlichste Stadt Italiens«, raunt die Großmutter. Kopfschüttelnd, sie unterhakelnd gehen dann Ururgroßvater, Urgroßvater, Großvater, Vater und Kind weißwurstselig die leer gefegten Trottoirs und Boulevards entlang. Ein kleiner sehnsüchtiger Blick ins Café Luitpold, wo man schon noch gern eine Cremeschnitte gegessen hätte. »Aber die müssen ja auch einmal freihaben«, sagt die Großmutter. Die Mütter sind meist schon mit dem SUV vorgefahren, nach Hause, wo sie die Feinkost vom Einkauf in der Früh um sechs in den Ofen schieben. Pubertierende Kinder sind in den letzten Jahren auch da und dort familienlos gesehen worden, weil sie vor lauter Fridayforfuture an der ganzen Konsumkacke und dem ewigen Fleischgezuzel keine Freude mehr haben. Aber darüber lächelt eine Münchner Familie hinweg. Die Jeunesse kommt dann schon rechtzeitig um 17 Uhr zurück ins kaminbefeuerte Anwesen, das ja meist nicht in München, sondern in Grünwald oder in Starnberg steht. Da, wo halt der echte Münchner wohnt, wenn ihm über die Feiertage die Opernwohnung im Lehel, im Glockenbach, in der Maxvorstadt oder gar im Graggenauviertel zu eng wird. Mancher Pubertierende hat auch eine geschmeidige, gern als bayerisch zu bezeichnende Lösung gefunden: den *Cheatday*. So ein Schummeltag kann Vegetarismus, Klimaschutz und Traditionsfrust einfach aushebeln. Morgen ist auch noch ein Tag, um gegen alles und für was andres zu sein. Seinen 24., samt der blassen Schneewurst, lassen sich echte Münchner aller Generationen nie nicht nehmen.

Misakos Weihnachtsbaum

Doris Dörrie

Ihr deutscher Geliebter sei sehr, sehr haarig gewesen, erzählt Misako. Als sie ihn das erste Mal nackt gesehen habe, konnte sie kaum glauben, dass man so viele Haare am Körper haben kann. Seine Brust sei wie ein schwarzer Mohairpullover gewesen, in den sie immer ihren Kopf gelegt habe, auf seinem Rücken sei ein dunkles Fell gewachsen, seine Arme und Beine seien jedoch eher stachlig gewesen, und dort habe es dann ja auch angefangen.

Was?, frage ich, was fing dort an?, aber Misakos Mund schließt sich zu einer geraden, sehr roten Linie. Sie schafft es, den ganzen Tag über ihren Lippenstift weder abzunagen noch zu verschmieren. Wie macht sie das bloß? Sie senkt den Blick in ihre Kaffeetasse und sagt kein Wort mehr.

Am 24. Dezember fuhr ich mit dem kleinen Zug hinaus aus Kyoto nach Kurama hoch oben auf dem Berg, zuerst durch die Vororte und dann durch die Wälder. Ich hielt meine Beine aneinandergepresst, die Handtasche auf den Knien, ganz so, wie es die Warnhinweise mir befahlen, um nicht unnötig viel Platz einzunehmen. Brav aß und trank und telefonierte ich auch nicht, aber kein Japaner setzte sich neben mich, weil ich groß und blond bin, eine *gaijin*, eine von draußen, die alles richtig machen wollte, um drinnen zu sein in diesem Japan. Mein Fahrrad hatte ich ordentlich im Fahrradparkhaus geparkt und den hinteren Reifen dieses Mal genau auf Linie gestellt, nachdem ein Parkwächter mich nicht etwa zurechtgewiesen, sondern vor meinen Augen mein Fahrrad millimetergenau geradegerückt hatte. Man duldete mich und war höflich zu mir, was sich manchmal wie Respekt und manchmal wie Abweisung anfühlte, und als das Jahr auf Weihnachten zusteuerte und es immer dunkler und kälter wurde, fühlte ich mich einsam.

Überall liefen Weihnachtsmänner herum, und auf den Toiletten von Restaurants und Warenhäusern konnte man Jingle Bells statt Wasserfall oder tropischer Regen auswählen, während man sich vollautomatisch das Hinterteil spülen ließ. Auf einer dieser gewärmten Klobrillen, die ich aus energiepolitischen Gründen natürlich ablehnte und gleichzeitig liebte, beschloss ich, Weihnachten in einem Kurbad zu verbringen, einem *onsen*.

Oben auf dem Berg gab es ein Bad unter Kiefern und immer noch bunten Herbstbäumen. Dort war es schön, allein zu sein, dort wollte ich im heißen Wasser sitzen und nichts vermissen, weder Weihnachtsbaum und Weihnachtsgans noch Familie.

Da die Weihnachtstage in Japan keine Feiertage sind, war tatsächlich niemand außer mir im Bad. Das Außenbecken gluckste heiter vor sich hin, absichtlich beging ich allerlei Badesünden, die im *onsen* untersagt sind: Ich wusch mir mit dem winzigen weißen Handtuch, das ich am Eingang für ein paar Yen gekauft hatte, mehrmals das Gesicht, tauchte ganz unter Wasser und ließ mich schließlich auf dem Rücken treiben. Zufrieden schaute ich in den weißen Dampf, der in die Gipfel der schwarzen Kiefern zog, als eine Frauenstimme hinter mir auf Deutsch sagte: Entschuldigen Sie, aber darf ich Ihnen bitte zeigen, wie man hier badet?

Hinter mir stand eine Japanerin und zeigte mir ihr altersloses Alabasterkörperchen, dem Cellulitis völlig fremd war. Ich versuchte, es nicht persönlich zu nehmen, aber der Unterschied zu einer normalen westlichen Figur und Haut war offensichtlich.

Gomennasai, Entschuldigung, murmelte ich, ich weiß, wie es geht, aber das ließ sie nicht gelten. Sie verbeugte sich knapp, faltete ihr Handtuch zweimal, legte es sich auf den Kopf, und ich machte es ihr nach.

Haben Sie denn vorher geduscht?, fragte sie streng.

Ich kannte ihre Angst, dass *gaijin* das Wasserbecken für eine große Badewanne halten. Oh, natürlich!, rief ich. Ich schwöre! Ich habe alles richtig gemacht.

Sie nickte. Ich bin eine von den Juten, sagte sie. Das stand auf meinem deutschen Tragebeutel in der Umkleidekabine. Sie kicherte, und ich kicherte ein bisschen mit, weil mir sonst nichts einfiel. Wir verstummten und lauschten dem Wind in den Bäumen und den Krähenrufen, die so klangen wie deutsche Krähen rückwärts. Der berühmte Mönch und Dichter Ikkyu wurde von einem Krähenschrei erleuchtet, und manchmal rief ich japanischen Krähen entgegen: Jetzt erleuchtet mich, verdammt noch mal!, aber sie lachten immer nur: kwakkwakkwak.

Die nackte Frau neben mir wollte sich ausschütten vor Lachen. Deutsche Frauen in Japan, prustete sie, immer auf der Suche nach *satori*, nach Erleuchtung. So komisch.

Ein wenig beleidigt plätscherte ich mit der Hand im Wasser umher, da bot sie mir ihren Namen an: Misako. Sie streckte einen makellosen weißen Arm über das Wasser hinweg und ergriff erstaunlich fest meine Hand.

Und Japanerinnen, was suchen die in Deutschland?, fragte ich.

Oh, sagte sie lässig, wilden Sex und Klaviermusik. Ohne sich noch einmal nach mir umzudrehen oder sich zu verabschieden, stieg sie aus dem Becken. Wenigstens eine kleine Stelle welken Fleischs versuchte ich, an ihren Oberschenkeln zu entdecken, aber Fehlanzeige. Ihretwegen war ich zu lange im Wasser geblieben und wankte nun aufgequollen und hummerrot hinter ihr her. Ich glühte wie ein Scheiterhaufen.

Wir trockneten uns mit waschlappengroßen Handtüchern ab, sie trat auf eine Waage, die im Vorraum stand. Das Ergebnis wollte ich gar nicht sehen, es hätte mich nur deprimiert.

Als wir uns angezogen wieder gegenübertraten, hatte sie sich in eine kleine Oma verwandelt. Sie trug jetzt eine Brille und hässliche graue Hosen, eine dunkelgrüne Strickjacke und einen lila Mantel und wirkte zwanzig Jahre älter als nackt. Ich hoffte, dass es bei mir genau andersherum war. Von oben blickte ich auf ihr tintenschwarzes Haar, das nur noch ältere Frauen hatten, die jüngeren färbten sich alle die Haare rotbraun. Misako hob den Kopf und sah mich an. Ich habe einen deutschen Mann geliebt, sagte sie und seufzte klaftertief. Ich habe ihn über alles geliebt – bis er sich in einen Baum verwandelte.

Wir fahren mit dem Zug zurück, und ich weiß, jetzt kommt gleich das Schönste. Die Sitze lassen sich zum Fenster drehen, wir sitzen vor den Scheiben wie im Kino, der Zugführer macht das Licht im Zug aus, und draußen flammt der bunte Wald auf, wir gleiten durch eine illuminierte Landschaft wie durch einen Traum. Alle, wirklich alle im Zug schnappen verzückt nach Luft, und dann ist es auch schon wieder vorbei, das Licht im Zug geht wieder an, wir drehen die Sitze zurück in unseren Alltag und atmen leise aus.

Er war mein Klavierprofessor in Köln, sagt sie und nippt an einem winzigen Kaffee für sieben Euro. Wir sitzen in einem uralten muffigen Kaffeehaus, das von einer tief gebeugten Greisin geführt wird. In großen Glaskolben braut sie den Kaffee wie in einem Labor. Es dauert ewig. Die meisten Kunden sind ebenfalls hochbetagt und schlürfen ihren Kaffee in religiöser Andacht, während sie vor sich hin rauchen, was nur noch hier erlaubt zu sein scheint. Auf einem Fernseher hoch oben in einer verstaubten Ecke klappt Trump stumm seine Schnute auf und zu wie ein Karpfen.

Ich habe ihn immer nur Herrn Baumgart genannt, sagt Misako, in seinem Namen kam schon der Baum vor, aber das habe ich lange nicht bemerkt. Ich habe es geliebt, ihm die schwarze, haarige Brust zu schlecken, ich habe mich dabei gefühlt wie eine Katze. Ihre Brillengläser beschlagen. Weint sie?

Und Herr Baumgart hat es auch gemocht, o ja, fügt sie hinzu, er hat es sehr gemocht. Sie blickt auf, sieht verloren im Raum umher. Die alte Besitzerin kommt angeschlurft mit einem runden schneeweißen Sahnekuchen, verziert mit Erdbeeren.

Weißt du, wie diese Kuchen heißen?, fragt mich Misako. Christmas keku, von Christmas cake. Und weißt du, was es bedeutet, wenn man eine Frau als Christmas keku bezeichnet? Nach dem 25. Dezember sind die Kuchen nicht mehr frisch. So wie eine Frau, wenn sie älter ist als 25 und nicht verheiratet.

Aua, sage ich und lache. Misako lacht nicht.

Vier lange Jahre habe ich Herrn Baumgarts Fell geschleckt. Und andere Dinge, sagt sie verträumt, während die alte Dame uns immer noch den Kuchen unter die Nase hält, bis Misako wortreich auf Japanisch ablehnt.

Herr Baumgart war strenger mit mir als mit den anderen Schülern, und nie, nie, nie bekam ich gute Noten. Sie lächelt. Hat mir nichts ausgemacht. Ich wusste, er tat das nur, um uns beide nicht zu verraten. Es war völlig klar, wenn ich fertig studiert habe, werden wir heiraten. Völlig klar. Ich hatte das meinen Eltern auch bereits mitgeteilt. Sie waren sehr froh, denn ich war ja schon über mein Verfallsdatum hinaus.

Sie trinkt den letzten Schluck und schaut tief in ihre leere Tasse.

Und?, frage ich.

Und?

Wie ist Herr Baumgart zum Baum geworden?

Misako sieht mich nachdenklich an und steht auf. Zieht sich ihren hässlichen lila Mantel an. Vielleicht erzähle ich es dir, sagt sie. Vielleicht morgen.

Morgen?

Ja, sagt sie, ich muss in der passenden Stimmung sein. Hast du Wanderschuhe?

Nein, richtige Wanderschuhe habe ich nicht. Aber Turnschuhe.

Sie nickt. Das geht auch.

Wieder fahren wir hinauf nach Kurama. Misako spricht kaum. An ihren Füßen hängen klobige Wanderstiefel. Schnell und behände steigt sie den Berg hinauf, ich keuche hinter ihr her und verfluche sie bereits. Wir gehen unter leuchtend roten Shinto-Toren hindurch, an riesigen Zedern vorbei, um die in Augenhöhe ein Seil geschlungen ist, das die göttliche Welt von der profanen trennt. Ich bleibe stehen, mein Atem segelt wie ein Wattebäuschchen vor meinem Mund. Heute ist der 25. Dezember. Am 25. legte meine Mutter noch im Nachthemd um sechs Uhr früh die Weihnachtsgans ins Rohr, und wenn ich dann um neun oder zehn Uhr aus dem Bett kroch, roch es bereits nach Bratenfett und Füllsel. Es gab am 25. kein Frühstück, nur Kaffee, und wenn ich nichts von der Gans aß, weil ich auf Diät oder zur Vegetarierin geworden war, zog ich mir für ein ganzes Jahr den heiligen Zorn meiner Mutter zu. All das gibt es nicht mehr, weder die Weihnachtsgans noch meine Mutter noch ihren Zorn, und dort oben auf einem Berg mitten in Japan fange ich an zu heulen, zu schluchzen, bis sich Misako umdreht und ruft: Ist was?

Nein, rufe ich zurück, nein, nur mein Knie.

Sie bleibt stehen, bis ich sie endlich eingeholt habe, und obwohl ich mir die Tränen abgewischt habe, sagt sie nüchtern: Du hast geweint. Ich weine auch immer an Weihnachten, aber jetzt noch nicht.

Resolut nimmt sie mich an der Hand wie ein Kind, und wir wandern weiter. Ich stolpere über dicke Baumwurzeln, die sich wie Adern über den Erdboden ziehen, immer weiter und weiter, Misako kümmert sich nicht um mein Keuchen, sie spricht sogar, während wir weiter aufsteigen: Nach meiner Abschlussprüfung, nichts. Kein Wort von Heirat. Ich fand das nicht so schlimm, aber meine Eltern schrieben Herrn Baumgart empörte Briefe, er mache mich zu einem *christmas keku*, da war ich längst 26, und dann 27, immer noch wühlte ich mein Gesicht in sein Brustfell, aber wir zogen nicht zusammen, das wollte er nicht. Ich wurde keine Pianistin, ich gab Kölner Kindern Klavierunterricht. Jedes

Weihnachten fuhr er heim zu seinen alten Eltern und nahm mich nicht mit, und jedes Mal brachte er eine Schachtel Vanillekipferl von seiner Mutter mit, die er nicht mochte, aber ich. Manchmal stritt ich mit ihm und schrie ihn an, dass ich so nicht weiterleben könne, aber er konnte ohne Versöhnung nicht Klavier spielen, also versöhnte ich mich mit ihm. Als ich 30 wurde, wurde ich langsam wütend, als ich 33 wurde, packte mich der Zorn.

Sie bleibt stehen. So, sagt sie befriedigt, hier sind wir. Wir stehen unter Kiefern, die sich tief vor dem Wind beugen und mit ihren langen schwarzen Nadeln im Gegenlicht aussehen wie eine Tuschezeichnung. So, genau so sahen die Haare an seinen Beinen aus, sagt Misako. Und eines Tages wurden sie hart, ganz unangenehm hart. Er beschwerte sich und fing an, sich zu kratzen, aber das half nicht. Sie stachen durch seine Hosenbeine und Ärmel, auch auf seinem Rücken wurden sie störrisch und richteten sich auf wie die Stacheln eines Igels. Und als dann auch sein Brustfell immer stacheliger wurde, ging er zum Arzt, der keinen Rat wusste. Sein Bart war nicht mehr zu bändigen und wucherte wild über sein Gesicht, ebenso seine Haare. Er versuchte, sich zu rasieren, und ich half ihm dabei, aber die Haare waren viel zu dick, und jeder Rasierapparat versagte. Irgendwann fiel es ihm schwer zu sprechen, er verstummte. Ich sah ihm ruhig dabei zu, wie er sich immer mehr in einen Baum verwandelte, einen Nadelbaum. Keine japanische Kiefer, dazu stand er viel zu gerade, eher in eine Tanne.

Eine Weihnachtstanne, sage ich.

Misako nickt. Herr Baumgart verwandelte sich in einen Weihnachtsbaum. Einen sehr schönen, hohen, geraden Weihnachtsbaum. Und als es dann wieder Weihnachten wurde, rief ich seine Eltern an, die noch nie von mir gehört hatten, und sagte ihnen, dass sie dieses Mal zu ihrem Sohn fahren müssten und nicht andersherum. Und dann schmückte ich ihn mit Glaskugeln und bunten Kugeln und Strohsternen und roten Kerzen. Er sah mich durch das Nadelgestrüpp dabei an, und ich hatte den Eindruck, dass er es mir gar nicht so übel nahm. Ganz oben an seinen Scheitel hängte ich einen kleinen Origamikranich als Abschiedsgruß. Und dann ging ich.

Misako atmet tief durch. Eigentlich weine ich an dieser Stelle immer ein bisschen, aber heute ist mir gar nicht danach.

Schneeflocken beginnen, auf uns niederzuschweben. Wir heben ihnen unsere Gesichter entgegen und schließen die Augen.

Wir steigen den Berg hinab, fahren zurück in die Stadt, heute sind wir ganz allein im Abteil, aber wieder macht der Zugführer das Licht im Waggon aus und illuminiert nur für uns den Wald. Und wieder gehen wir in das alte, muffige Kaffeehaus, bestellen Kaffee und einen Weihnachtskuchen, weiß mit Erdbeeren, ganz für uns allein.

Nachweis

Peter Altenberg
Winter auf der Semmering.
Wintersport.
Aus: Peter Altenberg: *Extrakte des Lebens. Gesammelte Skizzen 1898–1919.*
Hg. von Werner J. Schweiger. Fischer Verlag, Frankfurt/Main 1987.

Hans Christian Andersen
Das kleine Mädchen mit den Schwefelhölzern.
Aus: Hans Christian Andersen: *Sämtliche Märchen.* Artemis & Winkler,
Zürich/München 2005.

Alois Brandstetter
Der Wintersport.
Aus: Alois Brandstetter: *Vom Schnee der vergangenen Jahre.* Residenz
Verlag, Salzburg/Wien 1979.

Nancy Campbell
Immiaq.
Aus: Nancy Campbell: *Fünfzig Wörter für Schnee.* Hoffmann und Campe
Verlag, Hamburg 2021.

Annye Davidas
Weihnachtsmenü – oder »Kochen mit Hindernissen«.
Aus: Annye Davidas: *Was gibt es heute zum Essen, Schatz?* tradition,
Hamburg 2011.

Doris Dörrie
Misakos Weihnachtsbaum.
© 2016 Doris Dörrie
Aus: *Freue dich! Geschichten für eine gutgelaunte Weihnachtszeit*. Diogenes Verlag, Zürich 2017.

Joseph von Eichendorff
Kapitel von meiner Geburt.
Aus: Joseph von Eichendorff: *Werke in vier Bänden*. Band 4. Hanser Verlag, München 1981.

Horst Evers
Die schönsten Weihnachtsmärkte der Welt.
Wann lacht der Eskimo?
Aus: Horst Evers: *Früher war mehr Weihnachten*. Rowohlt Verlag, Hamburg 2017.

Erika Ferencik
Das Mädchen aus dem Eis.
Aus: Erika Ferencik: *Das Mädchen aus dem Eis*. Goldmann Verlag, München 2022.

Daniel Glattauer
Gebrauchsanleitung für das familienfreundliche Absingen der wichtigsten Weihnachtslieder. Aus: Daniel Glattauer: *Der Karpfenstreit*. Hanser Verlag, München 2010.

Johann Wolfgang von Goethe
Schlittschuhfahren.
Aus: Johann Wolfgang von Goethe: *Werke. Autobiographische Schriften*. Band 9. C. H. Beck Verlag, München 1996.

Brüder Grimm
Frau Holle.
Aus: *Kinder- und Hausmärchen*. Winkler Verlag, München 1984.

Curt Grottewitz
Dezember.
Aus: Curt Grottewitz: *Sonntage eines großstädtischen Arbeiters in der Natur*. Dietz Verlag, Berlin 1925.

Johann Peter Hebel
Warme Winter.
Aus: Johann Peter Hebel: *Werke*. Band 1. Hg. von Eberhard Meckel. Insel Verlag, Frankfurt 1968.

Sue Hubbell
Winter.
Aus: Sue Hubbell: *Leben auf dem Land*. Übersetzt von Barbara Heller. Diogenes Verlag, Zürich 2016/2018.

Eduard von Keyserling
Die Winternacht.
Aus: Eduard von Keyserling: *Abendliche Häuser*. Steidl Verlag, Göttingen 1998.

Bodo Kirchhoff
Die Weihnachtsfrau.
Aus: Bodo Kirchhoff: *Die Weihnachtsfrau*. Frankfurter Verlagsanstalt, Frankfurt/Main 1997.

Ulrich Knellwolf
Die Mitfahrerin.
Aus: Ulrich Knellwolf: *Tod in Sils Maria. 17 üble Geschichten*. Fischer Verlag, Frankfurt/Main 2013.

Friederike Leibl-Bürger & Florian Asamer
Unser Feind, der Snowboarder.
Aus: Friederike Leibl-Bürger/Florian Asamer: *Schnee von gestern*. Styria, Wien 2014.

Hermann Löns
Der allererste Weihnachtsbaum.
Aus: Hermann Löns: *Sämtliche Werke*. Band 1. Hg. von Friedrich Castelle. Hesse & Becker Verlag, Leipzig 1923.

Ludwig Marcuse
Weihnachten ist Sichverlieben.
Aus: Ludwig Marcuse: *Mein zwanzigstes Jahrhundert*. Diogenes Verlag, Zürich 1975.

Christine Nöstlinger
Werter Nachwuchs.
Aus: Christine Nöstlinger: *Werter Nachwuchs*. Fischer Verlag, Frankfurt/Main 2001.

Christine Paxmann
Überraschende Verwehung.
Die schöne Schneewurst.
© 2023 Christine Paxmann

Alfred Polgar
Wie macht der Winter froh.
Aus: Alfred Polgar: *Kleine Schriften*. Rowohlt Verlag, Hamburg 1983.

Alexander Puschkin
Der Schneesturm.
Aus: Anne Marie Fröhlich: *Winter*. Manesse Verlag, Zürich/München 1989.

Bärbel Reetz
Weihnachten geschlossen.
Aus: Susanne Gretter (Hg.): *Der 24. Dezember*. Suhrkamp Verlag, Frankfurt/Main 2011.

Peter Rosegger
Advent.
Aus: Peter Rosegger: *Weihnachtsgeschichten*. Staackmann Verlag, München 1983.

Johannes Schweikle
Die Inuit sind toll.
Erwartungen.
Lawinenhunde.
Aus: Johannes Schweikle: *Schneegeschichten. Unterwegs zum vergänglichen Glück*. Klöpfer & Meyer Verlag, Tübingen 2015.

Peter Stamm
Eismond.
Aus: Peter Stamm: *Seerücken. Erzählungen*. Fischer Verlag, Frankfurt/Main 2011.

Siegfried Straßner
Schneetafel.
© 2023 Siegfried Straßner

Mark Twain
Eingeschneit.
Aus: Mark Twain: *Durch dick und dünn*. Hanser Verlag, München 1977.

Sybille Wobser
Löcher im Mantel.
© 2023 Sybille Wobser.

Der Verlag hat sich bemüht, alle Urheberrechtsinhaberinnen und Urheberrechtsinhaber ausfindig zu machen und ihr Einverständnis für den Abdruck urheberechtlich geschützten Materials einzuholen. In den Fällen, in denen uns das nicht gelungen ist, bitten wir um einen Hinweis für künftige Ausgaben. Der Verlag wird begründete Ansprüche branchenüblich berücksichtigen.

Penguin Random House Verlagsgruppe GmbH FSC® N001967

Wunderraum-Bücher erscheinen im
Wilhelm Goldmann Verlag, München,
einem Unternehmen der
Penguin Random House Verlagsgruppe GmbH.

1. Auflage
Deutsche Erstveröffentlichung September 2023
Copyright © 2023 by Christine Paxmann
Copyright © dieser Ausgabe 2023
by Wilhelm Goldmann Verlag, München,
in der Penguin Random House Verlagsgruppe GmbH,
Neumarkter Str. 28, 81673 München
Illustrationen: © Jane Newland, 2023, licensed exclusively by The
Bright Agency: www.thebrightagency.com
Umschlaggestaltung: buxdesign GbR, München
Umschlagillustration: © Jane Newland 2023, licensed exclusively
by The Bright Agency: www.thebrightagency.com
KN · Herstellung: Han
Satz: Buch-Werkstatt GmbH, Bad Aibling, nach einem Layout von
Christine Paxmann
Druck und Bindung: Pustet, Regensburg
Printed in Germany
ISBN 978-3-442-31683-0

www.wunderraum-verlag.de

Auf Wiedersehen im
WUNDERRAUM

www.wunderraum-verlag.de